任中敏編

# 新曲苑

（四）

中華書局印行

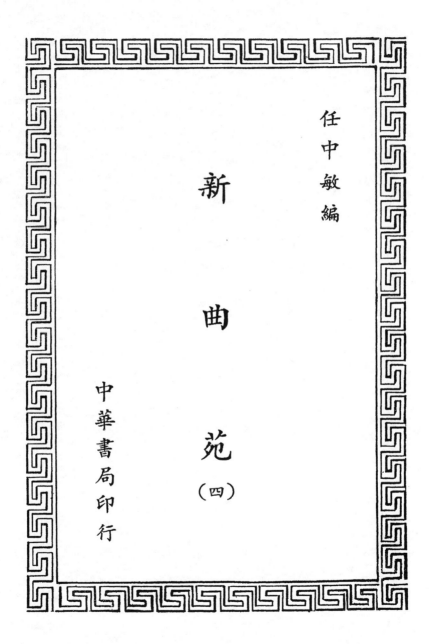

# 序

余既輯坊間曲苑一書所未收之曲話曲韻等三十四種。名之曰新曲苑。復擬續焦氏之劇說。王氏之優語錄等。以與吾友圭璋所輯詞話叢編並行。而廣其體例之所未備。因南北轉徙。意志不屬。置之既久。顧材料所儲。行篋爲累。優語之續。且大半散佚。殊悵悵焉。乃就原稿讀曲概錄。寶呂雜錄之次第。粗事聯綴。東爲六卷。漫題曰曲海揚波。未以爲可。吾友冀野曰。毋妨。遂以殿於新曲苑三十四種之後。

前四卷爲曲談。大抵就諸家筆記中爬羅剔抉而來。若就其一二則審之。了無意趣。若比附以觀。多足供考據家之採擇。因於每則之下。附記原書及作者。以便覆按。後二卷所列。十九爲劇曲概況。祇有序文之摘錄。或家門之迻寫而已。既未能鉤提玄要。亦未遑尋考源流。愧非傳奇彙考。曲海提要諸書可比。讀者必不免於失望。末卷之載。多篇幅較整者。亦就剩餘所有。悉爲列入。餘如論曲絕句等稿。久知所在。而未暇致之。留俟同好者賡續可也。

凡此材料。由散而使之聚。良非易易。憶昔海上寶昌寓廬中。日坐書城。專一致曲。往往竭一日之力。檢書數十卷。才得一條。既沾沾以喜。今猶市菜。菜盡而並菜根菜葉。傾倒筐篋而出之。誠不免於寒儉之誚。但亦自有其艱難在。未敢貶鄙過甚也。

分類目錄。聊便展閱。傳奇雜劇。或明或清。得其大略。未能悉中。讀者諒之。

別矣讀者。今後將不復以此道相見矣。二一北。

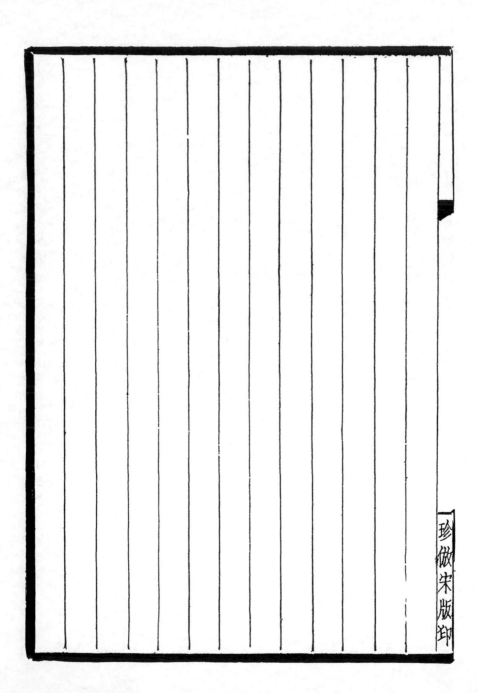

# 曲海揚波目次



分類目錄

一、古戲曲

五、明傳奇

## 六、清雜劇

八、散曲

十、曲譜

十一、曲韻

## 廿二、雜考

曲海揚波目次終

# 曲海揚波卷一

江都任二北錄

蘇城女戲流習

十餘年來。蘇城女戲盛行。必有鄉紳爲之主。蓋以娼兼優。而縉紳爲之主。充類言之。不知當名以何等。不肖者習而不察。滔滔皆是也。有某比部狎一女優。而此優者一銓部爲之主。以比部每挾之出。出必旬日。有妨其戲。遂至相詬。語不忍聞。女優者復好與無賴作緣。不樂士君子還往。亦遂與比部絕。比部怏怏。作踏莎行七闋詞。亦可觀。吳徐樹丕識小錄。

元教坊大曲白翎雀

元教坊大曲名白翎雀。始則從容和緩。終則急躁繁促。殊無有餘不盡之意。按白翎雀生于烏桓朔漠之地。雌雄和鳴。自得其樂。其形似雁。而不他徙。世祖因

命伶人顧德閏製曲以名之。會稽張思廉作歌以詠之。同上

壬午之歲。聖主當陽。而主考何瑞徵賄賂公行。凡縉紳之子。豪富之家。十得八九。貧士扼腕。叫閽無路。競爲歌詩以傳之。中略 集伯喈二闋。一繡帶兒。一太師引。又擬鳴鳳二闋。恨貪臣通謀樹黨。專文政濁亂皇綱。我寫不出他傳題深罪樣。我寫不出他字眼暗中藏。我只寫他滿城豪富同通線。一榜交通貨利場。還思想。畢竟有多端關節。面訴君王。嘆微臣芸窗誓喪。只爲那主試猖狂。怪經房無肯持公道。又誰個論文章。我一心要展盤龍手。國初學士劉三吾主試不公。以錫盤龍捺死數人。更管不得銅臭鞭敲血未央。還思想。只須這墨痕筆迹。邀怒君王。同上

玉抱肚名解

玉抱肚曲名。人不知其解。乃王荊公所賜玉帶闊十四指。故有其名。同上

牡丹亭射曇陽子

湯若士文章在我朝指不多屈。出其緒餘爲傳奇。驚才絕豔。牡丹亭尤爲膾炙。往歲聞之文中翰啟美云。若士素恨太倉相公。此傳奇杜麗娘之死而更生。以況曇陽子。而平章則暗影相公也。按曇陽仙蹟。王元美爲之作傳。亦既彰彰矣。其後太倉人更有異議云。曇陽入龕後復生。至嫁爲徽人婦。其說曖昧不可知。若士則以爲實然耳。聞若士死時。手足盡墮。非以綺語受惡報。則嘲謔仙真。亦應得此報也。然更聞若士具此風流才士。而室無姬妾。與夫人相莊至老。似不宜得此惡報。定坐嘲謔仙真耳。同上

陳圓演西廂

陳圓者。女優也。少聰慧。色娟秀。好梳倭墮髻。纖柔婉

轉。就之如啼。演西廂。扮貼旦紅娘脚色。體態傾靡。說白便巧。曲盡蕭寺當年尋緒。常在予家演劇。留連不去。後爲田皇親以二千金購其母。挈去京師。聞又屬之某王。寵冠後宮。入滇南終焉。清鄒樞十美詞紀

沙才者。金陵歌院伎。家桃葉渡。風致淡雅。工詩。余赴南闈。曾至其室。見其小軒中位置花石。几上有自評唐詩及花間集。丹黃雜采。不忍釋手。後徙至蘇寓虎邱山塘。常以闔門雲母箋裁斗方。吟小令。作蠅頭楷。贈余索和。余取宣德紙。以碎硃研粉研光。賦詞一半兒十首答之。喜甚。藏之金陵紫檀鈿匣中。每見。出以示余。吟咏不置。余家每有小飲。必招之。彼必辭他客而來。後金陵院樂中有侵其舊居者。姚載女歸故里。遂不復至蘇矣。同上

李蓮。吳門妓也。姿色纖麗。少有渴病。年十九。以患熱。不出見客。常以小札招呂湘烟及余至其家。蓮靚粧豔服。迎坐小軒。設肴饌精美。行酒政。遞花催板。竟夜無倦容。撥絃索唱西廂草橋驚夢。歌徹首尾。宛轉瀏亮。嫣憐惜不使之畢。而蓮不顧也。是年秋。復招我二人。見其面龐消減。香腮印紅。仍具酒。垂泣而言曰。我病已久。向之與君盡歡者。勉力以報知心。故不覺其憊也。今則不能矣。請君一訣。幸毋悲切。於是取絃索歌新水令闋。氣短而止。持袂嗚咽不勝。逾數日。逝矣。予作招商曲以挽之。同上

壬申開科。借歲試作科舉。予既不錄。憤懣無聊。作此自娛。雖語言涉俚。不足當大雅一盼。軒渠。然較之前人駐雲飛等曲。或亦不多讓也。一等最高標。出圓圖

覆試招。鳴鑼連夜齋夫報。門庭鬧抄。街坊擺搖。廩無空缺增猶好。更逍遙。來年館地。財主便來邀。二等也奢遮。背纏紅頭插花。大科之舉人人怕。聲名算華。文章算佳。賓與預薦無高下。劇堪誇。金陵鄉試。好把舉人賒。三等便飑隤。熱中腸變冷灰。垂頭喪氣誰憐保。頭兒枉埋。眉兒怎開。親朋叫屈何堪耐。考遺才。倘然不取。依舊是空回。四等沒頭奔。聽傳言唬落魂。拍拿發落難逃遁。春條挐身。竹片蓋臀。早知苟免難僥倖。忒楞楞。何如告病。先把狀詞呈。五等更難言。號生員缺不全。囫圇劈破剛留半。襴衫且捐。青衫且穿。鄉場對讀官民卷。最堪憐。紫硃標記。羞殺臭名傳。六等一身輕。出黌門做白丁。毫無掛欠真乾淨。脫除破巾。丟開本經。下回年考無須悶。寫銘旌。皇清待贈。原任邑

秦聲流派

秦腔崑腔異同

庠生。清沈日霖晉人麈。

曲部中以聲擅長者曰小惠。秦中各州郡皆能聲。其流別凡兩派。渭河以南尤著名者三。曰渭南。曰盩厔。曰醴泉。渭河以北尤著名者一。曰大荔。小惠大荔人也。同上

演劇昉于唐教坊梨園子弟。金元間始有院本。一人場內坐唱。一人場上應節赴焉。今戲劇出場。必扮天官引導之。其遺意也。院本之後。演而爲曼綽。俗稱高腔。在京師者稱京腔。爲絃索。曼綽流於南部。一變爲弋陽腔。再變爲海鹽腔。至明萬曆後。梁伯龍魏良輔出。始變爲崑山腔。絃索流於北部。安徽人歌之爲樅陽腔。今名石牌腔。俗名吹腔。湖廣人歌之爲襄陽腔。今謂之湖廣腔。陝西人歌之爲秦腔。秦腔自唐宋元明以來。音皆如此。後復間以絃

索。至於燕京及齊晉。中州音雖遞改。不過卽本土所
近者少變之。是秦聲與崑曲。體固同也。至言其用四
聲同也。用二十八調同也。聲之中有喉齶舌齒唇是
也。調之中有節。高下平側。緩急豔曼停腔過板是也。
下略　清嚴長民
秦雲擷英小譜・
陸無界。名廣明。號青章。陸尚寶五湖之孫。文學成湖
之子。工筆札。多才藝。臨書能亂眞。吳中假古董多出
其手。而寫祝京兆尤當行。雖其人非高品。不可泯沒
也。有七十自壽詞。亦足見其生平矣。（南呂一枝花）
不採商山芝。不栽新甫柏。不邀駕鹿車。不豎棲鴉格。
一盞清泉。向東皇稽首。對南山拱揖。人頌我是廣成
子鶴算千年。老彭珊駐顏八百。（梁州）我是個有
兒孫獨孤鰥夫。我是個沒錢財五陵豪客。我是個白

詩句入詞曲

鬚黃髮維摩詰。荷芰衣裳。竹皮巾幘。翰墨躬耕。詩書心織。端守著半畝蓬蒿。近似他仙靈窟宅。端愛著半甕齏鹽。勝似他瓊漿玉液。覺來時聽一曲樵歌漁笛。倦來時看幾卷稗官野史。興來時畫一幅雲林竹石。車塵馬迹。休汚我苔階翠色。無辱無榮。匪朝伊夕。（尾聲）怪的是鬧茸茸龍沙鶴浦排瑤席。怕的是熱騰騰峨冠博帶誇通籍。一任伊滄桑變易者麼恁跨海的牙籌。遍街的銅狄。總不如俺暗記梅花爲曆日。

明徐樹丕識小錄。

今人往往以古今詩句編入詞曲者甚多。不暇枚舉。如未飲心先醉。不在接杯酒。陶淵明詩也。世亂奴欺主。年衰鬼弄人。杜荀鶴詩也。一朝權入手。看取令行時。朱灣詩也。胸中襞積千般事。到得相逢一語無。尤延之詩也。逢人只可少說話。賣術不須多要錢。劉改之詩也。繁綠萬枝紅一點。動人春色不須多。王荊公詩也。雨打梨花深閉門。古樂府也。明俞弁山樵暇語。

今人間用樂。皆苟簡錯亂。其初歌曲絲竹。大率金元之舊略存。十七宮調亦且不備。只十一調中填轃而已。雖曰不敢以望雅部。然俗部大概較差雅部不啻數律。今之俗部尤極高而就其聲察之初無定。一時高下。隨工任意移易。此病歌與絃音爲最。蓋視金元製腔之時又失之矣。自國初來。公私尚用優伶共事。數十年來。所謂南戲盛行。更爲無端。於是聲樂大亂。南戲出於宣和之後。南渡之際。謂之溫州雜劇。余見舊牒。其時有趙閎夫榜禁。頗述名目。如趙貞女蔡二郎等。亦不甚多。以後日增。今遍滿四方。轉轉改益。又不如舊。而歌唱愈繆。極厭觀聽。蓋已略無音律腔調。音者七音。律者十二律。腔者章句字數。長短高下。疾徐抑揚之節。各有部位。調者舊八十四調。後十七宮調。今十一調。正宮不可爲中呂之類。此四者無一不具。愚人蠢工徇意更變妄名。餘姚腔。海鹽腔。弋陽腔。崑山腔之類。變易喉舌。趁逐抑揚。杜撰百端。真胡說耳。若以被之管絃。必至失笑。而昧士傾喜之。互爲自謾爾。明祝允明猥談。

**腳色考**

生淨旦末等名。有謂反其事而稱。又或託之唐莊宗。皆謬云也。此本金元闤闠談吐。所謂鶻伶聲嗽。今所謂市語也。生即男子。旦曰粧旦色。淨曰淨兒。末尼。孤乃官人。即其土音。何義理之有。太和譜略言之。詞曲中用土語。何限。亦有聚爲書者。一覽可知。同上

**曲乃長詩**

詩何以有狹義有廣義。彼西人之詩。不一體。吾儕譯其名詞。則皆曰詩而已。若吾中國之騷。之樂府。之詞。

之曲。皆詩屬也。而尋常不名曰詩。於是乎詩之技乃有所限。吾以爲若取最狹義。則惟三百篇可謂之詩。若取其最廣義。則凡詞曲之類。皆應謂之詩。數詩才而至詞曲。則古代之屈宋。豈讓荷馬但丁。而近世大名鼎鼎之數家。若湯臨川。孔東塘。蔣藏園其人者。何嘗不一詩累數萬言耶。其才力又豈在擺倫彌兒頓下耶。梁啟超語・

凡一切事物。其程度愈低級者則愈簡單。愈高等者則愈複雜。此公例也。故我之詩界。濫觴於三百篇。限以四言。其體裁爲最簡單。漸進爲五言。漸進爲七言。稍複雜矣。漸進爲長短句。愈複雜矣。長短而有一定之腔。一定之譜。若宋人之詞者。則愈複雜矣。由宋詞而更進爲元曲。其複雜乃達極點。曲本之詩以廣義之名名之、所以優勝於他體之詩者。凡有四端。唱歌與科白相間。甲所不能盡者以乙補之。乙所不能傳者以甲描之。可以淋漓盡致。其長一也。尋常之詩只能寫一人之意境。（若孔雀東南飛等篇、錯落描畫數人者、不能多覯、且非後人所能學步、强學之必成芻狗、）曲本內容主伴可多至十數人或數十人。各盡其情。其長二也。每詩自數折乃至數十折。每折自數調乃至數十調。一惟作者所欲。極自由之樂。其長三也。詩限以五七言。其塗隘矣。詞代以長短句。稍進。然爲調所困。仍不能增減一字也。曲本則稍解音律者可任意綴合諸調。別爲新調。（詞亦可爾爾、然究不如曲之自由、）卽舊調之中。亦可以添加所謂襯字者。往往視原調一句增加至七八字乃至十數字而不爲病。其長四也。故吾嘗以爲中國韻文。其後乎今日者。進化之運未知何

桃花扇起結之奇

桃花扇冠絕前古

如。其前乎今日者。則吾必以曲本爲巨擘矣。噫。附庸蔚爲大國。雖使屈宋蘇李生今日。亦應有前賢畏後生之感。吾又安能薄今人愛古人哉。同上

論曲本當首音律。余不嫻音律。但以結構之精嚴。文藻之壯麗。寄託之遙深論之。竊謂孔云亭之桃花扇。冠絕前古矣。其事跡本爲數千歲歷史上最大關係之事迹。惟此時代。乃能產此文章。雖然同時代之文家亦多矣。而此蟠天際地之傑構。獨讓云亭。云亭亦可謂時代之驕兒哉。同上

桃花扇卷首之先聲一齣。卷末之餘韻一齣。皆云亭創格。前此所未有。亦後人所不能學也。一部極淒慘極哀豔極忙亂之書。而以極太平起。以極閑靜極空曠結。真有華嚴鏡影之觀。非有道之士。不能作此結

構。同上

## 桃花扇全書脈絡

桃花扇之老贊禮。云亭自謂也。處處點綴入場。寄無限感慨。卷首之試一齣先聲。卷中之加二十一齣孤吟。卷末之續四十齣餘韻。皆以老贊禮作正脚色。蓋此諸齣者。全書之脈絡也。其先聲一齣演白云。更可喜把老夫衰態。也拉上了排場。做了一個副末脚色。惹的俺哭一回。笑一回。怒一回。罵一回。那滿座賓客。怎曉得我老夫就是戲中之人。此一語所謂文家之畫龍點睛也。全書得此精神。便活現數倍。且使讀者加無限感動。可謂妙文。孤吟一齣結詩云。當年真是戲。今日戲如真。兩度旁觀者。天留冷眼人。餘韻一齣演白云。江山江山。一忙一閑。誰贏誰輸。兩鬢皆斑。凡此皆託老贊禮之口。皆作極達觀之語。然其外愈達

桃花扇傷心語

桃花扇內種族之戚

觀者。實其內愈哀痛。愈辛酸之表徵也。云亭人格。於斯可見。同上

以一部哭聲淚痕之書。其開場第一演白乃云。日麗唐虞世。花開甲子年。山中無寇盜。地上總神仙。以一個家破國亡之人。其自道履歷乃云。最喜無禍無災。活了九十七年。此非打趣語。乃傷心語也。爲當時腐敗之人心寫照也。同上

桃花扇於種族之戚。不敢十分明言。蓋生於專制政體下。不得不爾也。然書中固往往不能自制。每一讀之。使人生故國之感。余尤愛誦者。如莫過烏衣巷。是別姓人家新畫梁。聽稗 誰知歌罷剩空筵。長江一綫。吳頭楚尾路三千。盡歸別姓。雨翻雲變。寒濤東捲。萬事付空烟。沉江 將五十年興亡看飽。那烏衣巷不姓王。莫

桃花扇沉痛之調

愁湖鬼夜哭。鳳凰臺棲梟鳥。龍山夢最真。舊境丟難掉。不信這輿圖換稿。謅一套哀江南。放悲聲唱到老。餘韻讀此而不油然生民族主義之思想者。必其無人心者也。同上

桃花扇沉痛之調。以哭主沉江兩齣爲最。哭主敍北朝之亡。沉江敍南朝之亡也。哭主中勝如花兩腔云。高皇帝在九京。不管亡家破鼎。那知他聖子神孫。反不如飄蓬斷梗。十七年憂國如病。呼不應天靈祖靈。調不來親兵救兵。白練無情。送君王一命。傷心煞煤山私幸。獨殉了社稷蒼生。獨殉了社稷蒼生。其二云。宮車出。廟社傾。破碎中原費整。養文臣帷幄無謀。豢武夫疆場不猛。到今日山殘水賸。對大江月明浪明。滿樓頭呼聲哭聲。這恨怎平。有皇天作證。從今後勠

力併命。報國讎早復神京。報國讎早復神京。沈江之普天樂云。撇下俺斷篷船。丟下俺無家犬。叫天呼地千百遍。歸無路進又難前。那滾滾雪浪拍天。流不盡湘纍怨。勝黃土一丈江魚腹寬展。摘脫下袍靴冠冕。累死英雄。到此日看江山換主。無可留戀。其古輪臺云。走江邊滿腔憤恨向誰言。揮老淚寒風吹面。孤城一片。望救目穿。使盡殘兵血戰。跳出重圍。故國苦戀。誰知歌罷賸空筵。長江一綫。吳頭楚尾路三千。盡歸別姓。雨翻雲變。寒濤東捲。萬事付空煙。精魂顯。大招聲逐海天遠。此數折者。余每一讀之。輒覺酸淚盈盈承睫而欲下。文章之感人一至此耶。同上

中國文學大率富於厭世思想。桃花扇亦其一也。而所言尤親切有味。切實動人。蓋時代精神使然耳。修

琵琶記可以規過

桃花扇長短

札演白云。那熱鬧局便是冷淡的根芽。爽快事就是牽纏的枝葉。倒不如把賸水殘山。孤臣孽子。講他幾句。大家滴些眼淚罷。同上

竊嘗謂小說之功亦偉矣。夫人有過。莊言以責之。不如微言以刺之。微言以刺之。不如婉言以諷之。不如妙譬以喻之。而小說者。皆具此能力者也。故因小說以規人過。是上上乘也。按昔已有用之者。如琵琶記是也。浴血生語

中國韻文小說。當以西廂爲巨擘。吾讀之眞無一句一字是浪費筆墨者也。梁任公最崇拜桃花扇。其實桃花扇之所長。寄託遙深。爲當日腐敗之人心寫照。二語已足盡之。塡詞演白。頗有一二草草處。蓋云亭意本不在此也。同上

傳奇。小說之一種也。旣云小說。則自有小說體裁。轉無取乎詞藻之鋪排。字面之堆垛。試覽元人雜劇。純用本色。蓋詩家之所謂白描者也。李笠翁曰。曲白有一字令人不解。便非能手。此語不爲無見。然其所著十種曲。品格自卑。笠翁殆亦憤世者也。觀其書中借題發揮處。層見疊出。如「財神更比魁星驗。烏紗可使黃金變。」「孔方一送便上青霄。」「寫頭銜燈籠高照。刻封皮馬前炫燿。嚇鄉民儼然虎豹。騙妻孥居然當道」等語。皆痛快絕倫。使持以示今之披翎掛珠。蹬靴帶頂者。定如當頭棒擊。腦眩欲崩。同上

韓春潮吏部曾著曲述司曹狀況。形容極致。爲一時傳誦。惜限於篇幅。不能全錄。摘其尤警策者。如「文章收拾簿書勞。上衙門走遭。笑當年指望京官好。到

於今低心下氣空愁惱。」「再休提游翰苑二載清標。只落得進司門一聲短道」「端只爲一字寬嚴須計較。小司官對答周旋敢挫撓。從今那復容高傲。」「百忙中錯誤真難保。暗地裏隻眼先瞧。只望乞面去呆須臉燥。那知道乞雷回嚇得魂銷。」「無文貌。沒機巧。怪不得辦事徒勞。陞官尚早。回頭顧影真堪笑。把平生壯氣。半向近年消。（以上司嘲）薄官天涯。首善京華。公餘隨伴散私衙。仕逍遙似咱。便無多錢鈔供揮灑。較似他風塵俗吏殊高雅。」「有多少宦海茫茫吁可怕。那風波陡起天來大。」「到頭來空傾軋。霎時間陞美缺錦上添花。驀地裏被嚴參山頭落馬。你我赴官衙。坐道從容儘瀟洒。只照常辦事。便不爭差。」「特題的才能俊雅。推陞的器識清華。只要頸上的朝珠將就掛。到其間科道挨班分定咱。」「太平時節恩光大。或京堂幾轉帽頂變山查。」（以上司慰）細玩諸曲。作者殆有深慨。至司嘲結語云云。且復放筆直書。以一吐其牢騷抑鬱。滿腹不平之氣。讀者於此亦以知資格磨人之弊。而深悟爵祿一物。眞爲困豪傑之樊籠。羈英雄之韁鎖。入其中蓋未有不銷沈壯氣於無形者也。抑吾憂夫今世之士。抵掌奮舌。言論激昂。其氣要亦不可爲不壯。雖然。彼固有樊籠在。有韁鎖在。則豈奈之何哉。（同上）

種種文學莫不有選。惟曲界無之。綴白裘近是。然其選專爲登場腳本。故不協音律者輒加點竄。如西廂一書。原文幾不留隻字。而其點竄處又鄙俚之甚。令人對之氣結。余素願欲網羅古今傳奇數十百種匯

刊之。他日果不負斯言。是亦藝林中一佳話。一快談也。同上

相思詞

今之山歌類古之童謠。有絕佳者。如吳歌「做天切莫做四月天。種菜的哥哥要下雨。採桑娘子要晴乾。「故老舊人盡說郎偷姐。如今新翻世界姐偷郎。」爲金聖歎所賞。以余所聞。則相思詞亦天地之妙文也。詞如下「相思欲寄從何寄。畫個圈兒替。話在圈兒外。心在圈兒裏。我密密加圈。你須密密知儂意。單圈兒是我。雙圈兒是你。整圈兒是團圓。破圈兒是別離。還有那說不盡的相思。一路圈兒圈到底。同上

虎囊彈

虎囊彈傳奇散見於諸書。如石頭記綴白裘者。只山門一齣。蓋演水滸中魯智深大鬧五臺事。雨韭盦筆記嘗載其曾於某處觀演全本。然曲文未覯也。數年

來遍求國中名書肆。竟不可得。豈其流落人間者僅存此片鱗隻爪歟。雖然。珍其鱗爪。亦終勝湮沒不聞。齣中之尤佳者爲寄生草一闋。今錄之。「漫搵英雄淚相離處士家。謝慈悲剃度在蓮臺下。沒緣法轉眼分離乍。赤條條來去無牽掛。那裏討煙蓑雨笠捲單行。一任俺芒鞋破鉢隨緣化。」入填詞家之手。莽和尚亦文秀乃爾。同上

### 花旦小旦

袁子才隨園詩話云。今人稱伶人女妝者爲花旦。誤也。黃雪槎青樓集曰。凡妓以墨點面者號花旦。蓋是女妓之名。非今之伶人也。漢郊祀志。樂人有飾爲女妓者。此方是今之小旦。按古人名稱。往往有至今日仍其詞而異其用者。非獨梨園爲然也。錄此亦以供傳奇家研究之助。同上

蔣新畬嘗攜所撰曲本强隨園觀之。曰。先生只算小病一場。寵賜披覽。隨園爲覽數闋。賞其中二句云。「任汝忒聰明。猜不出天情性。」新畬笑曰。先生畢竟是詩人。非曲客也。商寶意聞雷詩。造物豈憑翻覆手。窺天難用揣摩心。此我十一個字之藍本也。語載隨園詩話。按二句係空谷香曲。爲蔣曲九種之一。其曲云。「人間一點名。簿上三分命。百歲匆匆。打合窮愁病。勞勞過一生。自擔承。把苦樂閑忙取次經。定教身子隨時掙。想起心兒異樣疼。何堪聽。霜鐘月柝一聲聲。儘由他恁地聰明。也猜不透天情性。」與詩話所錄小異。同上

西廂記驚豔折。顛不刺的見了萬千。這般可喜娘罕曾見。金聖歎批云。言所見萬千。亦皆絕艷。然非今日

之謂也。釋義。顛顛張生自指。不剌元時北方助語詞。又或以爲外方所貢美女名。又徐文長以顛不剌解作不輕狂。至牡丹亭圓駕折見了俺前生的爹。即世嬷。顛不剌俏魂靈立化。長生殿彈詞折。顛不剌。懵不剌。撇不下心兒上。俱作顛倒解。同上

遮莫二字初見晉干寶搜神記。遮莫千思萬慮其能爲患乎。蓋猶言儘教也。唐人詩每多用之。如遮莫枝根長百尺。爲李太白句。近人刼灰夢傳奇。遮莫是泥犂霎現的吉祥花。遮莫是國民償負的文明價。又新羅馬傳奇。遮莫要危樓打碎奮空拳。遮莫要亂麻斬斷起一度玄黃戰。又似作則怕解矣。同上

書名往往好抄襲古人。亦是文人一習。小說家尤甚。有紅樓夢遂有青樓夢。有金瓶梅遂有銀瓶梅。有兒

諸曲言情佳構

女英雄傳。遂有英雄兒女。有三國志。遂有列國志。傳奇則西廂記之後。有西樓記。復有東樓記。東閣記。他如此者。尚不可枚舉。以上浴血生語。

男女兩異性相感。心理學上之大則也。故文學一道。無論中西。皆以戀愛居其强半。此不必爲諱。亦不足爲病也。詩詞寫情之什。佳者不少。然綿鬱沈達。盡情極致。尤莫如曲本之易工。蓋文體使然矣。曲本寫男女之事者。什居八九。然眞可稱戀愛文學之精華者。亦不過寥寥數部而已。此學問自非易易也。今擇錄吾所愛誦者數折。解脫者語。

其寫懷春嬌憨之態者。泰西文家所謂初戀也。最佳者如西廂寺警。牡丹亭之驚夢。同上

詞家寫缺憾易著筆。寫團圓難著筆。說多愁多恨易

工。說因緣美滿難工。故汎觀諸家。無一能於此此處取勝者。惟桃花扇之眠香。神乎技矣。以桃花扇一部最哀慘之書。偏於此處作歡暢極美滿之筆。此文家作勢法也。全折無一語帶感慨時事口氣。直至尾聲三語。猶作極酣滿淋漓之筆。此等章法。非俗子所能道也。同上

小說每易舛誤。近人之作。甫脫稿卽以付刊。不暇修飾者無論矣。卽古人之作。不知幾經修改。復經後人點定者。亦復不免。如西廂借廂齣內小梁州之贊美紅娘云。可喜龐兒淺淡粧。穿一套縞素衣裳。金聖歎批云。縞素衣裳四字粘細。是扶喪服也。及後文耍孩兒三煞。追憶雙文之美云。下邊是翠裙鴛繡金蓮小。上邊是紅袖鸞綃玉筍長。豈扶喪時紅娘既縞素衣

崑腔

袁于令著西樓

湯若士遭陰譴

裳。雙文獨可翠裙紅袖耶。此雖詞句小道。然細心人視之。自不得不以爲病。雖然。無金氏之批。則其病轉不如是之著也。缺名語。

元人梁伯龍。字辰魚。與魏良輔製作南曲。二人俱崑山人。故名崑腔。戲始於燈影。繼而傀儡。終而京腔。四平腔。若崑腔其最後也。清顧公燮消夏閑記。

袁籜菴名于令。住因果巷。中略 其著西樓記傳奇。譏吳江沈時同趙鳴鳳也。因妓穆素徽。從沈而趙爲之撮合。故啣之。西樓在四通橋。穆舊居也。沈係萬曆丙辰會元。趙係六名會魁。以場中換卷事發。俱黜革。諺云。丙辰會錄。斷幺絕六。沈亦作望湖亭傳奇。嘲袁麻子。今金鎖記。長生樂。玉麟符。瑞玉等傳奇。皆袁所作。同上

雲間陳眉公入泮。即告給衣頂。自矜高致。其實日奔

走於太倉王錫爵長子緱山名衡之門。適臨川孝廉湯若士在座。陳輕其年少。以新構小築命湯題額。湯書可以棲遲。蓋譏其在衡門下也。陳啣之。自是王相主試。湯總落孫山。王歿後始中進士。其所作還魂記傳奇。憑空結撰。汚衊閨閫。內有陳齋長。卽指眉公。與唐元微之所著會真記。元王實甫演爲西廂曲本。俱稱塡詞絕唱。但口孽深重。罪干陰譴。昔有人遊冥府。見阿鼻獄中。拘係二人甚苦楚。問爲誰。鬼卒曰。此卽陽世所作還魂記西廂記者。永不超生也。宜哉。同上

山陰徐文長渭。客胡宗憲中丞幕。宗憲平倭寇徐海。遣諜厚賂海所幸妓王翠翹。使說海降。海死。胡納翠翹爲妾。時僑寓僧舍。文長欲窺之。服僧衣帽自牆外與之戲。宗憲知之怒。悉集寺僧。令翠翹諦視。誤指貌

似者。遂殺之。後文長歸。嘗見繼室與僧共臥。手刃之。乃繼室也。下獄論死。張太史元汴力解得免。文長作祝髮記傳奇。爲母壽。母爲之飲泣。又作禰衡罵曹操。月明渡柳翠諸劇。名四聲猿。蓋猿喪子。啼四聲而腸斷。文長有感而發焉。皆不得意於時之所爲也。生二子。悉庸才雅號角心蘇皮。一傳而絕。（同上）

國忌日分有無樂社會。（初八日·十二日·十三日·）特田樂。喬謝神。喬做親。喬迎酒。喬教學。喬捉蛇。喬焦鎚。喬賣藥。喬像生。喬教象。習待詔。青菓社。喬宅眷。（中略）禁中大宴親王。試燈慶賞元宵。每社有數火。或有千餘人者。全場傀儡。陰山七騎。小兒竹馬。蠻牌獅豹。胡女番婆。踏蹺竹馬。交袞鮑老。快活三郎。神鬼聽刀。清樂社。（有數社每不下百人·）韃靼舞。老番人。耍和尚。斗鼓社。大敦兒。瞎判官。神仗兒。撲蝴蝶。耍師姨。池仙子。女杵歌。旱龍船。福建鮑老一社。有三百餘人。川鮑老亦有一百餘人。宋無名氏西湖老人繁勝錄。

宋瓦市諸技藝

瓦市深冬冷月無社火看。却於瓦市消遣。中略 專說史書喬萬卷。許貢士。張解元。中略 散樂作場相撲王僥。中略 勾欄合生雙秀才。中略 裝神鬼謝興歌。中略 影戲尚保義賈雄。賣嘌唱樊華。唱賺濮三郎。扇李二郎。郭四郎。說唱諸宮調高郎婦。黃淑卿。中略 談諢話蠻張四郎。下略 同上

湯若士受苦地下

夜坐閱牡丹亭。因憶比來所傳世上演牡丹亭一本。若士在地下受苦一日。未知人語鬼語。意甚不平。竊謂才如臨川。自當修文地府。縱不能遇花神保護。亦何至摧殘慧業文人。令受無量怖苦。豈冥途亦妬奇才耶。內子從旁語曰。當由臨川不幸。遇著杜太守陳

教授一班人作冥判耳。余笑頷之。徐曰。若令我作判官。定須覓一位杜小姐判送氤氳司矣。清湯傳楹閑餘筆話。

**獅吼記**

元人院本獅吼記。演陳慥故事。內有變羊一齣。乃本妒記。京邑士人婦大妒異常。以長繩繫夫脚。夫密與巫嫗計。以繩繫羊。婦自咎悔。誓還復本形云云。與院本關目略同。見藝文類聚三十五人部引。清沈濤瑟榭叢談。

**西廂出於王實甫**

近時北詞以西廂記爲首。俗傳作於關漢卿。或以爲漢卿不竟其詞。王實甫足之。予閱點鬼簿。乃王實甫作。非漢卿也。實甫元大都人。所編傳奇有芙蓉亭雙蕖怨等。與西廂記凡十種。然惟西廂盛行於時。明都穆南濠詩話。

**趙氏孤兒**

世以史記趙氏孤兒作雜劇。是以雜劇爲史記也。史遷好摭拾不經之言爲傳。不怪其然也。又或辨其有

阮大鋮以曲自湔

無者。噫。不足辨也。經曰。趙盾弒其君。則盾固未嘗殺於靈公也。盾之善終。又何嘗死於屠岸賈也。邪史之言。不足信者多。明文林瑯琊漫鈔。

杜玉奇以湯若士離魂齣擅名。年六十餘登場。宛是亭亭倩女。絕可憐人也。清戴延年吳語。

米堆山人（毘陵薛刺史諧孟自稱米衲）附記云。崇禎癸酉冬。姚孟長先生赴南掌院任。晤間談及大鋮所填詞曲十錯認春燈謎。余因從錢兵部其若索觀之。曰。事固有敗於激者。若大鋮此曲。乃思自湔。非思翻局。萬一挺而走險。過其攀附正人之一線。而明爲仇敵。號召黨羽。濟以譎險。天下事去矣。其若與張二無諸公。皆以余言爲平。甲戌春。大鋮忽持年家弟刺過余。一見傾倒欷歔。手抱予兒繼貞。稱六世兄弟。

阮大鋮所度曲

予雖訶之。而心憐其夙遊趙忠毅廡下。抑丁艱。在魏閹未横前。或非渠首。何必峻拒。反深其毒。往答拜之。即牽留張筵。出童子演春燈謎。酒間娓娓自訴。吾與孔時仲達厚。他人交搆。致羅黑冤。十錯認所以自雪本情。冀公等炤覆盆耳。余乘醉應曰。世間錯固不止十。但保公自家不錯。何患人錯。昔人誤答一轉語。墮野狐身。而後賢解之曰。輾轉不錯。復是何物。願公從此實之。爲國家起見。勿生仇恨也。明陳貞慧書事七則

韻石齋筆談云。崇禎末年。不惟文氣薾弱。即新聲詞曲。亦皆靡靡。亡國之音。阮圓海所度燕子箋。春燈謎。雙金榜。牟尼盒。諸樂府。音調猗旎。情文宛轉。而憑虛鑿空。半是無根之謊。殊鮮博大雄豪之致。中略聲音之道。關乎氣運。豈曰偶然。同上

阮大鋮度曲之所

荊釵記

沈瑤岑與洪昉思齊名

池北偶談云。金陵八十老人丁繼之。常與余遊祖堂寺。憩呈劍堂。指示余曰。此阮懷寧度曲處也。阮避人於此山。每夕與狎客飲。以三鼓爲節。客請罷去。阮挑燈作傳奇。達旦不寢。以爲常。燕子箋。雙金榜。獅子賺諸傳奇。皆成於此。所知錄曰。大鋮旣降本朝。在營中。諸公聞其有春燈謎諸劇。問能自度否。大鋮卽起。執板頓足而唱以侑酒。同上

傳奇荊釵記。醜詆孫汝權。按汝權宋名進士。有文集。尚氣誼。王梅溪先生好友也。梅溪劾史浩八罪。汝權慫恿之。史氏切齒。故入傳奇。謬其事以汚之。温州周天錫。字懋寵。嘗辯其誣。見竹懶新書。清施潤章矩齋雜記

沈丈瑤岑諱玉亮。又字亦村。武康諸生。中略于詩古文外。又長於譜曲。與錢塘洪昉思齊名。洪傳而沈不傳。

蓋有幸有不幸矣。屢困場屋。有終葵嚇鬼曲子。末云。不然俺家在終南。怎不曉得那徑兒捷。此語巧妙自然。有鳳池集。俱載應制詩賦。京師貴人奉爲帳祕。或非沈丈立言之意。清汪惟憲積山雜記·

### 題舞臺聯

朱檢討竹垞題舞臺聯集詩句云。古往今來只如此。淡粧濃抹總相宜。上句註小杜。下句註大蘇。鬼門聯出曰是耶非耶。入曰至矣盡矣。上句註漢武帝。下句註朱文公。可謂雋妙絕倫。清戴延年秋燈叢話·

### 玉尺樓

若下朱公放乔。善指頭生活之鐵筆。尤長於塡詞。乾隆辛巳秋。遇於蔣秋崖有穀堂中。遂與定交。有采顛之癖。而面遭天黥。絕似世之所謂羊肚石者。時盧雅雨權鹺維揚。新譜旗亭畫壁傳奇。傳至蘇。朱酒後閱之。即大加塗抹。正其謬誤。雅雨聞而具禮延致。今玉尺樓劇本。是其手筆也。後聞其入某將軍第。爲其佈置園石。間架已竣。持酒登其顛。大呼曰。雲林小子恨不見我。失足觸石死。予爲之立傳。許其與石相終始也。同上

洪昉思昇。號稗畦。居東里之慶春門。少負才名。尤工院本南北曲。以國子生遊都門。暇取唐人長恨歌事。作長生殿傳奇。一時勾闌競抄習之。會國忌止樂。貴人邸第有演此者。爲言官所劾。諸人罷職。昉思遂歸。山左趙宮贊執信亦在譴中。趙嘗有絕句云。牢落周郎發興新。管絃長對自由身。早知才地宜江海。不道清歌誤却人。蓋自悲也。朱檢討錫鬯酬洪昇詩云。金臺酒坐擘紅箋。雲散星離又十年。海內詩家洪玉父。禁中樂府柳屯田。梧桐夜雨詞淒絕。薏苡明珠謗偶

然。白髮相逢豈容易。津頭且纜下河船。元人白仁甫有梧桐雨雜劇。寫雨淋鈴一曲。用事可謂工切。昉思後溺於烏鎮。王司寇阮亭挽詩云。送爾前溪去。棲遲歲月多。菟裘終未卜。魚腹恨如何。采隱懷苕霅。招魂弔汨羅。新詞傳樂部。猶聽雪兒歌。中年欲卜居武康山中。不果。所著稗畦詩集。清整有大曆間風格。嘗有林月前後入。谿花冬夏開之句。世但豔稱其曲子耳。清厲鶚東城雜記

元末永嘉高明字則誠。登至正四年進士。歷慶元路推官。以文行名。方國珍據慶元。避地於瑾縣櫟社。用詞曲自娛。因劉後村有死後是非誰管得。滿村聽唱蔡中郎之句。乃編琵琶記。以雪伯喈之恥。按今琵琶仍是痛詆伯喈。舛悖不倫。不審何云雪恥。清施潤章蠖齋詩話

史忠字廷直。金陵人。少不慧。年十七。方能言。忽通詩詞。畫山水木石。縱筆揮寫。性豪俠負氣。不喜近權貴人。與沈石田善。自號癡翁。樓近冶城。署曰臥癡。與客飲酒。沾唇輒醉。醉則搦管爲新聲樂府。略不搆思。有女笄當嫁壻。貧不能具禮。會燈夕風月佳甚。譜詞攜女觀燈。與其婦送之壻家。呼壻出拜。大噱而去。嘗見其絕句云。癡老平生性僻疏。胸中塵垢半星無。歲寒起坐燒銀燭。寫個江山雪霽圖。同上

作琵琶記傳奇者。或云高明。字則誠。或云高栻。字則成。竹坨詩話云。世傳琵琶記。爲薄倖王四而作。此殆不然。陸務觀詩云。斜陽古柳趙家莊。負技盲翁正作場。死後是非誰管得。滿村聽說蔡中郎。則自南宋已然。不自元明間也。按牛丞相即牛僧孺。而中郎之誣。

其說不一。元人周達觀誠齋雜記云。僧孺有子名繁。
與其同鄉人蔡生。同舉進士。才蔡生。欲以女弟適之。
蔡已有妻趙氏。力辭不得。牛氏與趙相與甚歡。蔡後
至節度副使。鈕玉樵觚賸言云。僧孺子牛蔚。與同年
友鄧䣛相善。强以女弟妻之。而牛氏甚賢。鄧元配妻
李氏亦婉順。有謙德。鄧攜牛氏歸。牛李二人。各以門
第年齡相讓。結爲姐妹。其事本玉泉子。作者以歸伯
喈。蓋憾其有愧於忠。而以不盡孝譏之也。按舊唐書
載僧孺二子蔚藂。蔚登太和九年進士第。藂登開成
二年進士第。俱仕爲節度使。雜記所云繁者。疑是藂
字之訛。蔚襲封奇章侯。其名尤著。故玉泉子遂以爲
蔚。而蔡趙之姓。雜記尤爲符合也。又考杜牧之作牛
丞相墓誌銘。所載五男六女。長男蔚。次藂。次奉倩。二

人皆稚齒。李珏牛公神道碑亦曰。二人未知名。長女嫁上黨苗愔。次嫁范陽張洙。次嫁常山張希復。次嫁前進士鄧淑。次未笄一人。始數歲。則鄧敞又是鄧淑之訛。要之小說所言。其傳聞總難取信耳。清汪師韓談書錄。

一捧雪傳奇。所謂莫懷古者。隱名。若謂莫好古玩。好古如以手捧雪。不可久也。所指乃王忬事。忬字思質。弇州山人世貞父也。沈德符萬曆野獲編云。嚴分宜勢熾時。以諸珍寶盈溢。遂及書畫骨董。時鄢懋卿以總鹺使江淮。胡宗憲趙文華以督兵使吳越。各承奉意旨。蒐取古玩。不遺餘力。傳聞有清明上河圖手卷。宋張擇端畫。在故相王文恪冑君家。鉅富難以阿堵動。乃托蘇人湯臣者往圖之。湯以善裝潢知名。客嚴門下。亦與婁江王思質中丞往還。乃說王購之。王時鎮劄門。即命湯善價求市。既不可得。遂命蘇人黄彪摹真本應命。黄亦畫家高手也。嚴時既得此卷。珍爲異寶。用以爲諸畫壓卷。置酒會諸貴人賞玩之。有妒中丞者。知其事。直發其爲贋本。嚴世蕃大慚怒。頓恨中丞。謂有意紿之。禍本自此成。或云。即湯姓怨弇州伯仲。自露始末。不知然否。又王襄廣彙云。嚴世蕃嘗索古畫於忬。云值千金。忬有臨幅。絶類真者。以獻。乃有精於辨畫者。往來世貞家。有所求。爲世貞斥之。其人知忬所與世蕃畫。非真幅也。密以語世蕃。會大同有虜警。御史阿意論劾。世蕃遂告嵩票本。以致論死。廣彙所載較略。而情節相同。孫退谷寓目記云。上河圖乃南宋人追憶故京之盛。而寫清明繁盛之景也。傳世者不一而足。以張擇端爲佳。上有宣和天曆等

史槃

壐。余於淄川士夫家見之。宋人云。京師雜賣鋪每上河圖一卷。定價一金。所作大小繁簡不一。大約多畫院中人爲之。若擇端之筆。非畫院人所及也。孫之騄二申野錄注云。後世蕃受刑。弇州兄弟。贖得其一體。熱而薦之于父靈。大慟。兩人對食畢而後已。詩畫貽禍。一至於此。然有小人交構其間。釀成尤烈。按所云詩者。楊椒山死。弇州以詩弔之。爲刑部員外况升旗告於嵩。所云畫。卽此圖也。所云小人。則升旗湯臣輩耳。同上

史槃字叔考。徐文長之門人。其書畫刻畫文長。卽文長亦不能辨其非己作也。長於填詞。如兼釵合紗金丸夢磊諸院本。皆盛行於世。余十四歲時。於黃泥橋諸氏園中見之。鬚鬢皓然。年蓋九十餘矣。明黃宗羲思舊錄

韓上桂

吳炳

馮家禎

韓上桂。字孟郁。番禺人。以南京國子監丞左遷照磨。中略豪爽不羈。其在五羊。伶人習其塡詞。會名士呈技。珠釵翠鈿。掛滿臺端。觀者一贊。則伶人摘之而去。在舊院演所作相如記。女優傅靈修爲文君取酒一折。便賚百金。好談兵略。鬱鬱無所試而卒。同上

吳炳。號石渠。長於塡詞。所著有西園。情郵。畫中人。療妒羹。綠牡丹。雖多勦襲而不落俗。徐虞求先生甚不喜之。曰五院本乃石渠之五經也。以三司首領攝餘姚縣事。同上

馮家禎字吉人。長於度曲。喪亂之際。結爲歌社。時慈人陳謨。以無賴委署寧紹道。好作聲勢。恐嚇鄉里。公登場賓白。黃和尚有成親日。豈可人無得意時。莫笑陳謨今富貴。他年情事有誰知。謨聞之大怒。以他事

搆之下獄。獄吏待之頗慢。公卽唱西樓怪相逢款待疎節。曼聲按拍。無不絕倒。初不知其爲患難也。然每對余言。則無非新亭之淚。同上

董守諭。字次公。是時甬上知名者三人。文虎履安次公。而次公又爲別調。東浙旣亡。異時擧人爭先入仕。皆復會試於本朝。人謂之還魂擧人。次公獨稱故官。不見當道。嘗以朱子發卦義問余。余爲之疏解於下。曾憶與之看戲。有演尋親記者。哀動路人。次公指而謂曰。此錢美恭也。其父與此相類。顧忍而爲此乎。蓋美恭父錢士驌。仕滇中不返。故次公言之。其後美恭決志入滇。而身無一錢。乃買鼓板一副。市鎭之處度曲。卒迎父柩而返。同上

譚宗初。字九子。後改公子。姚江人。善音律。爲人不羈。

余於庚寅歲見其與羣少年登場演戲。九子扮繡襦樂道德。摹寫幫閑。情態逼肖。同上

金源燕賓歌樂

宋時士夫猶有起舞以勸酒者。自優作而舞遂廢。遼曲宴宋使。酒一行。觱篥起歌。酒三行。手伎入。酒四行。琵琶獨彈。然後食入。雜劇進。繼以吹笙彈箏。歌擊架樂。角觝。王介甫詩。涿州沙上飲盤桓。看舞春風小契丹。蓋記其事也。至范致能北使。有鷓鴣天詞亦云。休舞銀貂小契丹。滿堂賓客盡關山。則金源燕賓。或襲爲故事。未可定耳。清納蘭成德淥水亭雜識

數落山坡羊

焦仲卿妻。又是樂府中之別體。意者如後之數落山坡羊。一人彈唱者乎。同上

近世應作近體樂府

曲起而詞廢。詞起而詩廢。唐體起而古詩廢。作詩欲以言情耳。生乎今之世。近體足以言情矣。好古之士。

本無其情。而强效其體。以作古樂府。殊覺無謂。同上

前朝功令最寬。如演戲不許扮歷代帝王聖賢。此載在刑書也。若武宗南巡。係當代人主。竟演登場矣。宰相入串本。惟分宜父子最盛。大約皆醜詆之詞。至於商文毅三元記。尤可笑。別紀載文毅公父爲府吏時。太守遙見吏舍有光。迹之非火。翌日。問羣吏家有何事。云商某夜生一子。太守異之。語其父曰。此子必貴。善撫之。且事非遠代。其家傳誌在人耳目。而院本裝演。種種不經。且公後代人文輩出。何不能舉其坊本而燬之。死後是非誰管得。滿街爭唱蔡中郎。作俑者誰是耶。清黎士宏仁恕堂筆記



余聞同官巫公繼穉五。其鄉有余君名彥者。與李君名履素者爲舊交。一日。偶值於途。李謔之曰。一春魚

雁無消息。余卽起揖曰。乂手忙將禮數迎。崇禎中有高平葉公瑋。令長汀。梁谿王公行可令武平。王緣事論罷。葉往訟之。笑曰。爲甚的武陵(音近平。)人抱悶悠悠。王答曰。長亭(同汀)短亭。那管人愁悶。一用浣沙記語。一用玉簪記語。隨口便給。眞雅謔也。(同上)

吳梅村旣仕國朝後。讌集太原王氏。梅村令伶人演爛柯山劇。伶人於演科白時。大聲對梅村語曰。姓朱的有甚虧負你。梅村爲之面赤。甲申闖賊之變。大司馬某亦在迎降之列。後官浙中。赴讌西湖。伶人演闖賊破都城故事。一人執手板蒲伏道旁自唱。臣兵部尚書某迎接聖駕。蓋某卽座上某也。因悵然不懌。罷酒而去。利祿薰心。廉恥道喪。於鐙紅酒綠之場。作暮鼓晨鐘之喚。二伶殆有心人歟。惜其名皆佚不傳。(蕁廬)

雜綴・

河廳當日之奢侈。乾隆末年首廳必蓄梨園。有所謂院班道班者。(中略)道光中陶文毅改票法。揚商已窮困。然總商黃瀠泰尚有梨園全部。殆二三百人。其戲箱已值二三十萬。四季裘葛遞易。如吳王採蓮。蔡狀元賞荷。則滿場皆紗縠也。黃之子小園與余交好。清金安清觚哉漫錄・

吳蘋香女史工詞。嘗作飲酒讀騷圖長曲一卷因繪爲圖。己作文士裝束。廣徵名人題詠。蓋寓速變男兒之意也。缺名筆記・

某邑令賦性貪鄙。到任後。百計搜括。後以贓罷官。有賤之者。設香案酒筵候道左。令至下輿。與衆周旋。內有三人。著古代衣冠。類優伶。令驚訝問故。三人自道

百文敏與荷官

姓名。一爲曹孟德。一爲秦檜。一爲嚴嵩。且云。吾輩生前罪孽深重。死後上帝罰墮九泉之下。永不超生。今蒙父臺將地皮括去數層。使千載幽魂。重覩天日。此恩何以答報。令聞之面無人色。不終席而去。同上

桐城光聰諧律元先生。記嘉慶間百文敏公齡總制兩江時。蒐於江西。中丞胡公克家果泉設筵宴之。文敏豐裁峻整。竟日無言。自中丞以下。莫不震慴。次日再宴演劇。有伶人荷官者。舊爲京師菊部之冠。文敏睨焉。是日適登場。文敏見之。色動。顧問此非荷官耶。曷至是。齒亦長矣。無怪老夫之鬢已皤也。荷官因跪進至膝。捋其鬚曰。太師不老。蓋用院本貂蟬口白。文敏大喜。爲之引滿三爵曰。爾可謂荷老尚餘擎雨蓋。老夫可謂菊殘猶有傲霜枝矣。公字菊溪。故自謂也。

是日四座盡歡。校閱軍實。一無舉劾。方東樹植之先生時在中丞幕府。實親見之。頗疑中丞預儲以待。用江南主之待陶穀。文潞國之待何剡故事。按張乖厓帥蜀時。悅一姬。趙清獻亦悅一妓。又何必不以之相擬也。同上

## 查潘鬭勝

戲劇中演查潘鬭勝事。甚猥瑣。然實非無因。特流傳之實眞耳。乾嘉之朝。禾中殷富首以王江涇陶氏爲鉅。此外則推查氏。查以天津鹽務敗歸。猶存數百萬。中略 查小山有折。卽聲山宮詹之曾孫。由天津鹽務起家。祖父皆仕宦鼎盛。與朝貴多至親。一時煊赫無比。年甫四十。遽卒。計平生揮霍。殆不下六七千萬。故俗呼曰遮半天。中略 嘉善金眉生安法廉訪筆述。同上

## 朱四芬唱曲

癸辛雜識續集載高疏寮守括日。有籍妓洪渠者。慧

黠過人。一日。歌真珠簾詞。至病酒情懷猶困懶。使之演其聲。如病酒而困嬾者。疎寮極稱賞之。適有客云。鄉自用鄉法。高因視洪云吾亦愛吾渠。遂與脫籍而去。道光時。都中有蘇旦朱四芬者。年十四。與徽旦中至美者劉愛紅並稱第一花。因劉長一歲。人又呼朱爲亞紅。有倪姓者。入都應京兆試。狎之。一日。開筵宴客。令朱佐觴。柔情綽態。四座盡貽。命之歌藏舟劇山坡羊一曲。此曲本哀感者。起句即曰淚盈盈做了江干花片。朱慮聽者不歡。櫻喉乍啟。一笑嫣然。客有褒周郎癖者。乃口占一絕調之曰。看花燈下愛花明。花爲人看花有情。粉面春風年十四。樽前笑唱淚盈盈。朱曰。殆謂歌此曲不應笑耶。因又唱跌包劇紅衫兒一曲。嫩喉淒涼。神色慘至。合座傾聽。不覺泣下。倪至挽其頸勿令再唱。而前客亦傾倒備至矣。聲色惑人。眞無所不至哉。其後倪留滯都門。爲朱傾家身染沉痾。不三月而卒。然病中朱僅一往視之。同上

臨川夢

蔣心餘作臨川夢傳奇。極詆陳眉公之爲人。且於湯陳交惡之由。言之頗詳。然晚香堂中題牡丹亭一跋。有楊用修長於論詞。而不嫻於造曲。徐天池四聲猿能排突元人。長於北而又不長於南。獨臨川以花間蘭畹之遺。兼擅其長云云。其推崇臨川至矣。至化夢還覺。化情歸性等語。亦能道出牡丹亭之本意。觀此則眉公當日。固尚與臨川相厚。空梁泥落。漸結怨嫌。名士忌才。正復何所不至。況采花簾塵影

西樓記

俞曲園小浮梅閑話。及茶香室三鈔。均述西樓記傳奇事。但知爲袁籜菴因名妓穆素徽而作。卽所引之

弔桃花曲

隨園詩話。如是我聞。及顧丹之筆記等書。亦皆語焉不詳。吳江袁漫恬書隱叢說曾記其事。頗足補曲園之闕。先是吳江有沈同和者。以財雄一鄉。凡新到妓女。必先晉謁。中略乃作西樓記以寄慨云云。漫恬與籜菴相去未久。又記載其本邑之事。當較他書爲可信也。

缺名筆記

予友趙瑾叔瑜錢塘人。入籍武康。補博士弟子員。少時雅善填詞。撰有青霞錦。翠微樓傳奇數種。與洪稗畦齊名。中年喜作釋氏裝。自稱繡衲頭陀。不飲酒食肉。又不言釋氏之學。不肯俯仰於人。家雖貧。泊如也。記康熙庚辰三月夜。大風雨。至黎明。聞扣門聲甚急。啟視之。則趙也。著屐而來云云。天公如此。桃花摧殘可知矣。吾欲往六橋弔之。君能偕我行乎。予適小疾畏風。辭之。瑾叔遂獨行。抵暮仍過我。急索筆。寫弔桃花曲五闋見示。音調淒惋。真有情人也。予亦倚其聲而和之。今錄趙作於後。（山坡羊）誰繪就河陽圖畫。却向這西湖懸掛。恠宵來狂風不休。看紛紛紅雨漫天下。假若是攀折他。被催花御史拿。到而今禁不住鸚哥。只把東風罵。何事天公見識差。波查葬西施向水涯。煙沙嫁王嬙不返家。（皂羅袍）十里紅橋緊跨。總拋開旖旎。掃盡繁華。長隄那得錦屏遮。穠香一路由人踏。珠零玉碎。蘭舟慢撐。紅愁紫怨。春醪慢賒。淚蘇蘇怎禁得千行下。（解三酲）貴客來辜負了軒車駟馬。富家來消停起檀板琵琶。才子來詩成空返玄都駕。美人來休認做玉真家。緇絲來何曾悟得三摩義。羽士來未必燒成九轉砂。有一種狂逞輩癡呆煞。肚皮裏惟知飲啖。耳朵裏只聽喧譁。（玉抱肚）吾心牽惹。急孜孜憐花惜花。把一盃澆向花前。花知道可能鑒咱。日之夕矣不歸家。恨不得坐到黃昏再哭他。（皂角兒犯）六朝春總屬虛花。三月景一番閑話。說甚麼絳雪胡麻。想都是塵埃野馬。沒相干拋開罷。眼刀斜。枝頭還剩一些些。風休刮雨莫加。殘春尚值千金價。（尾聲）人生難得長瀟洒。費幾杯淚酒與閑茶。你看宋苑秦亭又增一番新綠也。清徐逢吉清波

小志

綠牡丹傳奇。係明末烏程溫體仁介弟育仁倩人所作。時復社聲勢甚盛。育仁作此書。詬誚張天如輩。卒以此致婁江烏程。顯開大隙。詳見張秋水冬青館集。及陸桴亭復社記事。秋水謂是書係二三百年國社所

闐。一莖草現丈六金相。不可以宋元雜纍少之。覺阿開士書壯悔堂集後四絕。其末曰。少日閑情悔最難。傾城名士兩相歡。傳奇爭愛桃花扇。誰唱温家綠牡丹。亦深致傾慕之意。乃流傳絕少。不克與燕子箋十錯認等同邀後人評賞。亦文字之一厄也。況槑花簾塵影

馮晏海雲鵬先生。吾通名宿也。著有紅雪詞行世。末有新嫁娘十六首。風光旖旎。將新婦狀態。描摹盡矣。其詞調寄北一半兒。茲錄其最佳者如下。（一）寶奩裝就待春風。鴛枕鴛衾色色紅。怎樣魚游春浪中。覷朦朧。一半兒疑猜一半兒懂。（二）花輿燈火簇雲霞。泣別娘行並阿爺。執手叮嚀休憶家。聽啞啞。一半兒真啼一半兒假。（三）華堂花燭忒多儀。鼓樂喧闐儐相齊。站拜成婚雲鬢低。步難移。一半兒心驚一半兒

喜。(四)催妝促起望朝雾。淡畫春山兩鬢分。豔豔天
仙無比倫。可銷魂。一半兒新紅一半兒粉。(五)旋來
賀客鬧盈門。繡幔爭窺花樣身。謔浪生春如不聞。任
評論。一半兒心煩一半兒哂。(六)不言不語看香燒。
陪嫁雙雙伴寂寥。暗想懽情如昨宵。意搖搖。一半兒
難禁一半兒好。(七)清晨梳洗問翁姑。罷能繡停針一
事無。晝靜惟聞烏鵲呼。待兒夫。一半兒清閑一半兒
苦。(八)小姑翻看枕紅羅。枕上誰開並蒂荷。帶笑回
言流目波。便如何。一半兒他人一半兒我。(九)小時
獨宿不關情。徹夜酣眠直到明。自有同情人喚卿。怎
安寧。一半兒迷蒙一半兒醒。(十)碧梧新占鳳凰儔。
坐并花陰寢並頭。半夜遲歸心便愁。望凝眸。一半兒
思眠一半兒守。(十一)兒家家住鳳橋西。門外垂楊

水拍堤。屈指歸寧三日期。兩難離。一半兒爹娘一半兒你。渴睡漢語.

### 荊釵記

傳奇荊釵記。醜詆孫汝權。按汝權宋名進士。有文集。尚氣誼。王梅溪先生好友也。梅溪劾史浩八罪。汝權慫恿之。史氏切齒。故入傳奇。謬其事以汚之。溫州周天錫。字懋寵。嘗辨其誣。見竹懶新書。缺名筆記.

### 題蘭花卷子曲

楊小坡茂才工塡詞。有爲王某題秦淮女史吳瑞雲蘭花卷子南北曲一套。聲調蒼涼。借題感興。置之曲譜中。不減玉茗風韻也。（正宮端正好）莽天涯人何處。望江南荊棘荒蕪。花心更比人心苦。是一編著色的離騷賦。（滾繡球）想當初十二闌干簾影疎。三五中秋月影孤。看樓外垂楊一樹。把長橋遮得模糊。甚文章大小蘇。甚神人大小姑。喬珠娘煙花寨主。

俊玉郎曠代才無。那管他桃花竟日隨流水。端的是
寒雨連江夜入湖。對畫蘭媚影親摹。（脫布衫）你
是個阮籍窮途。他是個卓氏當爐。鍾情的夢兒中陽
臺遇雨。傳情的畫兒中空山泣露。（小梁州）那時
節院落沈沈日影晡。他爲你滴翠調朱。還有個可人
捧硯是掌中珠。迴眸顧花也病難扶。（么篇）怎地
中隱隱鳴金鼓。眼睜睜斷梗江湖。血染了石頭城。屍
填了桃葉渡。你尚有生綃一幅。花不共人枯。（上小
樓）一霎時香簾繡幕。都變了幾堆黃土。再休提風
雨秋燈。煙波畫船。詩酒狂徒。看棲烏。聽啼蛄。野花無
主。享一點畫蘭名天還嫉妒。（么篇）只爲你名魁
花譜。花爲香祖。俺也曾裘點鸘鷞。裙潑胭脂。帳掩珍
珠。倡家雛。酒家胡。緩歌漫舞。只落得鬱蒼蒼斜陽滿

樹。（耍孩兒）王郎啊你當年箏笛鳴秋浦。劚一片蘆花舞絮。抽刀殺賊竟何如。破青衫依舊寒儒。留得個一叢香草三生石。最傷心滿地灰飛萬卷書。吃緊的相思譜。雖則是無人可賞。却怎生有口難餬。（五煞）深惜你倦吟花詩句香。醉談兵膽氣粗。大人藐視終難遇。禰衡不肯遊江夏。西子何曾去五湖。目斷臺城路。似你這深山小草。怎難忘野水殘蒲。（四煞）最愛你亂排場不讓人。鳳頭銜衆口誣。薰蕕雜處心良苦。這壁廂八公草木新烽火。那壁廂六代江山舊畫圖。一卷朝和暮。猛想起悲歡離合。塗抹些者也之乎。（三煞）堪笑你謁塗山眼界空。弔荊人獨自哭。蘭魂吹入琴堂幕。說什麼黃衫傾倒真名士。他也曾紅拂私奔莽丈夫。一瓣心香炷。怎當日飄零蕩子。

又做了勇敢狂奴。（二煞）可恨你破蒲團坐得拘。舊青氈守得愚。怎十家姊妹將人誤。江淮才子名雖重。脂粉嬌娃骨已枯。大刧皆天數。可記得紅巾揾淚。綠酒提壺。（一煞）俺勸你謝風情多讀書。覓生涯且濫竽。黃金杜牧人爭鑄。只爲你深深香霧迷胡蝶。因此上苦苦春風叫鷓鴣。一唱君當悟。似這般情苗恨蕊。到不如永斷根株。（尾聲）知君牽夢魂。代君訴肺腑。可憐曲誤無人顧。我待要請證蘭花花不語。清金夷霞綺篇。

遼曲宴宋使。酒一行。觱篥起歌。酒三行。手伎入。酒四行。琵琶獨彈。然後食入。雜劇進。繼以吹笙彈箏歌擊架樂。角觝。王介甫詩。涿州沙上飲盤桓。看舞春風小契丹。蓋紀其事也。清吳長元宸垣識餘。

史騾兒歌曲

金大定十三年四月。上御睿思殿。命歌者歌女直詞。顧謂皇太子諸王曰。朕思先朝所行之事。未嘗暫忘。故時聽此詞。亦欲汝輩知之。至治間。燕人史騾兒善琵琶。蒙上愛幸。上使酒。無敢諫者。一日御紫檀殿。飲騾兒歌殿前歡曲。有酒神仙之句。上怒。叱左右殺之。後悔曰。騾兒以酒諷我也。同上

張怡雲

張怡雲。大都名妓也。居海子上。能詩詞。善諧笑。名重京師。趙松雪商正叔高房山爲寫怡雲圖以贈。姚牧菴閻靜軒每於其家小酌。嘗佐貴人行酒。姚偶言暮秋時三字。閻命怡雲續而歌之。張應聲作小婦孩兒。且歌且笑曰。暮秋時。菊殘猶有傲霜枝。西風了却黃花事。貴人曰。且止。遂不成章。又有寄姚征衣詞云。欲寄君衣君不還。不寄君衣君又寒。寄與不寄間。妾心

千萬難。人多傳之。同上

洛陽橋記

兎兒山。即旋磨臺天啟乙丑重陽。車駕臨幸。鐘鼓司邱印執板唱洛陽橋記。攢眉黛鎖不開一闋。次年復如之。宮人相顧。以其近不祥也。陳悰詩。美人眉黛月同彎。侍駕登高薄暮還。共訝洛陽橋下曲。年年聲繞兎兒山。同上

倒喇

倒喇。金元戲劇名也。似俗而雅。錢塘陸次雲賦滿庭芳詞云。左抱琵琶。右持琥珀。胡琴中倚秦箏。冰絃忽奏。玉指一時鳴。唱到繁音入破。龜茲曲盡作邊聲。傾耳際。忽悲忽喜。忽又恨難平。舞人矜舞態。雙甌分頂。頂上燃燈。更口噙湘竹。擊節堪聽。旋復迴風滾雪。搖絳蠟故使人驚。哀艷極。色飛心駭。四座不勝情。按朱竹垞。查初白。俱有觀倒喇詩。茫不知爲何技。讀此詞。

有如目擊。洵乎詩難狀而詞易工也。徐華隱云。此等題極宜留詠。以補風俗通之所未載。今都中此技無有矣。同上

誇大黃鶯兒

山東士人某。語多誇大。本無知識。人多哂之。嘗語及大樹曰。我鄉一樹。大無可喻者。蓋經四千歲之久矣。詢爲何代物。曰。傳爲趙宋時物也。聞者絕倒。好事者乃括其平生之語。集爲一曲。曰黃鶯兒。以爲談柄云。曲曰。宋樹四千年。熟楊梅朱陳縣。一驢日走三千站。十套史全。百斤鯉鮮。三千馱子金剛鑽。更誇天。賊來吃餅。一頓打三千。清景星杓山齋客話

吳中戲院之始

吳縣王鶴琴先生。耆年碩德。與談吳中掌故。則掀髯抵掌。如數家珍。嘗詢以吳中戲院之肇始。先生云。明末尚無此。款神宴客。侑以優人。則於虎邱山堂河演

之。其船名捲梢。觀者別僱沙飛牛舌等小舟。環伺其旁。小如瓜皮。往來渡客者。則曰蕩河船。把槳者非垂髫少女。卽半老徐娘。風流甚至。或所演不洽人意。岸上觀者輒拋擲瓦礫。劇每中止。船上觀客過多。恐遭覆溺。則又中止。一曲笙歌。周章殊甚。雍正間有郭姓者。始架屋爲院。人皆稱便。生涯甚盛。自此踵而爲之者至三十餘家。捲梢船於是遂廢。孫毓修綠天清話。

元人鍾醜齋集當時顯宦名公製曲行世者若干人。爲錄鬼簿。其自序有云。人之生斯世也。但以已死者爲鬼。而不知未死者亦鬼也。特一間耳。其言痛矣。慈谿邵元長題湘妃曲於後曰。高山流水少人知。幾擬黃金鑄子期。繼先既解其中意。獨恨相逢何太遲。示佳篇古怪新奇。想達士無他事。錄名公紛紛如鬼。嘆

人生不死何歸。讀至末句。如三更魚鼓。半夜霜鐘。喚醒癡人不少。繼先。醜齋字也。同上

客有讀碧桃記而不知其人者。予按此記爲金谿吳嵩梁而作。嵩梁自號蓮花居士。嘉道間以詩鳴。卓然爲江西鉅子。宦遊京師日。有水西女子岳綠春者。姿容明惠。畫墨蘭。有韻致。亦善小詞。有句云。花有美人香。樹影玲瓏畫粉牆。一時誦爲清照再生。淑真易世。博士雅慕之。詰其居。值綠春菱鏡匀妝。杏腮初點。乃貽以碧桃一枝。女受而簪之。俄有以重聘聒其母者。女恚甚。謂母曰。兒已簪吳氏花矣。及歸。博士築聽香館以居之。月窗並坐。影飄連理之裾。花徑偕行。香浣合歡之帶。博士嘗詠西樵姬人水檻焚香侍。秋響扁舟抱膝吟之句以自寫。則其豔福可知矣。陸祁生爲

長生殿

帝女花

作碧桃記傳奇。以誌韻事。歡娛不久。而彩雲遽散。良會不常。博士深情人。當亦披此記而益深哀蟬落葉之思也已。同上

孔東塘桃花扇成。而桃源洞主田舜年已教家姬合演。餘如西堂樂府。湖上傳奇。莫不朝成稿本。夕布管絃。皆文人之幸遇矣。而洪昉思之長生殿。則山西亢氏爲寘衣飾器用之費。至費鏹五十萬兩。始得歌喉一囀。座客稱善。同時江淮某大吏。亦演此劇。其門客項生。爲之布置。所費亦數十萬。見樊榭山房集。文人寓言。好事者致不惜傾產以點綴之。然則長生一曲。貽誤白頭。作者亦可以無憾。同上

倚姓樓傳奇帝女花中朝鬨一齣。四邊靜云。大明結局甚傷悼。帝和后盡丟掉。我曹本舊人。見了心多跳。

因此奏求我主們把太子封了。皇陵蓋好。還要乞爺爺替前朝開個弔。讀之令人破涕爲笑。劇中以魏學濂爲降賊。則殊誣。同上

覺阿開士有書壯悔堂集後四絕句曰。少日閑情悔最難。傾城名士兩相歡。傳奇最愛桃花扇。誰唱温家綠牡丹。隸事頗新僻。或詢綠牡丹出處。余案婁東陸桴亭復社記略曰。當天如之哀集國表也。中略天致如十錯認。燕子箋。亦明季文字風氣所趨。而語語譏切社長。極喜笑怒罵之致。宜媿菴當日厲禁之。要其詞藻有不能沒者云云。以上錄葉調生先生鷗波漁話。明末黨人互相傾軋。乃以院本爲武器。亦一談助也。今其書不傳。坊間所刊綠牡丹非傳奇體。且不堪卒讀。當是別一書。而襲其名者耳。小說月報補白

李太虛。南昌人。吳梅村座師也。明崇禎中爲列公。國變不死。降李自成。清定鼎後。乃脫歸。有舉人徐巨源者。其年家子也。嘗非笑之。一日。視太虛疾。太虛自言病將不起。巨源曰。公壽正長。必不死。詰之。則曰。甲申乙酉不死。則更無死期。故知公之壽未艾也。太虛怒。然無如何。巨源又撰一劇。演太虛及龔芝麓降賊後。聞清兵入。卽逃而南。至杭州。爲追兵所襲。匿於岳墳鐵鑄秦檜夫人胯下。適夫人方月事。迨兵過而出。兩人頭皆血汚。此劇已演於民間。稍稍聞於太虛。適芝麓以上林苑監。謫宦廣東。過南昌。亦聞此事。乃與太虛。密召歌伶。夜半演而觀之。至兩人出胯下事時。血淋漓滿頭面。不覺相顧大哭。謂名節掃地至此。夫復何言。然爲孺子辱至此。必殺以洩忿。乃使人俟巨源

於逆旅。刺殺之。事載甌北集中。云聞之蔣心餘者。則其書已不傳矣。同上

嘗偕某某觀劇。伶人演搶繖曰。萬古千秋雨又來。甲曰。萬古千秋。詞意大謬。當改爲萬點千絲。乙曰。以文字斠之。疑是萬苦千愁。坐人爲之擊節歎服。後檢示古曲本。果如乙言。余謂誤讀書。亦一適意事也。如乙改本。便死於言下。以此推之。曲文有有朝得了天和下。你做朝來我坐庭之語。若一一求其詞旨之安。必勿能有此趣味矣。懺綺主人 風月閑情

曲海揚波卷一終

# 曲海揚波卷二

江都任二北錄

陳雲伯爲小青菊香雲友修墓於西泠。徵諸題詠而彙刻之。顏曰蘭因集。仁和吳蘋香藻有南北曲一套。蘋香詞名最著。花簾一集。嗣響易安。曲亦頡頏倚殅。（步步嬌）金粉難銷湖山路。草綠裙腰露。荒陵落日初。一片傷心。美人黃土。何處弔蘼蕪。把香名一例兒從頭訴。（醉扶歸）一個葬秋墳冷唱逋仙句。一個對春山閑臨西子圖。一個簾垂畫閣綠陰疏。怎蓮胎生迸的蓮心苦。最怜他零膏冷翠强支吾。最傷他蘭因絮果難調護。（皂羅袍）日日畫船簫鼓。問湖邊豔迹。說也模糊。桃花三尺小墳孤。棠梨一樹殘碑古。春烟楊柳。秋風荻蘆。粉痕蛺蝶。紅腔鷓鴣。玉鈎斜誰把這招魂賦。（好姐姐）有個謫仙人轉蓬萊故都。愛一帶青山眉嫵。平章花月。把嬋娟小傳摹。詩禪悟。重留片石將情天補。欲倒狂瀾使恨海枯。（尾聲）珊珊環珮歸來否。早註入碧城仙簿。只問他曾向詩人下拜無。近人王西神然脂餘韻

### 鵑紅記

吳蘭雪香蘇山館集云。嘉慶六年。富莊驛（在四川）有蜀中女史鵑紅題壁詩六首。趙君野航見而和之。且為譜錄鵑紅記院本八齣。同上

### 紫芝記

王漢章陽秋謄筆云。宣統初元。再至白下。時與鄉人張雙圓遍訪金陵古迹。中略張君尤好探奇。一日獨遊宿靈谷寺僧房。中略與寺僧坐談廡下。見大樹根處熠燿有光。中略僧言彼處將生菌矣。中略相傳洪楊之役。石

城既下。有宮娥十許人。被掠至此。不屈而縊於樹。中略以故樹下時生紫菌。朱殷如血。張君因於黑夜折之。中略又數日。張君夜夢綠衣少女十餘輩。匍匐來謝之。既寤。中略譜爲紫芝記傳奇。同上

**頳綃恨**

頳綃恨傳奇。墨香詞客撰。本事略取龔璱人所爲詞瑤台第一層中註。某侍衞原序所云。某王孫與中表某氏及婢杏兒事。王孫初別某氏。贈以頳綃巾納氏枕中。後婢竟以此殉氏葬。同上

**聲曲原委**

常與吾兄論聲曲原委。三代以上。歌舞二者。絕不相蒙。干羽笙歌。各有其曲。下及宋元。舞曲盡失。而詩詞屢更。五言七言。日趨工巧。長短句之體興。而有詞之小令。由小令而衍長之。詞牌遂不可勝舉。南渡之際。文人好俗言。而曲始盛行。一時士大夫無不擅顧曲

之能。然猶未演之爲劇也。金世供御。有四廂樂。其兩廂。舞樂也。男名末泥。女名旦兒。凡合樂。號曰連廂。舞者皆依曲句而舞。然猶歌者自歌。舞者自舞。至元世。始歌舞皆出一人。通場陪襯而不唱。號曰北曲。至明世。始通場合唱。號曰南曲。而關節益繁。鋪場白講。所謂靡靡之樂。淫哇亂志者。職此之謂。自唐以來。供奉雜劇。類今茶肆中說書。一人升座設論。一人從旁問答。諢諧出之。其隱切時事。見之正史。號曰諷諫者甚多。其原出於滑稽之流。與聲曲截然兩途。舞曲之詳。雖不可知。其略尚可意求。天寶時。象馬教舞大會皆能應節。以意度之。則歌舞相應。未必始於金之連廂。蓋唐世已然矣。趙惠甫能靜居筆記

閱南西廂一過。友人好西廂者。爭以爲牡丹亭勝西

廂。是眞不讀書人語。是眞不解世情人語。夫情生文。文生情。情不至則文不成。其爲文雖絕麗之作。而其言無所附麗。譬如摶沙作飯。無有是處。雙文之於張生。其始相愛悅而已。中則患難之交。終則有性命之感。然後踰禮越義。以有斯文。其情淳摯深厚。至不可解。淪肌浹髓。耐人曲折尋味。故夫雙文之於張生。不得已也。發於情之至者也。情至而不得遂。將有死生之憂。人實生我。而我乃死之。死之仍不獲於義也。於是有行權之道焉。君子之所寬也。若牡丹亭則何爲哉。陡然一夢。而卽情移意奪。隨之以死。是則懷春蕩婦之行檢。安有清淨閨閣如是者。其情易感。則亦易消。入之不深。則去之亦速。拈題結意。先已淺薄。如此雖使徐庾操筆。豈能作一好語。今見其豔詞麗句。而

以爲彼勝於此。是尚未知人情。安足以言讀書。同上

班史元帝自度曲。曲瓚曰。歌終更授其次。謂之度曲。張衡舞賦曰。度終復位。次授二人應劭曰。自隱度作新曲。因持新曲以爲歌詩聲也。師古曰。二說皆是也。度音大各反。愚案瓚說未安。玉篇度又過也。度曲或當如應說。謂自作新曲而自歌之。以次終其曲也。卽如張平子賦語。亦云度終復位。明言度曲既終。然後更授其次。則度字當作唐故切。卽次授之義。亦當爲唐故音。不得音大各反。惟應說乃得音大各反。恐顏說亦未必盡然。清徐昂發畏壘筆記

嵇留山

嵇留山才最敏速。而性又機警。在幕中輒倡和爲樂。所著醫書。盈尺積几。尤擅音律。製小劇。引喉作聲。字字圓潤。逆旅之中。藉以遣懷導鬱。雖骨肉兄弟。無以

岳端製揚州夢

過也。清徐旭閩中紀略

宗室紅蘭主人岳端嘗自製揚州夢傳奇。徧招日下諸名流賞之。有少年王生。善集唐。即席詩成結句云。十年一覺揚州夢。唱出君王自製詞。主人大喜。以黃金十四錠。白玉巵三。奉酒爲壽曰。一字一金也。生受酒。以金分給梨園曰。同沾君惠。主人號玉池生。善畫。又號東風居士。因有東風無力不飛花句。爲輔國將軍博問亭爾都所賞也。清查爲仁蓮坡詩話

史閣部勤王齣

沛縣閻古古爾梅。號白耷山人。赴史道鄰閣部聘時。值興平伯高傑爲許定國所殺。古古勸閣部往鎮撫之。閣部勿聽。且退保維揚。古古遂以書投之而去。後於廬州見傳奇。有史閣部勤王一齣云。「元戎親率五諸侯。不肯西征據上游。今夜廬州燈下見。還疑公

未死揚州。」又。「繡鎧金鞍妃子妝。與平一旅下河陽。猿公劍術無人曉。鶯道筵前舞大娘。」此指高傑婦邢。李自成妻。同上。

匿峯廬諸伶

冒巢民晚築一室。曰匿峯廬。每燕集名流。必出歌童演劇。有楊枝。秦簫。徐郎。諸人。徐郎名紫雲。色藝冠絕流輩。瞿有仲詩云。「秦簫爲歌楊枝舞。就中紫雲尤媚嫵。」楊枝之子名小楊枝。亦歌童也。同上

商盤精音律

商蒼雨編修盤。號寶慧。精音律。升菴琵琶。對山腰鼓。兼其風致。乙卯秋入都。路經水西莊。余出歌者演劇。蒼雨留詩曰。上略「妙高臺上好風光。值得東坡醉一場。解唱幾時明月有。元郎本是舊袁郎。」「水西秋景未凋殘。送客留情坐夜闌。惱亂好花紅著眼。不教攀折只教看。」後二首指元郎也。昔東坡命袁綯歌

明月幾時有把酒問青天之句。是日元郎度曲。毛郎疊奏。寶慧自吹紫簫和之。同上

演長生殿詩

吳東壁司馬有于斯堂踏燈詞十二首。風調絕倫。記其二絕云。「上略 怪他雖老太郎當。三五優童聚廣場。舞罷霓裳妃子笑。紅橋原有李三郎。」時演長生殿。故云。同上

演長生殿得禍詩

洪昉思以詩名長安。交遊燕集。每白眼踞坐。指古摘今。無不心折。作長生殿傳奇。盡刪太真穢事。深得風人之旨。一時朱門綺席。酒社歌樓。非此曲不奏。好事者借事生風。旁加指斥。以致秋谷。初白諸君皆挂吏議。此康熙己巳秋事也。秋谷贈初白詩「與君南北馬牛風。一笑同逃世網中。」初白答以「欲逃世網無多語。莫遣詩名萬口傳。」又云「竿木逢場一笑

成。酒徒作計太憨生。荆高市上重相見。搖手休呼舊姓名。」後庚寅九日。郭于宮在花密居招同人社集。演長生殿傳奇。初白老人不及赴。以二絕句答之云。「曾從崔九堂前見。法曲依稀欲投傳。不獨聽歌人散盡。教坊可有李龜年。上客紅筵與自酣。風光重說後三三。老夫別有燒香曲。憑向聲聞斷處參。」感慨係之矣。洪有集名稗畦。竹垞贈洪詩云「梧桐夜雨詞淒絕。薏苡明珠謗偶然。」亦實錄也。同上

孔東塘學博尚任。號云亭山人。用侯方域李香君事作桃花扇傳奇。其間朝政得失。文人聚散。皆確考時地。全無假借。與長生殿盛行於時。德州田山薑雯題詞云「一劍降旗出石頭。烏啼楓落秣陵秋。南朝賸有傷心淚。更向臙脂井畔流。」鐵嶺陳于王云「玉

樹歌殘迹已陳。南朝宮殿柳條新。福王少小風流慣。不愛江山愛美人。」宋牧仲云。「血作桃花寄怨孤。天涯把扇幾長吁。不知壯悔高堂下。入骨相思悔得無。」「陳定生吳次尾名士鎮周旋。狎客追歡向酒邊。柳敬亭蘇崑生何意塵揚東海日。江南留得李龜年。」同上

沈起鳳所著傳奇

沈蕢漁。名起鳳。吳縣人。工詩。長於詞曲。所著才人福。報恩緣。伏虎韜等劇。傳播歌場。時伶爲之增價。里中菊部師。直欲範金事之。下略．清戴延年．摶沙錄．

蔣培所著傳奇

蔣秋崖。名培。長洲人。風懷跌宕。雅有樊川之目。酒旗歌扇間。不可無此人。所著傳奇有玉蟠桃。桃花夢諸種。姑蘇鞠枝詞百首。袁簡齋太史題以兩絕。中略夢堂英相國亦曾爲題照。下略．同上．

朱夰精音律

朱稗畦。名夰。浙江長興人。詩詞工雅。擅指頭生活。而

曲經

六如亭

音律之精。當世罕其匹。時山左盧雅雨先生。權鹺邗上。製旗亭畫壁傳奇。稗畦輒加塗乙。爲之正其宮譜。雅雨聞之。具禮延致。復爲其譜玉尺樓劇本。雖不得與玉茗爭工。於我朝洪孔兩家。實堪鼎峙。後聞其於某藩邸中。爲布置園石。間架已竣。即持酒登其顛。大呼曰。雲林小子。恨不見我。竟失足觸石死。同上

馮松恬。名克鞏。浙江嘉善人。四庫館議敘得官。工書法。能度新聲。著有曲經一編。審音定律。分寸合度。歌場老教師無以難焉。同上

徐蓀畦。名觀壎。元和人。習刑法家言。屢遊大幕。尤以謹慎自持。取信于名公鉅卿。故所至爭爲倒屣。在粵東時。曾譜六如亭傳奇。播之歌場。爲玉局朝雲重開生面。一時傳爲韻事。而先生亦以此自鳴得意云。同上

鈕樹玉精曲律　鳴鴻度　演長生殿之禍

鈕匪石。名樹玉。洞庭山人。能詩。精曲律。同上

查孝廉晚歲耽聲伎之樂。家畜女伶。並一時妙選。嘗自製鳴鴻度等新樂府。登場搬演。視湯玉茗所云「傷心拍遍無人會。自招檀痕教小伶」者。未免生黨姬之妒矣。厲樊榭云。查家旦色。皆以此爲名。故毛西河有「祇有柔些頻顧影。倩人不欲近闌干」之句。

清吳騫拜經樓詩話

錢塘洪太學昉思昇。著長生殿傳奇。康熙戊辰中。既達御覽。都下豔稱之。一時名士。張酒治具。大會生公園。名優內聚班演是劇。主之者爲真定梁相國清標。具柬者爲益都趙贊善執信。虞山趙星瞻徵介。館給諫王某所。不得與會。因怒。乃促給諫入奏。謂是日係皇太后忌辰。爲大不敬。上先發刑部拏人。賴相國挽

演長生殿之禍

回。後發吏部。凡士大夫除名者幾五十餘人。海昌查太史愼行亦在內。後改今名。先生詩所謂「荆高市上重相見。搖手休呼舊姓名」是也。趙竟以是廢置終身。晚年有詩云「可憐一夜長生殿。斷送功名到白頭。」聞當時有陳某者。已出都。行至良鄉。聞有是會。星夜兼程回京。比到。席已散。值送客出。僅從衆中一揖而已。明日。亦以與會削籍。清董潮東皋雜錄

趙秋谷執信。以丁卯國喪。赴洪昉思寓觀長生殿劇。被黃給事六鴻劾罷。時徐勝力編修嘉炎亦與讌。對簿時。賂聚和班優人。詭稱未與。得免。都人有口號云。「國服雖除未滿喪。如何便入戲文場。自家原有三分錯。莫把彈章怨老黃。」「秋谷才華迥絕儔。少年科第儘風流。可憐一齣長生殿。斷送功名到白頭。」

「周王廟祝本輕浮。也向長生殿裏遊。抖擻香金求脫網。聚和班裏製行頭。」徐豐頤修髯。有周道士之稱。後官學士。聞黃給事由知縣行取入京。以土物並詩稿遍贈諸名士。至秋谷。答以柬云。土物拜登。大稿壁謝。黃銜之刺骨。故有是劾。清阮葵生茶餘客話

楊靖絕命詞

洪武中。刑部尚書楊靖。中略才臣也。未竟其用。以冤死。明史云。尚書字仲寧。臨難之日。作絕命詞云。「可惜跌破了照世界的軒轅鏡。可惜顛折了無私曲的量天秤。可惜吹熄了一盞須彌有道鐙。可惜隕碎了龍鳳冠中白玉簪。三時三刻休。前世前緣定。」身後建祠於新城東門之下。顏曰昭恤院。同上

貫雲石小梁州

近時人歌唱。或被之管絃。皆淫詞豔曲。所謂使人聞之喪其所守者。嘗觀元人樂府。有四時行樂小梁州

詞四闋。不過摸寫餘杭西湖四時景象。比之一時其他詞曲。猶爲彼善于此。乃酸齋貫雲石之作也。其一云。「春風花草滿園香。馬繫在垂楊。桃紅柳綠映池塘。堪遊賞。沙暖睡鴛鴦。宜晴宜雨宜陰涼。比西施淡抹濃裝。玉女彈。佳人唱。湖山堂上直吃得醉何妨。」其二云。「畫船撐入柳陰涼。聽一派笙簧。採蓮人和採蓮腔。聲嘹亮。驚起宿鴛鴦。佳人才子遊船上。笑吟吟滿飲瓊漿。歸棹晚。湖光蕩。一鉤新月。十里芰荷香。」其三云。「芙蓉映水菊花黃。滿目秋光。枯荷葉底鷺鷥藏。金風蕩。飄動桂枝香。雷峯塔上登高望。見錢塘一派長江。湖水清。江潮長。天邊斜月。新雁兩三行。」其四云。「彤雲密布鎖高峯。凜冽寒風。瓊花片片灑長空。梅梢凍。雪壓路難通。六橋頃刻如銀洞。粉裝

戲曲之感發人心

遼王詞曲

成九里寒松。酒滿斟。笙歌送。玉船銀棹。人在水晶宮。

」明姜南瓠里子筆談

往昔英雄豪俠。祕計奇謀。可喜可驚。真足照耀千古。太史公紀之詳矣。然天下豈皆操觚染翰之士。按籍而覩者。寧幾何人。匹夫匹婦。茫乎未知也。我朝騷人墨客。作浣沙。紅拂。竊符。投筆等記。其間慷慨悲歌。風流豪邁。樹蓋世洪勳之奇男子。具超塵偉識之俠婦人。編之詞曲。演之壇場。俾當年行事。歷歷如在目前。凡有血氣者。咸知奮發。誠感激人心之一助。可謂盛矣。如觀此而徒以聲音衣服與傀儡同類。而共笑之。真所謂木石人也。洪文科語窺今古

是時。秦中孫一元。信州宋登春。吾吳顧聖之諸君。凡數輩。皆爲王門珠履。與故荆守徐宗伯公倡和上元

諸曲。徐有西宮隱隱出鸞簫之句。傳誦一時。然遼王雅工詩賦。尤嗜宮商。其自製小詞豔曲。雜劇傳奇。最稱獨步。有春風十調。唾窗絨。誤歸期。玉闌干。金兒弄丸記。皆極婉麗才情。尋後安置鳳陽。又編撰賣花聲諸詞數百闋。流傳江表。含思悽楚。不減南唐後主。春意闌珊。至今章華臺前老伎。半是流落宮人。猶能彈出箜篌絃上。一曲伊州淚萬行也。明錢希言遼邸紀聞

嘌語聲疾也。又爲雜唱不合古者。程大昌演繁露云。今世歌曲。比古鄭衞泚濫者。名曰漂唱。嘌之音如瓢。孟元老東京夢華錄。京瓦市伎藝云。嘌唱弟子張七七等。樓敬思評石孝友詞之謔詞。利於嘌唱者之口。周密癸辛雜識別集云。高疏寮得何氏女。善小唱嘌唱五百餘曲。四水潛夫武林舊事。或云亦周密作也。

沾瘧一半兒

其紀諸色伎藝人。俱雜男女。獨丁未年撥入勾闌弟子嘌唱賺色十四人。皆女子。耐得翁古杭夢遊錄云。嘌唱謂上鼓面。唱令曲。小謳。驅駕虛聲。縱弄宮調。與叫果子。唱耍曲兒。爲一體。吳自牧夢粱錄云。嘌唱爲引子。四句就入者謂之下引帶。無引帶者曰散唱。清俞正燮癸巳存稿

某姬患瘧。寒熱方消。而情殊困頓。遣侍兒索予一半兒曲。覓之行勝。已爲烏有。因過其妝閣。爲塡秦淮雜曲十段云。(一)玉容未見見春衫。愛煞歌聲傍畫闌。望斷凝魂詎等閑。眼耽耽。一半兒湘簾一半兒檻。(二)千金一刻兩和諧。羞上鴛衾鳳枕來。初破瓜時輕似呆。揾香腮。一半兒佯推一半兒耐。(三)君如春水妾如魚。無奈秋風苦別離。玉碗擎來琥珀盃。不須

疑。一半兒香醪一半兒淚。(四)檀郎低語問卿卿。玉珮胸前照眼明。割愛何妨解贈行。緩摸稜。一半兒慳留一半兒肯。(五)當歌還歇喘吁吁。粉暈雙紅眼又低。曲未完全不忍催。意迷離。一半兒嬌癡一半兒醉。(六)低頭轉側看弓鞋。新製洋貂稱體裁。爲要矜奇特地來。笑相猜。一半兒明錢一半兒債。(七)清明原說早還家。秋燕書來約又差。讀罷鸞箋恨轉加。莫從他。一半兒猜疑一半兒罵。(八)小鬟昨夜教新腔。一曲聞鈴百板長。紅豆拈成煞易忘。隔紗窗。一半兒輕謳一半兒想。(九)情多自古是冤家。盲女新聞唱不差。練鎖香喉血濺花。小娃娃。一半兒要聽一半兒怕。盲女唱秦淮舊事(十)翻成新曲解人頭。自己傷心訴與誰。試把親朋數一回。暗攢眉。一半兒衰翁一半兒鬼。甫脫稿。催付院中老曲師。誦讀數過。即拍板高歌。歌罷而姬神稍暢。予笑曰。藥頗對症。異日酬儀。慎勿草草。姬亦笑曰。曾於朱氏水閣通宵絃管。以解君心煩脾倦。是君和我緩。何自伐爲也。復啜茗劇談而散。雪樵居士

青溪風雨錄

西樓記

袁簡齋太史云。西樓傳奇。乃袁鳧公水部所作。虞叔夜乃鳧公之託名。事在康熙初年。王子堅先生曾親見鳧公。短身赤鼻。長於詞曲。莫素輝亦中人之姿。面微麻。而性耽於筆墨。故兩人交好云。西樓舊址。前臨牛市。而後俯秦淮。嘉慶初。楚南許公兆桂構而葺之。亭臺窈折。水木清華。自號西樓寓公。今許公已歸道山。燕子重來。堂更王謝。不禁感慨係之。下略 同上

琵琶記

琵琶記傳奇。託名蔡伯喈。言人人殊。王元美藝苑巵

言云。高則誠琵琶記。託名蔡伯喈。不知其說。偶閱說郛。所載唐人小說。牛僧孺之子繁。與蔡生同舉進士。欲以女弟適之。蔡已有妻趙矣。力辭不得。後牛氏與趙處。能卑順自將。蔡至節度副使。其姓事相同如此。胡元瑞莊岳委談則云。高則誠琵琶記。蔡爲牛壻。莫知所本。偶閱玉泉子云。鄧敞初隨計。以孤寒不中第。牛蔚。僧孺之子。謂敞曰。吾有女弟。子能昏。寧靳一第耶。時敞已壻李氏。顧己寒賤。未能致騰踔。許之。既登第。就牛氏親。不日挈牛氏歸。李拊膺大哭。牛氏請見曰。吾父爲宰相。縱不能富貴。寧無一嫁處耶。其不幸豈惟夫人。今願一與共之。李感其言。卒同處終身。乃知則誠所謂牛相。即僧孺。近人黃九煙又記一說云。苻秦時。慕容喈。字伯喈。别妻入關。贅權門。故妻造訪。

棄而不納。高則誠因作琵琶記。所見諸說不同。毛氏琵琶本。則引大圜索隱曰。東嘉與王四友善。四後棄其妻。而坦腹於時相不花家。東嘉作此諷之。託名蔡邕者。以四少賤。嘗爲人傭菜也。牛丞相者。以不花家居牛渚也。又引真細錄云。其說與索隱同。據此兩說。遂斷以爲王四作無疑。路按陸放翁詩有云。斜陽古柳趙家莊。負鼓盲翁正作場。身後是非誰管得。滿村聽說蔡中郎。觀此詩。則中郎事在宋以前已傳人口。其所謂滿村聽說者。或因慕容喈。或因鄧攸。或因蔡節度。而託名中郎。都未可知。至東嘉此記。疑只取古人舊說。演作新詞耳。初非託始於東嘉。而東嘉亦未必別有所諷也。如有所諷。寧不能自立主名。而必取夫姓事相同者。以使人有疑似之情乎。此則索隱

真細等書。彌不足據以爲信明矣。黃嬭餘話

又閱田藝蘅留青日札。亦載王四事。而謂元人呼牛爲不花。故謂之牛太師。是同以明人紀元事。已與大圜索隱不花居牛渚不同。則所云東嘉爲王四之說。並見其妄。日札亦引放翁詩後二句。謂東嘉有感於此詩。故作琵琶記。託名中郎。此並是臆說。又誤作劉後村詩。後村集並無此詩也。同上

楊升菴謂蔡邕父名稜。字伯直。見後漢書注。傳奇蔡崇簡。杜撰無稽。不學之過云云。是以東嘉此記直爲蔡邕作。又屬夢虁邕父名稜。自見邕本傳注。特據邕祖碑而詳其字耳。槩以爲見注。亦非。同上

擊筑餘音。明末王築夫撰。其開首絕句云。「譜得新詞嘆古今。悲歌擊筑動餘音。莫嫌變徵聲凄咽。要識

王築夫

劉效祖沉醉東風

孤臣一片心。」結尾亦有絕句云。「世事浮雲變古今。當筵慷慨奏商音。宮槐葉落秋風起。凝碧池頭賦此心。」作歌後。遂不食而死。清金武祥粟香室隨筆

王築夫名思任。字季重。山陰人。萬曆乙未進士。出爲興平。當塗。青浦三縣。監國守越。起爲正詹禮部右侍郎。事已不可爲。自號采薇子。架一廬曰孤竹菴。不食七日而死。性疏放。好謔浪。嘗製弈律。避兵猶負一棋局以往。爲詩才情爛漫。入鬼入魔。有句云。「地懶無文草。天愚多暗雲。」其險怪多類此。同上

明劉念菴副使效祖。有沈醉東風詞云。「東華路塵沙滾滾。灞陵橋車馬紛紛。官高休羨榮。命蹇須安分。靠青山緊閉柴門。閒把英雄細討論。能幾個到頭安穩。」「門巷外旋栽楊柳。池塘中新浴沙鷗。半灣水

遶籬幾朵雲生岫。愛村居景致風流。閒毀盧仝茗一甌。醉翁意何須在酒。」本朝鄭板橋有道情歌中一闋云「老書生。白屋中。說黃虞道古風。許多後輩高科中。門前僕從雄如虎陌上旌旗去似龍。一朝勢落成春夢。倒不如蓬門僻巷。教幾個小小蒙童。」皆富貴場中一服清涼散也。同上

明宸濠妃婁氏。工詩。善書。今江西藩署。即昔宸濠王府。有妃粧樓遺址。署門屏翰二大字。相傳爲妃手蹟。宸濠相判。妃諫不從。因題採樵圖云「婦語夫兮夫轉聽。採樵須是擔頭輕。昨宵雨過蒼苔滑。莫向蒼苔深處行。」蓋諷之也。王敗。妃在樵舍投水死。逆流六十里。至章門。土人葬之南昌廒側。蔣心餘太史訪得之。言於彭青原方伯。修復其墓。太史有一片石第二

碑傳奇。卽此事也。同上

張南山先生有村居樂黃鶯兒八首。茲錄其四時各一首。春景云。「結個小茆茨。愛村居耕種宜。課晴問雨吾儕事。新泥一犂。新秧一畦。朝來好雨如絲細。著蓑衣。銜烟而去。笑指杏花肥。」夏景云。「深柳讀書堂。愛村居日正長。兒曹把卷書聲朗。北窗置牀。南風送涼。忽然夢到羲皇上。黑甜鄉。思量熱客。此際汗如漿。」秋景云。「秋色滿烟蘿。愛村居詩思多。移花補竹閑工課。拈鬚奈何。掉頭細哦。樵夫牧豎都來和。笑呵呵。塗鴉心急。新墨兩頭磨。」冬景云。「曝背坐前廊。愛村居冬向陽。太平打鼓鼕鼕響。東家築場。西家殺羊。騎驢踏雪人來訪。漏春光。梅花帳底。一夜夢魂香。」同上

歌詞代各不同。而聲亦易士。元人變爲曲子。今世踵襲。大抵分爲二調。曰南曲。曰北曲。胡致堂所謂綺羅香澤之態。綢繆宛轉之度。正今日之南詞也。登高望遠。舉首高歌。而逸懷浩氣。使人超乎塵垢之表者。近於今日之北詞也。明陸深谿山餘話

貫酸齋軼事

錢塘祝吉甫居西河上。搆小樓。眺盡湖山之勝。賓客常滿。隣有富豪。築高牆數仞蔽之。吉甫因鬱鬱不樂。趙松雪訪吉甫。登樓爲書二字扁曰。「且看。」一日。貫酸齋來。亦題於左云。「酸齋也看。」無何。隣以通番簿錄。家徙。垣屋摧毀。小樓內湖山如故。明田汝成委巷叢談

四平市語與曲牌名

輟耕錄言杭州人好爲隱語。以欺外方。中略白獺髓言杭俗澆薄。中略此皆宋時事耳。乃今三百六十行各有市語。不相通用。倉猝聆之。竟不知爲何等語也。有曰

四平市語者。以一爲憶多嬌。二爲耳邊風。三爲散秋香。四爲思鄉馬。五爲誤佳期。六爲柳搖金。七爲砌花臺。八爲霸陵橋。九爲救情郎。十爲舍利子。小爲消梨花。大爲朵朵雲。老爲落梅風。諱低物爲鞁。以其足下物也。復諱鞁爲撒金錢。則又意義全無。徒以惑亂聽聞耳。同上

予家有陽春白雪小本。元人如劉時中。關漢卿諸人之作尤多。大抵元之詞曲最擅名。予嘗私論之曰。漢之文。唐之詩。宋之性理。元之詞曲。試以漢之文言之。果有出於董賈之策乎。以唐之詩言之。果有出於李杜之什乎。以宋之性理言之。果有出於濂洛關閩之論乎。以元之詞曲言之。果有出於陽春白雪之所載者乎。況四代人物。又不止於此乎。明曹安讕言長語

五倫全備

丘瓊山名儒也。博學多知。賦性高傑。獨步時輩。中略惡市井時俗汚下。多作淫放鄭聲。爲民深害。先生自創新意。撰傳奇一本。題曰五倫全備。欲使閭閻演唱。化回故習。亦可振啟淳風。其於先生心迹之正。輔世之功。又何如哉。明陶輔桑榆漫志

西廂稱爲春秋

西廂記人稱爲春秋。或云曲止有春秋。而無冬夏。故名。明單宇菊坡叢話

賓白

北曲中有全賓全白。兩人對說曰賓。一人自說曰白。同上

琵琶記

元末永嘉高明。字則誠。登至正四年進士。歷任慶元路推官。文行之名重於時。見方谷珍來據慶元。避世於鄞之櫟社。以詞曲自娛。因劉後村有「死後是非誰管得。滿村聽唱蔡中郎」之句。因編琵琶記。用雪

蔡伯喈之恥。其曲調拔萃前人。入國朝。遣使徵辟。辭以心恙。不就。使復命。上曰。朕聞其名。欲用之。原來無福。既卒。有以其記進。上覽畢曰。五經四書。如五穀。家家不可缺。高明琵琶記。如珍羞百味。富貴家其可缺耶。其見推許如此。今流傳華夷。不負所學云。明黃溥言閑中今古錄

吳社中雜劇

凡神所棲舍。具威儀簫鼓雜劇迎之。曰會。優伶伎樂。粉墨綺縞。角觝魚龍之屬。繽紛陸離。靡不畢陳。中略雜劇則虎牢關。曲江池。楚霸王。單刀會。遊赤壁。劉知遠。水晶宮。勸農丞。採桑娘。三顧草廬。八仙慶壽。明王穉登吳社篇

王西樓樂府

王西樓者。武弁也。而以樂府擅名。余觀其所擬樂府。未嘗強摹君馬黃。雉子班等篇。皆就眼前時事命題。

特筆氣爽快。發揮可喜。如擬婦人騎馬云「露玉笋絲韁軟把。襯金蓮寶鐙輕踏。裙掩翡翠紗扇掩泥金畫。似比昭君只少面琵琶。天寶年間若有他。卻不把三郎愛殺。」擬睡鞋云「新紅染鞋三寸整。不落地能乾淨。燈前換晚粧。被裏鈎春興。幾番間把醉人兒蹬踢醒。」擬罵雞云「雞兒失了。童子休焦。那炊爨的好助他一把火燒。烹調的送他一握胡椒。乾乾淨淨的吃了。損得終朝報曉。直睡到日頭高。」然則此等製作。未免粗俗。而材料取諸眼前。句調得諸口頭。朗誦一過。殊足解頤。其視匠心學古。艱難苦澀者。真不啻啖哀家梨也。即此推之。詩可例已。明江盈科雪濤詩話

友人卓珂月曰。我明詩讓唐。詞讓宋。曲讓元。庶幾吳歌掛枝兒。羅江怨。打棗竿。銀鉸絲之類。爲我明一絕

耳。卓名人月。杭州人。（明 陳宏緒 寒夜錄）

四友齋叢說云。元人虎頭牌十七換頭落梅風云。「抹得瓶口兒淨。斟得盞面兒圓。望着碧天邊。太陽澆奠。只俺這女直人無甚麼別咒願。只願吾弟兄們早能勾相見。」一友人曰。此似唐人木蘭詩。（中略）如此擬古人。方是慧心妙識。作詩文者。皆應從此悟去。（同上）

曲為五絕之一

五絕。漢篆。晉字。唐詩。宋詞。元曲。（太平老人 袖中錦）

周若霖撰傳奇

周秀才若霖。字蕙鍾。號築兩。嘉定人。食餼於庠。綺才豔筆。譟一時。詩宗溫李。詞則秦七黃九之遺也。工度曲。間傳粉登場。能令坐客絕倒。所著薝香小草。薝香詩話。蔚也堂詩餘。玉釵怨。祀招財傳奇。選列朝仙詩。明人小尺牘若干種。（清 姚古愚 甑塵紀略）

西樓記

顧俠君觀西樓記傳奇云。「翠鈿拾得在荒園。月動花梢宿夜魂。今日尊前看白美。眉尖一半舊啼痕。」

自注。白美。木姬本名也。故址在秀野園旁。案今院本作穆素徽。假木之音爲穆。假白美之義爲素徽耳。今吳縣學署左某氏有小園。相傳爲木姬舊居。西樓尚存。則秀野園當亦在其鄰也。清程庭鷺多暇錄

小姑賢雜劇

小姑賢。爲虎邱南地名。昔有民家姑惡新婦。欲羅織之。其小姑悉引爲己過以悟母。母悔而止。鄉人祠之。今院本雜爨有小姑賢一折。即演此事。見宋聚燕石集小姑賢祠詩注。詩云「離鸞別鵠兩沈冥。腸斷盧江焦仲卿。不見虎邱南畔月。至今當爲小姑明。」乃其地無人知者。同上

入末念酸

韓熙載不拘禮法。常與舒雅易服燕戲。猱雜侍婢。入末念酸。以爲笑樂。見馬令南唐書歸明傳。入末念酸

明末之曲

荊釵記

優語

四字甚新。而不可解。當是角觝雜戲名目。抑如雜劇中之科諢歟。同上

元曲之當行者無論已。近如徐文長漁陽三弄。木蘭從軍。沈君庸之灞亭秋。吳梅村之通天臺。尤悔菴之黑白衞。李白登科。激昂慷慨。自是天地間一種至文。婁江十子。虹友才尤高。鶴尹詩才不及。而獨工金元詞曲。所作籌邊樓。浩氣吟等傳奇。殆可謂詞曲之董狐。漁陽詩說

傳奇荊釵記。醜詆孫汝權。按汝權宋名進士。有文集。尚氣誼。王梅溪先生好友也。梅溪劾史浩八罪。汝權慫恿之。史氏切齒。故入傳奇。謬其事以汚之。溫州周天錫字懋寵。嘗辨其誣。見竹懶新書。清施潤章矩齋雜記

吳祭酒偉業。既仕本朝。適有張某。以善疊假山來婁

東人。共禮待。不以石工相遇。太原王氏一日設宴。招祭酒。張亦在座。因演劇。祭酒點爛柯山。蓋以中有張石匠。欲以相戲耳。梨園人以某故。每唱至張石匠。輒諱張爲李。祭酒笑曰。甚有竅。後演至張別古寄書。有曰。姓朱的有甚虧負你。某拍案大呼曰。此太無竅矣。祭酒不覺面爲之赤。江熙掃軌閑談

吾吳包振玉。係梨園中吹笛者。一日。忽有人云。北門王姓。以銀一錠。定於來日演劇。至是日。果有來接者。於是振玉及班中一應人。發箱櫳以往。則巍然大第。堂中設宴甚盛。主人出。謂振玉曰。今日係兒周歲。但宜清唱。不可太鬧。以兒幼。不任驚嚇也。遂點西廂記。並欲減去跳惠明。及殺退孫飛虎二齣。乃定席開場。久之。衆方演唱。振玉獨執笛旁坐。默窺座中賓客。凡

飲酒俱呷入鼻。其中外往來輩。俱若離地而行。並不見足。心甚異之。以語衆人。衆曰。彼不欲鬧。豈其所畏在此哉。於是鑼鼓一響。倏無所覩。乃從昏黑中取火視之。則在一松間古墳旁。狼狽歸家。振玉遂得疾。不三日卒。（同上）

湯義仍撰西夢

王文肅家居。聞湯義仍到婁。流連數日。不來謁。徑去。心甚異之。乃遣人暗通湯從者。以觀湯所爲。湯於路日撰牡丹亭。從者亦日竊寫以報。迨湯撰既成。袖以示文肅。文肅曰。吾獲見久矣。湯內慚。謬曰。吾本撰四夢記。此其一也。餘尚有三。文肅急欲索觀。乃一日夜撰成焉。聞湯於一小樓。手拍口誦。書史數十人不給。（同上）

彭孫貽折桂令

明淮南彭孫貽羿仁。爲太常節愍公期生子。（中略）少以選貢入成均。與羨門少宰。並有才名。平生耿介自守。孝行聞於時。鄉人私諡孝介先生。濟南王文簡稱其中略尤工倚聲。茗齋詩餘二卷。俊爽婉媚。兼而有之。實擅南北宋之長。間有閑情側豔之作。亦屬詞家之常。集中有折桂令二首。怨情云。多愁況又經秋。睡皺衣篝。銷瘦金彄。翠袖西樓。凝眸別酒。滴透江流。颼颼渡頭衰柳。難留江口孤舟。邂逅相兜。倦繡相摟。生受綢繆。此後休休。秋懷云。舊遊烏柏西洲。紅藕風柔。纖手箜篌。惟酒忘憂。今秋重九。依舊南樓。報仇純鈎七首。封侯皓首丹邱。蟻鬬嬴劉。腐朽伊周。曾否回頭。芻狗浮漚。清蔣光煦茗齋詩餘跋

莫廷韓。初名是龍。字雲卿。後以字行。華亭人。以貢入北太學。有雋才。書畫琴弈。投壺射藝。歌曲戲劇。無不

金在衡

升菴夫人

中原音韻

瓊林雅韻

精絕。明朱孟震玉笥詩談

金山人在衡。名鑾。隴西人。從其父宦金陵。因占籍爲金陵人。初爲諸生。才名藉藉。後刻意爲詩。及樂府諸詞曲。一時名輩。咸服其工。所著有徙倚軒集。蕭爽齋詞稿。年八十二。猶能作細書。同上

升菴楊先生夫人黃氏。遂寧黃簡肅公女。博通經史。能詩文。善書札。嫻於女道。性復嚴整。閨門肅然。雖先生亦敬憚之。同上

或以周德清中原音韻。不過寫北方土音耳。不知此書專爲北曲而設。故往往與北人土音相合。至其斟酌聲韻。宛轉喉吻。則具有精微焉。彼豈不顧韻學純任土音。而輒著書垂世者耶。清毛先舒聲韻叢說

臞仙所輯瓊林雅韻。全取中原音韻而稍更次之。並

換總部之名。如東鍾換稱穹窿。江陽換稱邦昌。要與周氏之書。無大差別。或云。周氏書是北曲韻。臞仙書是南曲韻。謬矣。同上

江陽韻曲來

周德清合三江於七陽。彼非不知江韻收陽頗淺。但字入歌唱。其音曼長。勢必收入陽韻而後止。若令不收陽韻。必竟收東鍾。則又失却江韻略收陽本色。故不得不併爲江陽耳。江陽庚青。其收鼻音處正同。故古韻七陽八庚往往相通。亦以收音相同故也。同上

度曲須知之失

度曲須知一書。可謂精於音理。但字母堪刪論後總括十九韻頭腹。凡例侵尋法當閉口。則侵宜作妻音切。鍼宜作知音切。深宜作施音切。欽宜作欺音切。金宜作饑音切。今凡宜用音字者。俱用恩字。是不閉口。而抵齶矣。亦其漏也。同上

學者與優伶之失

學士大夫能稽古而多不嫻音律。伶人歌工能歌而不讀書。則習流而昧源。此聲韻之學。少能貫通之也。況學者又多未稽古。而優伶並鮮精於音律者乎。同上

唱曲轉收諸法

凡唱曲有轉收諸法。自不可廢。然須唱本音合足後。乃作轉收耳。蓋本音是主。轉收是客。本音是身。轉收是尾。客故不可以勝主。尾故不可以過大也。同上

玉簪記

京師觀劇。多演玉簪記。若茶敍。問病。琴挑。追舟諸齣。往觀輒遇之。然不審潘陳之有無。及讀古今女史。宋女貞觀陳妙常尼。年二十餘。姿色出羣。詩文俊雅。工音律。張于湖授臨江令。宿女貞觀。見妙常。以詞調之。妙常亦以詞拒。詞載名媛璣囊。後與于湖故人潘法成私通。情洽。潘密告于湖。以計斷爲夫婦。玉簪記院本因此。特潘之名不同耳。清許宗衡玉井山館筆記

## 切音贅論

士友劉辰孫明經。工詩詞。中略 而尤精於音韻之學。中略 明經執前人箸書忌早之說。必俟年逾六十。乃遭亂流離。旋殁上海。惜哉。身後搜諸其家。得中州切音譜贅論一冊。爲度曲家正譌。予不嫻詞曲。姑置之。中略 長洲潘麐生博士。今詞曲家也。亦與辰孫善。曾錄切音贅論副本藏之。中略 取劉氏碎金。切音贅論。及予向藏以雜文數首。統名曰劉氏遺著。清潘浚劉氏遺著序

## 譏時四劇

鄭寒村詩。除夕雜詠句云。臺中奏議故紛更。都下謠言慣沸羹。自注。御史有參翰林部郎不可提督學一疏。相傳京堂謀出學政。故浼臺臣出疏。一時小說流行。有小京堂密謀翻大局。死御史賣本作生涯。老郎中掣空籤望梅止渴。窮翰林開白口畫餅充饑四劇。清光聰諧有不爲齋隨筆

琵琶記爲詞曲之祖

王圻續通考曰。琵琶記。瑞安高明著。因友人有棄妻而婚於貴家者。作此記以感動之。思苦詞工。夜深時。燭燄爲之相交。至今猶爲詞曲之祖。事載杜坤誠齋雜記。清惠棟九曜齋筆記

續通考載琵琶記

稗史譏王圻續文獻通考載琵琶記。水滸傳。此亦別有一說。未可輕議。但余見續通考止有水滸傳。未見琵琶記也。又云。通考載羅貫中爲水滸傳。三世子弟皆啞。余見續通考題水滸傳爲羅貫著。不名貫中。三世子弟皆啞。並無其文。豈刻本有互異耶。抑稗史之誤識耶。清章學誠丙辰劄記

商小玲演尋夢

錢塘陳栘山撰西湖竹枝。用商小玲事。人都不解。崇禎時。杭有商小玲者。以色藝稱。演臨川牡丹亭院本。尤擅場。嘗有所屬意。而勢不得通。遂成疾。每演至尋

夢。鬧殤。諸出。眞若身其事者。纏綿悽惋。橫波之目。常擱淚痕也。一日。復演尋夢。唱至打併香魂一片。陰雨梅天。守得梅根相見。盈盈界面。隨聲倚地。春香上視之。已殞絶矣。臨川寓言。乃有小玲實其事。兪二娘沒。不意復有此人。語並見玉几詩話。清鮑倚雲退餘叢話

周伯琦近光集立秋日書事詩。鐵刹標山影。自注云。上京西山。上樹鐵旛竿。高數十丈。以其下海中有龍。用梵家說。作此鎭之。元史文宗紀。至順二年。命僧於鐵旛竿修佛事。然則今良鄉之琉璃河。俗呼王彥章鐵篙者。卽鐵旛竿之類也。按曲中有沈濤瑟榭叢談

余嘗與韓圖麟論今世之戲文小說。圖老以爲敗壞人心。莫此爲甚。最宜嚴禁者。余曰。先生莫作此說。戲文小說。乃明王轉移世界之大樞機。聖人復起。不能

楚人強作吳歈

元未嘗以詞曲取士

舍此而爲治也。圖麟大駭。余爲之痛言其故。反覆數千言。圖麟拊掌掀髯。歎未曾有。彼時只及戲文小說耳。今更悟得卜筮祠祀。爲易禮之原。則六經之作。果非徒爾已也。清劉獻廷廣陽雜記

亦舟（姓待考）以優觴款予。演玉連環。楚人强作吳歈。醜拙至不可忍。如唱紅爲橫。公爲庚。東爲登。通爲疼之類。又皆作北音收□。開口鼻音中。使非余久滯衡陽。幾乎不辨一字。余向極苦觀劇。今值此酷暑如炎。村優如鬼。兼之惡釀如藥。而主人之意。則極誠且敬。必不能不終席。此生平之一劫也。同上

世傳元人以詞曲取士。考元史選舉志及元典章。皆無其事。胡震亨讀書雜錄。言其友秀水屠用明。藏元代皇慶三年鄉試錄一帙。所載考試程式。與元志無

王和卿詠蝴蝶

明宣宗寄生草

異。則元未嘗以詞曲取士也。清梁茝林退庵隨筆

元王和卿與關漢卿。俱以北調相高。偶見大蝴蝶飛過。和卿賦云。彈破莊周夢。兩翅架東風。三百座名園一采個空。脫一字誰道風流種。諕殺尋芳的蜜蜂。輕輕飛動。把賣花人扇過橋東。漢卿遂罷詠。和卿此詞。妙處在結語。然宋謝無逸蝴蝶詩云。江天春暖晚風細。相逐賣花人過橋。時有謝蝴蝶之稱。和卿襲其意耳。明徐𤊹筆精

宣宗皇帝御製寄生草云。賽爛熳三春景。稱清和四月天。綠楊烟罩絨絲線。彩蓮水映紅妝面。翠芭蕉風颭青羅扇。林塘盡日好留連。池塘長夏宜消遣。其一有馥郁荷香度。看微茫野色連。幾行鷺印平沙遍。一羣魚躍清波淺。數聲樵唱西山遠。茸茸芳草紫騮嘶。陰

唐伯虎黃鶯兒

林廷玉酒詞

陰喬木黃鸝囀。其二 宣德六年四月。御便殿。召錦衣都指揮林觀對弈。弈畢。書以賜之。觀吾閩邑人。其家至今寶藏焉。同上

唐伯虎黃鶯兒云。風雨送春歸。杜鵑愁花亂飛。青苔滿院朱門閉。燈昏翠幃。愁攢黛眉。蕃蕃孤影汪汪淚。惜芳菲。春愁幾許。綠草遍天涯。又云。細雨溼薔薇。畫梁間燕子歸。春愁似海深無底。天涯馬蹄。燈前翠眉。馬前芳草燈前淚。夢魂飛。雲山萬里。不辨路東西。情致不減金元諸作者。同上

吾郡林都憲廷玉詠酒詞云。米明王原掌奇門印。麯將軍會擺迷魂陣。水中郎穩坐雲安鎮。柴令公傳示蘭陵信。祭遵壺矢威。李白蠻書令。那愁城攻破難逃命。詼諧成調。可喜也。公善劈窠書。名山勝處。多存手

祝枝山幽期曲

月色溶溶解

王敬夫習樂

蹟。有詩集行世。同上

祝枝山嘗有幽期。賦皂羅袍云。爲想鸞交鳳友。趁殘燈淡月。悄悄綢繆。一團嬌顫忒風流。驚忙錯過佳時候。鶯慵燕懶。春光怎留。蜂嫌蝶妒。空擔悶憂。恩情不比相思久。同上

世傳晏元獻詩。梨花院落溶溶月。柳絮池塘淡淡風。爲警句。然溶溶水流貌。月不得名溶溶。予嘗病之。近閱吳處厚青箱雜記云。梨花院落溶溶雨。始知月者後人改之。雨字自妙。黃居中注云。北西廂月色溶溶夜。豈亦雨耶。同上

王敬夫將塡詞。以厚貲募國工。杜門學按琵琶三絃。曲盡其技。而後出之。康德涵於歌彈尤妙。每敬夫曲成。德涵爲奏之。明吳肅公明語林

崑腔

梁辰魚善度曲。轉喉發響。聲出金石。崑山有魏良輔者。造曲律。世稱崑山腔者。自良輔始。而辰魚獨得其妙。同上

祝希哲演劇

祝希哲少度新聲。傳粉登場。卽梨園子弟。自謂弗及。同上

楊君謙應制

楊君謙既辭官。益詭跡自如。貧無聊賴。武宗問臧賢誰善爲詞。賢與君謙有故。遂舉君謙。君謙冠武人冠。韎韐戎錦以出。羣怪之。了不爲異。既見上應制爲新聲。受賞無異伶伍。同上

打虎詞

楊君謙才列仕版。卽建危言。棄官如屣。晚年騷屑之甚。武宗南巡。因徐鬍仙進打虎詞。以希進用。議者以爲血氣既衰。苟得不戒。同上

康王詞章

康德涵六十。徵名伎百人。爲百歲會。卽畢。了無一錢。

第持牋命詩送王郎處置曰。差勝錦纏頭也。時鄂杜王敬夫名位差亞。而才情勝之。倡和詞章。流布人間。爲關西風流領袖。浸淫汴洛間。遂以成俗。同上

妙曲八引。玉抱肚。後庭花。一曰尾犯傍粧臺。玉交枝。對玉環。三仙橋。一曰三換頭刮鼓令。一曰大迓鼓夜行船。齊雲一曰圓社八弄。秋千搭。逆流水。勒馬膝。側肩札。一曰入鬢賺鵲踏枝。蹬鎖腰。一曰疊脚挾雙背肩拐。黃鶯落架。麗詞八闋。鵲橋仙。喜遷鶯。摸魚兒。隔浦蓮。青玉案。瑣窗寒。醉蓬萊。一曰醉春(此處恐脫風字)一曰醉落魄金人捧露盤。院爨八劇。雜劇三拖旦。大分界。琴家弄。看馬胡孫。纏三旦。牽着駱駝。調猿挂鋪。雙捉壻。明李詡戒菴漫筆

道家所唱有道情。僧家所唱有拋采。詞說如西遊記。藍關記。實匹休了。同上末語費解

醉翁談錄引子言。小說者。或名演史。或謂合生。或稱舌耕。或作挑閃。同上

武宗召徐霖。在臨清謁見。欲授霖教坊司官。霖泣謝曰。臣雖不才。世家清白。教坊者優倡之司。臣死不敢拜。乃授錦衣鎮撫。久漸寵幸。至以子仁呼之。霖字子仁每進見。必衣破袍。帝以爲問。對曰。臣家貧。無衣。乃以斗牛襲衣賜之。至南京。一日。入暮。密聞欲幸霖家。霖與近侍謀。夜深不能治具。奈何。衆曰。汝書生。獻茶可矣。乃潛遣人報其家。而以身待。將二鼓。駕出。乃召霖。令引至其家。家人羅拜。但嫌其屋小。許至北京。賜大第居之。既而設四果進茶。帝曰。人謂子仁標致。乃由茶耶。霖叩頭謝曰。臣不意陛下俯臨。無宿具。帝曰。已有果。但少酒耳。於是出酒。命霖歌。帝亦自歌。羣樂並不

得和。從容歡燕。四鼓乃罷。同上

金陵史癡翁。名忠。字廷直。能詩文。又能爲新聲樂府。性豪俠不羈。不喜權貴。人有不合。輒引去。或徑以言折之。不顧。遇所善。則留連忘懷。無貴賤。皆與款洽。家有樓。近治城局。日臥其中。列圖史敦彝。位置雅潔。有酒肴。引客笑談。呼盧其中。不醉不已。然翁飲輒醉。醉則按拍歌新詞。音吐清亮。旁若無人。有姬何名玉仙。號白雲道人。聰慧解篆書居常以文字相娛樂。甚適也。有時出遊。輒附舟而行。不告家人所往。女笄當嫁。壻貧不能具禮。翁詭攜觀燈。同妻送至壻家。取笑而別。年踰八十。預命發引。已隨而行。謂之生殯。其達生玩世如此。善作畫。不拘家數。縱意作山水樹石。清潤紛錯。天機渾成。大率以韻勝。得其片紙者。皆藏去。以

爲寶。余友盛仲交。嘗輯翁遺詩。同金元武詩爲一帙。題曰。江南二隱。惜未能板行耳。清焦竑筆乘

音韻難知

音韻眞自難知。如南北曲子。北詞用韻極切。南多借音。吳江沈璟作南詞韻選。嚴於取韻。今人宗之。不知北人聲切開口便見。字韻不得不嚴。南人聲浮。一字或數轉。故韻可借。沈君全不解也。惟見程子益陽頗知此意耳。清馮班鈍吟雜錄

中原音韻之失

周德淸中州韻所據者。止是當時語音。自云。嘗於都會之所聞人間通濟之語也。自沈謝至元時。已數百年。語音譌變。豈可以今時俗間語。追定古人聲律耶。千載之下。知古人音詞。正賴於韻書耳。旣不準信。則流俗方言。曰譌曰改。何以正之。如詩云。思齊太任。文王之母。思媚周姜。京室之婦。母婦二字。自應讀如韻

書矣。德清尚不知。不學如此。而譏沈休文。豈不可歎。或難曰。周德清誠不知古音矣。陸法言輩亦應是。當時語言。隨時可矣。何必古人。應之曰。古人經學相傳。皆有韻讀。漢末已有翻語。許慎孫炎觀陸德明經典釋文可知也。休文多學。定四聲時。自應有本。顏之推小學甚深。家訓有音詞之篇。與法言共定韻書。其裁之審矣。不如德清。直以意爲也。侏儒問天於長人。以爲猶近之。若問於僬僥。則無此理矣。德清之論陰陽是也。然字音乃有可陰可陽者。亦不別出。今製詞者都不知。德清分重濁爲陽·輕清爲陰·亦似倒置天地之理·近見楊道昇云·明王驥德伯良·號方諸生·作曲律·已議其分屬之舛逆·誠齋又有瓊林雅韻。全用北音。又與周韻不同。詩賦古人之業。自當以沈韻爲主。詞曲用周德清可矣。祝枝山之論如此。同上

劉公子賞牡丹亭記

萬安。蜀之眉山人。中略 戊辰進士。中略 李泰者。中官養子也。安專與相結。內閣缺人。且用泰。泰推安曰。子先爲之。我不患不至。故安先入。中略 日以請託取賄爲事。中略 劉珝。劉吉同在內閣。中略 安日與珝爭權。其門下士至不得相往來。中略 珝子鎡。狎一妓。潛通往來。外頗有聚麀之謗。鎡之挾妓也。飲於牡丹亭里人趙賓者。工於詞曲。戲作劉公子賞牡丹亭記。或以告安。遂達於禁庭。時上好新音。教坊日進院本。以新事爲奇。一日。中使忽至賓家。索牡丹亭記。賓不在。明日以獻。旋加粉飾。增入聚麀之事。陳於上前。上大怒。珝用是去位。明王鏊震澤紀聞

優語

時優人頗用事。當道者或結之以毀譽人。一日。優戲於上前。唱曰。七千兵散楚歌聲。一人擊其首曰。項王

八千子弟。今曰七千。那一千何處去了。應曰。往保國公家做工。蓋傾保國也。又一日。進曰。天有兩月。一人擊之曰。月一而已。安得有兩。應曰。內有陳鉞。外有王鉞。豈非兩月乎。蓋皆有陰嫉之者。同上

肅宗讌於宮中。女優弄假戲。有綠衣秉簡爲參軍者。天寶末。蕃將阿布思伏法。其妻配掖庭。因隸樂工。令爲參軍之戲。公主諫以爲不可。遂罷戲而免阿布思之妻。此因話錄所載甚詳。故唐人薛能詩。此日楊花飛似雪。女兒絃管弄參軍。可證女優粧束矣。乃陶宗儀撰輟耕錄。直以參軍爲後世副淨。據云。開元中。黃幡綽張野狐。善弄參軍。然則戲中孤酸。皆可名參軍也。豈必副淨爲之哉。按弄參軍者。漢和帝免館陶令石躭罪。每讌樂。令衣白夾衫。命優伶戲弄辱之。終年

金元曲是立言

誤用琵琶語

乃放。後爲參軍戲。所由始矣。明錢希言戲瑕

宋楊文公誤解呂純陽功成當在破瓜年。謂俗以破瓜爲二八。而淩氏核劄亦執是說。遂云破瓜卽二八。又謂洞賓所謂破瓜年者。卽仙經所云海水潮生山頭月白之義。其術要取二八生門。實非指破瓜爲二八也。核劄又謂填詞者云。未破瓜剛二八。爲悖語。亦似未然。王實父北西廂香美娘分破了花木瓜。深得六朝樂府意。豈亦悖耶。金元人製曲。自是立言。而不知者以爲填詞也。同上

范參議允臨言。世廟時。某老先生代草某官妻孺人綸誥。直用蔡中郎琵琶記語。儀容俊雅。德性幽閑八字。舉朝無不掩口笑之。據云。徐宗伯識餘錄中已載其事矣。同上

李贄所批傳奇多僞

比來盛行温陵李贄書。則有梁溪人葉陽開名晝者。刻書摹倣。次第勒成。託於温陵之名以行。往袁小選中郎嘗爲余稱李氏藏書焚書初潭集。批點北西廂四部。卽中郎所見者。亦止此而已。數年前。温陵事敗。當路命毁其籍。吳中鋟藏書板並廢。近年復大行。於是有李宏父批點水滸傳。三國志。西遊記。紅拂。明珠。玉合數種傳奇。及皇明英烈傳。並出葉筆。何關於李。同上

徐復祚所作曲

徐復祚。字陽初。號謩竹。大司空栻之孫。博學能文。尤工詞曲。某宗伯題其小令。以高則誠爲比。傳奇若紅梨。投梭。祝髮。宵光劍。一文錢。梧桐雨。諸本。至今流傳於世。中略 修邑乘。中略 載入文苑傳中。清王應奎柳南隨筆

葉佩葱度曲

邵青門善詩。楊子鶴善畫。葉佩葱善度曲。並居邑之

西郊。余嘗目爲西郊三絕。同上

徐錫允。字爾從。廉憲待聘之子。文虹其自號也。家畜優童。親自按樂句指授。演劇之妙。遂冠一邑。詩人程孟陽爲作徐君按曲歌。所謂「九齡十齡解音律。本事家門俱第一。」蓋紀實也。時同道瞿稼軒先生以給諫家居。爲園於東皐。水石臺榭之勝。亦擅絕一時。邑人有徐家戲子瞿家園之語。目爲虞山二絕云。同上

余所居徐市。在縣東五十里。徐大司空栻聚族處也。前明之季。其族有二人。並擅高貲。而一最豪奢。爲太學欽寰。予前既敘其事矣。而一最慳嗇。則爲諸生啟新。其書室與竈。僅隔一垣。常以緡繫脂。懸於當竈。而緡之操縱。則於書室中。每菽乳下釜。則執爨者呼曰。腐下釜矣。乃以緡放下。才著釜。聞油爆聲。即又收緡

起。恐其過用也。爲子延師。而供膳甚菲。邨中四五月間。人多食蛙者。然必從市中買之。啟新以蟾諸（按即蟾蜍）類蛙。而階下頗夥。即命童子取以供師。每午膳。師所食者。止葷素二品。一日。加豆腐一味。豆腐者。以麪和豆共煑者也。師既食畢。疑而問其童子曰。今日午膳。何於常品之外。忽加豆腐。童子笑曰。此豆乃犬所竊噉者。既而復吐於地。主人惜之。故取以爲食。師以其穢。爲之嘔吐不止。所蓄雨具。有革履三隻。一留城。一留鄉。一隨身帶之。蓋防人借用也。嘗命籃輿山遊。自北至西。諸名勝徧歷。輿夫力倦。且苦腹餒。啟新出所攜蓮子與輿夫各一。曰。聊以止飢。輿夫微笑。蓋笑其所與之少也。而啟新誤以爲輿夫得蓮子故喜。即曰。汝輩真小人。頃者色甚苦。得一蓮便笑矣。又嘗以試事至白門。居逆旅月餘。而所記日用簿。每日止腐一文。菜一文。同學魏叔子冲見之。爲諧語曰。君不特費紙。並費筆墨矣。何不總記云自某日至某日每日買腐菜各一文乎。啟新方以爲然。初不知其謔己也。其可笑多類此。其族人陽初爲作一文錢傳奇以誚之。所謂盧止員外者。蓋卽指啟新也。同上

潮聞輿歌曲

康熙丁卯科江南主司。乃北平朱漢雯也。八月初八日午刻。甫當唱名。忽有飛蝗蔽天。自東而來。迴翔試院。旋復東去。禾苗無損。人咸異之。迨揭曉日。金陵諸生見榜多紈袴。羣聚而譁。幾成大獄。好事者競作檄文歌曲。喧傳遠近。事聞。漢雯削籍。識者謂蝗能食米。天蓋所以儆之云。同上

金批西廂

金人瑞中略好評解稗官詞曲。手眼獨出。初批水滸傳

詞曲不可入詩

同上

行世。崑山歸元恭莊見之曰。此倡亂之書也。繼又批西廂記行世。元恭見之。又曰此誨淫之書也。同上

王實甫西廂記。湯若士還魂記。詞曲之最工者也。而作詩者入一言半句於篇中。卽爲不雅。猶時文之不可入古文也。馮定遠嘗言之。最爲有見。此亦不可不知。同上

牡丹亭詞曲。有兩絲風片之語。而新城秦淮雜詩中用之。亦是一敗闕。嘗聞康熙間雁門有盧制府。以限韻春閨題屬諸名士賦之。而傳徵君青主。山 李太史天生。因篤 以蓋頭兩絲風片烟波畫船爲曲中語。遂一笑而罷。夫詞曲不可入詩。余前已言之。觀於傳李兩公。而鄙言益信。然則新城秦淮之作。其亦難免後人之指摘矣。同上

王戽好優

王戽。河南蘭陽人。舉崇禎辛未進士。性好優。當家居時。邑令往謁。值戽方傅胡粉。衣婦人服。登場而歌。令入。同爲優者皆散去。戽不易服。直前迎令。令愕然。戽爲婦人拜。徐告令曰。奴家王戽是也。其女嫁某家既婚。壻設席候之。朱其面像關壯繆。綠袍乘馬而往。至門。壻出迎。殊不顧。下馬胡旋行。唱大江東一曲而入。座賓駭匿。引滿數巨羅而歸。戽工爲制義。戊辰會試。七藝俱爲主司所賞。閱至論。忽見用鶯鶯杜麗娘。主司大駭。置之。後每見上公車者。輒戒之曰。後場中愼勿用古人姓名也。同上

裴旦去鬚

雲間顧少參之曾孫名威明者。席先人餘業。有田四萬八千畝。而性豪侈。喜博。又酷好梨園。集遠近輕薄子演牡丹亭傳奇。有一少年裴杜麗娘者。須剃去髭

鬚。少年故斬之進曰。俗語云。去鬚一莖。償米七石。倘勿吝。乃可從命。顧笑曰。此細事耳。卽令一青衣從旁細數。計去鬚四十三莖。立取白粲三百石。送至其家。其作爲大抵如此。不四五年。所有田取次賣去。卒以逋賦。爲縣官所拘。自縊於獄。同上

金足瀛。字天石。居華亭之皋橋。（嘗以詩刺錢謙益）嘗遊金陵。值龔合肥大會詩人於青溪桃葉之間。多至四十餘輩。而天石與焉。伶人請演劇。天石命演躍鯉。舉座失色。蓋龔自登第後。取名妓顧眉爲妾。衣服禮秩如嫡。故天石以棄妻譏焉。龔爲俛首。而天石傲岸自若。黃昏大雨。夜分客散。車馬塡咽。而天石坐門限上。脫襪跣足。徐徐步歸寓。了無怍色。同上

張漣。字南垣。善疊石。爲人滑稽多智。出語便堪撫掌。

演劇互嘲

有延陵公某者。前明國子祭酒也。迨入本朝。以原官起用。士紳飲餞。演爛柯山傳奇。至張木匠。伶人以南垣在座。改爲張石匠。（按此應云石匠改爲木匠方合）祭酒公故斬之。以扇确几贊曰。有竅。閧堂大笑。南垣默然。及演至買臣妻認夫。買臣唱。切莫提起朱來。南垣亦以扇确几曰。無竅。滿座爲之愕眙。而祭酒不以爲忤。有竅無竅。吳中方言也。（以上柳南隨筆）

古今樂較

唐梨園歌有囉哩嗹。以五七言整句。須有襯字。乃可歌也。疑古之妃呼豨。伊何那。亦卽此意。如此則不求宋詞元曲之順喉矣。然鄭世子言。古樂每一字必絲聲十六彈。或三十二彈。則與後世唱曲先慢後緊者不同。須更考之。（清吳喬圍爐詩話）

張可久

張可久。號小山。亦慶元人。以詞曲擅長。著小山小令

二卷。明宋文憲校刊太和正音。稱其如瑤天笙鶴。旣清且新。當亦關漢卿馬致遠之亞也。清張作楠梅簃隨筆

周冰持諱稚廉。鷹垂子也。天分絕人。傲睨軒冕。所著傳奇數十種。如元寶媒。尤膾炙人口。同里范武功序云。考元寶之稱。晉高祖詔鑄錢。以天福元寶爲文。宋太宗又御書淳化元寶。作眞行草三體行世。此錢之以元寶名也。至元世祖時。從楊湜言。乃以庫銀爲元寶。每銀五十兩。易流鈔千兩。則銀之以元寶名。元時始也。中云。窮士持三寸弱管。當桂薪瓊粒時。求免首陽餓殍。且不可得。縱有博施利物心。猶足不能行。而賣躄藥誰能信之。今傳中所載乞兒。其至窮無告。更甚窮士。乃能哀多益寡。援人於草莽之中。濟人於顚危之際。雖古俠烈丈夫。不過如是。彼掛金鑰。持牙籌。

錙銖自守者。又何能與之頡頏哉。後云乞兒豪俠事。皆未獲窖金時所爲。獨不傳旣富後舉動如何。得毋不事生產。原屬貧人常態。一擁高資。便不能復歌渭城耶。戲語典雅。清蔡顯閑漁閑閑錄

關漢卿。解州人。工樂府。著北曲六十本。曲自元始有南北十七宮調。相傳當年取士。有塡詞科。主司定題目。並限曲名及韻。其賓白則伶人自爲之。弘簡錄云

元以曲取士。設有十二科。其說甚爲無據。自至元八年。設國學。出策題試問。所對精通者爲中選。皇慶二年。制科舉。第一場蒙古色目人試經問五條。漢人南人經疑二問。經義一首。第二場。蒙古色目人試策一道。漢人南人古賦詔誥章表內科一道。第三場。漢人南人試策一道。皆用經書時務爲題。並無詞曲一項。

元並未以曲取士

仿古樂詩意以訂詞曲

同上

邱嘉穗訂今律。令之演劇。卽古樂之遺也。今之詞曲。卽古詩之遺也。然古之詩樂。粹然一出於正。而今之劇場詞曲。皆流於淫僻。而不可訓。蓋不獨中聲之亡。以至於此。抑亦劇場詞曲中所譜之事。悉屬增悲愁。長逸欲之具。而人無所視以爲法戒故也。自漢以來。儒者類欲復古詩樂。而徒較其音節於鐘律字句之末。至使議論紛紛。而未有以決。而古器古聲。卒不可復。卽幸而復之。而不以其事見之舞蹈。則亦使人無所觀感興起。如爰居之聽鐘鼓而却走耳。竊謂居今之世。而欲追求古樂之聲。以復先王之舊。勢必不能。何如仿古樂詩遺意。召集名儒。取今之所謂劇場詞曲者。一一較而訂之。其淫豔而傷風教。與其善之不

今之院本即古之樂章

足以爲法。惡之不足以爲戒者。概從禁絕。而其所編撰成曲。頒行天下者。必皆古今忠孝節義。可歌可泣。可法可傳之事。至其器與聲。亦不妨從今之優伶。稍取其明白正大。抑揚有節者可也。安在今之樂不猶古之樂也。如曰演劇不足以當古樂。詞曲不足以當古詩。而欲離而二之。以聽其自止自行於天下。則古之詩樂。既不可以卒復。而劇場詞曲之流行於今者。將日入於鄭衞之淫靡。而未知其所止。雅與俗兩失之矣。草莽私憂。願與司風教者商之。清吳梯巾箱拾羽

陶石粱曰。今之院本。卽古之樂章也。每演劇時。見有孝子悌弟。忠臣義士。激烈悲苦。流離患難。雖婦人牧豎。往往涕泗橫流。不能自已。旁視左右。莫不皆然。此其動人最懇切。最神速。較之老生擁皋比。講經義。老

衲登上座說佛法。功効百倍。至於渡蟻還帶等劇。更能使人知因果報應。秋毫不爽。殺盜淫妄。不覺自化。而好善樂生之念。油然生矣。此則雖戲而有益者也。近時所撰院本。多是男女私媟之事。深可痛恨。而世人喜爲搬演。聚父子兄弟。并幃其婦人而觀之。見其淫謔褻穢。備極醜態。恬不知愧。曾不思男女之慾。如水浸灌。卽日事防閑。猶恐有瀆倫犯義之事。而況乎宣淫以道之。試思此時觀者。其心皆作何狀。不獨少年不檢之人。情意飛蕩。卽生平禮義自持者。到此亦不覺津津有動。稍不自制。便入禽獸之門。可不深戒哉。今按所論。皆切中時病。留心世道者知之。俗見多以爲迂闊也。邱秀瑞謂。自漢以來。儒者欲復古詩樂。徒較其音節於鐘律字句之末。而不以其事見之舞蹈。使人無所觀感興起。尤爲洞見病源。抑愚更有說焉。樂所以昭功象德。儒者類能言之。至問其實。則茫然。此由不知古樂卽今之戲本也。有是功。有是德。方有是樂。故觀樂而知其功德。古人質樸。蓋未有無其實而虛陳之者。觀於韶武可見矣。書云。夔曰。戛擊鳴球。搏拊琴瑟以詠。祖考來格。虞賓在位。羣后德讓。下管鼗鼓。合止柷敔。笙鏞以閒。鳥獸蹌蹌。簫韶九成。鳳凰來儀。又曰。于予擊石拊石。百獸率舞。庶尹允諧。說者皆以爲樂作而感動神物。不知皆是裝演。祖考虞賓。羣后庶尹。固是禪讓事實。鳳儀獸舞。則因舜時曾有鳳來。及耕歷山。而鳥爲之耕。故設舞象之。非聞樂而至也。樂記云。子曰。夫樂者。象成者也。總干而山立。武王之事也。發揚蹈厲。太公之志也。武亂皆坐。周召之治也。且夫武始而北出。再成而滅商。三成而南。四成而南國是疆。五成而分周公左。召公右。六成復綴。以崇天子。夾振之而駟伐盛威於中國也。分夾而進。事蚤濟也。久立於綴。以待諸侯之至也。其爲裝演征誅時事。尤確而無疑。乃自來解者。俱昧此義。此雖云今之演劇。卽古樂之遺。今之院本。卽古之樂章。亦不過以意見揣測言之。而未能實摭韶武之見於書禮者。彰彰如是也。同上

曲海揚波卷二終

馮驩市義
劇愈疾

# 曲海揚波卷三

江都任二北錄

紀伯紫見周樹所作馮驩市義雜劇。攖之行曰。合肥龔宗伯病渴甚。余戒其讀書。屏一切圖籍。然所以祛宗伯疾者。其在此書矣。宗伯得而讀之。果霍然已。以謂孔璋之檄。能愈頭風。不是過也。周之爲是書也。非以祛宗伯之疾也。而其効乃如響之赴聲。豈適然也哉。醫之用藥也。必識其所苦。而投之以其所甚適。夫渴者肺枯。其所以消熬其心者。故非草木之滋所能沃而解也。夫雜劇之工者。使人笑與忭會。忘其所苦。然而宗伯之疾之所以祛者。又非止若是而已也。蓋亦有所以深中之云爾。吾聞宗伯以文章鉅公。傾身下士。實有田嘗之風。故紀之進是書者。乃所以深中之也。使夫不以馮驩之市義。而以他種雜劇進。雖馬鬮之作。不見其效。甚者反益之疾耳。明乎此者。不惟良于醫而已。窮賤之士。游達官貴人之門。而能得其懽心者。其術亦居可知也。清焦袁熹柴軒雜著

務頭

教坊有部頭。有色長。升菴曰。周伯清誤呼部頭爲務頭。可笑也。按今九宮譜有務頭。言塡詞之法。非呼人也。其說施俊語。亦非。蓋語其發聲處當用陰陽字之類。清方以智通雅

淨丑考

元瑞曰。副淨。古之參軍。副末。一名蒼鶻。一名末泥。一名孤裝。見陶氏輟耕錄。智閱南唐書。隆演鶉衣髽髻爲蒼鶻。升菴謂漢郊祀有飾妓女。卽裝旦之始。凡夫以淨作顙首。李義山嬌兒詩。忽復學參軍。按聲喚蒼

來羅

閩鄉戲

鶻。同上

宋以後俗曲。有來羅之詞。中略 晉唐指鎮歷陽。人歌曰。重羅黎。重羅黎。即來羅之聲也。今京師以小曲數落爲咧喇。亦囉嗊類。同上

閩鄉戲齣。有百里奚不認妻。蔡伯喈不孝父母之目。觀者代抱不平。幾于目眥盡裂。愚謂撰戲之人。與二公有何仇恨。而必橫被惡名。千年猶臭。然又安知伊時非爲顯貴豪惡。氣燄方張。言之不恤。殺之不能。借古人假面具。寫此輩眞聲容。以紓我之孤憤耶。要之往哲聲名。直道斯存。天壤間自有不滅者在。豈眞二三優孟粉墨模糊便能顛倒一世。雖被惡名。容何傷乎。吾請爲之進一解曰。藺相如。司馬相如。名相如。實不相如。清邱煒萲五百石洞天揮麈

### 玉搔頭

宣和遺事。載徽宗幸李師師家。又理宗于元夕召妓唐安安入禁中。金鼇退食筆記。載武宗幸宣府。寵晉邸樂伎劉良女。居于騰禧殿。南征于軍中。宋明昏主。失德敗度。如出一轍。其不士者。亦幾希矣。明武宗事。傳聞不一。國初李笠翁爲作玉搔頭傳奇。文辭條暢。描寫盡致。可補帝鑑圖錄。近時盛行京調正德戲鳳一齣。雖三尺兒童。亦無不以爲口實者。吁可戒也。同上

### 春臺戲

吳縣貝子木明經青喬村田樂府。有演春臺一作云。

前村佛會歇還未。後村又唱春臺戲。斂錢里正先訂期。邀得梨園自城至。紅男綠女雜沓來。萬頭攢動環當臺。臺上伶人妙歌舞。臺下歡聲潮壓浦。脚底不知誰氏田。菜踏作齏禾作土。梨園唱罷斜陽天。婦稚歸話村莊前。今年此樂勝去年。里正夜半來索錢。東家

詞曲以後之演變

五百西家千。明朝竈突寒無烟。同上

由上古三百篇而樂府漢魏。由漢魏齊梁而近體。而竹枝。而詞。而曲。而傳奇。其道亦屢變矣。每凡一變。必有一種機局。一定音節。增之一分則太長。減之一分則太短。其機雖與時爲之。自人發之。而亦不得不以此歸諸天籟之自然矣。余不知此後由詞曲傳奇而變者。復爲何物。總之必有一番大排場。大門闔在。安得聖者與言前知乎。或曰。粵東摸魚解心。雖操土風。然與元詞之好用北地方言者。同一湊拍。要自可備一格。同上

吳兆

吳兆。字非熊。江南休寧布衣。安徽通志云。少喜爲傳奇詞曲。既而棄去。刻意爲歌詩。近人陳衍感舊集小傳拾遺

紅衲襖

紅衲襖曲名。未知所起。然曲名多出元時。元人詩集

有用衲襖者。襖或襖之誤歟。衲襖。軍服也。

臨川四夢。掩抑金元。而牡丹爲最。然非知音。未易度也。故詩云。傷心拍板無人會。自招檀痕敎小伶。因思局促轅下者。不知輪扁斲輪。有不傳之妙。清曾廷枚西江詩話

直隸某。以卽用補得奉天某縣。其妻。鄉人女也。偶遇新年。縣丞夫人特發帖請聽戲。某謂其妻曰。汝在鄉。向未知應酬禮節。今日汝至縣丞署中。切勿多言語。致惹姍笑。如戲班中請點戲。汝只點宮衣報喜可也。妻唯唯。去屆時。主人安坐。卽有按目持戲單半跪。請點戲。妻約略省記。便率然曰。不須點別戲。卽唱花面胡騷可也。按目回曰。此戲班中向未唱過。請太太另點。縣夫人怒曰。他人點戲皆有。獨我的便無。豈非欺我不懂事乎。于是縣丞夫人。及他女客。皆恐。亦羣起

叱按目無禮。並令從速照演。按目惶懼。因與班主商量。令戲子數十人。雜塗各種花面而出。俄而相嘲謔。俄而相侮弄。或翻筋斗。或豎蜻蜓。已而轟然。一時散去。復令按目跪稟縣夫人曰。太太所點。謹已演畢矣。醒醉生莊諧選錄

## 大人容稟

前十年時。有一候補知縣。分發安徽。上謁巡撫。某素不解儀節。巡撫詢其向在何處辦事。某拱手曰。大人容稟。巡撫便曰。聽汝道來。同上

## 排門兒淘真

養濟院中瞽者。悉皆爲二絃。唱南詞。沿街覓食。謂之排門兒。按西湖志餘。杭州男女瞽者。多學琵琶。唱古今小說平話。以覓衣食。謂之淘真。大抵說宋時事。蓋汴京遺俗也。若紅蓮。翠柳。濟顛。雷峯塔。雙魚扇墜等記。皆杭州異事。則又近世所擬作者。觀此。則其俗習

戲文子弟

已古矣。清黃士珣北隅掌錄

嘉興之海鹽。紹興之餘姚。寧波之慈溪。台州之黃巖。温州之永嘉。皆有習爲倡優者。名曰戲文子弟。雖良家子不恥爲之。其扮演傳奇。無一事無婦人無一事不哭。令人聞之。易生悽慘。此蓋南宋亡國之音也。其贗爲婦人者名粧旦。柔聲緩步作夾拜態。往往逼真。士大夫有志于正家者。宜峻拒而痛絕之。明陸容菽園雜記

元以曲取士

元以曲子取士。見明寧王臞仙所刻。載元曲子取士科錄。見筆記卷四十九雜識三。而下卷雜識四中。卽又摘錄元史選舉志。謂科目之制。莫詳于此。史家雖譏其吏道雜而多端。然元世待士實厚。下略清姚範援鶉堂筆記

崇禎演劇

崇禎五年。皇后千秋節。諭沈香班優人演西廂記五六齣。十四年。演玉簪記一二齣。十年之中。止此兩項。

桑哥以曲戲同僚

優語

明無名氏燼宮遺錄

桑哥丞相當國擅權之時。同僚張左丞董參政者。二公皆以書生自稱。凡事有不便者。多沮之。後桑哥欲去之而未能。是時。都省告狀擁箱。乃暗令人作一狀。投之箱中。至午收狀。當日省掾須一一讀而分揀之。中有一狀。無人名事實。但云云老書生。小書生。二書生壞了中書省。不言不語張左丞。鋪眉搧眼董參政。也待學魏徵一般俸（讀作捧）請。（讀作倩）　桑哥佯為不解其說。趣省掾再讀之不已。張起身云云。大家飛上梧桐樹。自有傍人話短長。一笑而罷。語雖鄙俚。亦一時機變也。

元楊瑀山居新語

丙子。北兵入杭。廟朝為虛。有金姓者。世為伶官。流離無所歸。一日。道遇左丞范文虎。向為宋殿帥時。熟其爲人。謂金曰。來日公宴。汝來獻伎。不愁貧賤也。如期往。爲優戲作諢云。某寺有鐘。寺奴不敢擊者數日。主僧問故。乃言鐘樓有巨神。神怪不能登也。主僧亟往視之。神即跪伏投拜。主僧曰。汝何神也。答曰。鐘神。主僧曰。既是鐘神。如何投拜。衆皆大笑。范爲之不懌。其人亦不顧。卒以不遇。識者莫不多之。嗟夫。凡人當困苦之中。忽得所謁。不低首下心。以順承其意。則諂貌諛詞。以務悅其心。求固其寵。惟恐失之。伶人以士國之餘。濱危瞬死。乃致譏于所活之人。快其忠憤。亦賢矣哉。元仇仁稗史

閱威咫叔所作韻法至論中略云。從來韻譜。止爲詩賦限韻而設。原非審音而分韻。元尚聲律。而周氏之韻出。一釐千古之訛。洪武因之。又云。自唐以前之詩。必

律呂調之。而始可合樂。至詞曲起。則律呂即在詞曲之中矣。清陸隴其三魚堂賸言

### 小梁州

賈逵曰。梁米出於蜀漢。香美愈於諸梁。號曰竹根黃。梁州得名。以此。秦地之西。燉煌之間。亦種梁米。土沃類蜀。故號小梁州。曲名有小梁州。爲西音也。明楊慎藝林伐山

### 海鹽腔

張鎡。字功甫。循王之孫。豪侈而清尚。嘗來吾郡海鹽。作園亭自恣。令歌兒衍曲。務爲新聲。所謂海鹽腔也。明李日華紫桃軒雜綴

### 古舞遺意

古歌變爲胡曲。胡曲既已絕響。而舞尤失傳。今優場中走三方。擺陣。跌打之類。皆其遺意。同上

### 女崑崙

女崑崙傳奇。一名畫圖圓。又名乾坤鏡。明人所作。蓋指長安鎮進士梅文正事。梅有婢女壽春。能救主母

漁簡記

鴛鴦劍

陽春堂五傳

難。故曰女崑崙。詩云。清游畫舫好攜尊。金鼓喧闐出遠村。見說長安諸子弟。至今解唱女崑崙。陳鱣新坂土風

邑人善唱鼓兒詞。時稱海寧調。其唱本名漁簡記者。指昔時土豪張堂誣陷何東橋事。梨園中人亦能演之。相傳張之宅址在演武場。同上

鴛鴦劍傳奇二卷。張琦撰。琦初名翊。字翰風。一字宛鄰。武進人。吳德旋初月樓集

壬辰秋余有姑蘇之役。借居張幼于曲水園。而長公伯起先生常避客。不樂應酬。余以幼于故。始得見伯起者再。於所著作。亦時窺一斑。會吳友劉仲卿出此五傳見贈。一紅拂。一竊符。一灌園。一虎符。一祝髮。藏之齋頭。六年。忽一披覽。伯起風流。宛然在目也。丁酉初春二十四日。興公識。徐𤊹紅雨樓題跋

杭州孫雨峯先生銀臺致政歸里。素恃先達。傲睨後輩。然鑒識時流。或爲大器。或爲小就。或朝鮮而夕嫣。縷縷指也。家延二師。講貫爲紹興之李旻。句讀爲餘姚之王華。卽新建伯文成公之尊人。年將登仕。貌拙氣鈍。小試多不利。雨峯每狎之。呼爲落魄老儒。王亦不較。成化庚子之春。節歸就試。候案一月。名復不錄。雨峯不悅其久荒童課也。初到之夕。演蘇秦劇本誚之。王愠不形色。館政之外。自理正業。循常格而已。中元錄遺。幸附觀場。更幸復領鄉薦。雨峯仍演蘇秦劇本賀之。謂其掛名浙榜。便可稱掛印榮歸之蔗境。杯箸標簽。金書「桂折驚落魄。鵬摶望老儒」。王亦無喜無怒。舉杯飲醴。舉箸食饌而已。李以同館情深。把臂噫吁。雪涕而別。明春辛丑。王以狀元及第報矣。雨峯舌愕。始悔從前畢竟非月旦真主。束幣附其家訊中。不報。再耑伻抵京師。止獲一單名柬。乃遣子入都申賀悃。王以故人相待。情誼諄篤。及歸。書金箑贈之曰。好去殷勤謝爾親。莫教童子誚蘇秦。丹庭獨對天人策。便是當年落魄生。兩峯見之大慚。嗣後語言晉接。之間。厚奉李師。李師亦於三年中。咿哦徹晝夜。癸卯春。掀髯自命。必期繼王公去。八月。果雋於鄉。謁兩峯。索演蘇秦。扮兄嫂與乃母之奚童。遞罰大觥。醉極幾不任衣冠。李亦呼酒大樂。明春甲辰。亦狀元及第。兩峯喜。以書館另闢其門於正街。顏曰兩元書院。花村談往

宋徽宗御前有玉杯三進。一爲教子升天。一爲八面威風。皆温潤潔白。螭龍纏繞。三則單螭作把。外碾細花迴紋。瑩白甚於二杯。神光稍遜。世寶也。雲間大宗

伯朱大韶旅谿公。得之門生所奉。後家孫中落。以教子。盃典吳門王氏三百金。從兄大司成文成公贖歸。并以重價得八面單螭。文成故無嗣。立弟文泉子。三杯皆文成夫人陸氏筦藏。文泉子。太學生也。外盡陸氏嗣母之孝養。惟日伺三盃所在。全歸後。攖得之。陸氏宗黨。素亦垂涎此三盃。內有顯者。以忤逆誣情。訟太學於平湖縣。屬令逮入圜扉。時太學生三杯密藏於壻室。太學之夫人胡氏曰。何愛三盃。而以性命爭耶。亟取歸以解之。盃到之夕。胡氏憤泣。謂禍從此祟。晛之欲擲。左右失色。急勸曰。解難目前。非此不可。固止之。胡曰。縱不毀擲。亦當羞辱一番。聞爾在御前金盤。跪捧甘露瓊漿。歌舞而進者。今以四文錢。沽極薄酒。使奴婢輩席地滿斟。作偷飲狀以壓之。明日。裏以獻顯者。太學出矣。出復邀歸。卽以三杯款飲。明示此寶非貴顯莫得懷之之意也。亦驕惡無忌之至矣。後四十年。太學子本吳。本洽俱成進士。陸氏顯者之孫名鍾奇者。染馬道英叛逆案。松守張宗衡亦置之圜扉。一月後。仍歸三杯於二朱。鍾奇得免死。太夫人接三盃在手。泫然告二子曰。四十年前。吾已欲碎之。今復來吾家。毋爲子孫禍也。時太學久故。出家醞手自灑獻。泣告靈前。各爲再進。劃然一聲。碎之階下。擲杯記傳奇本此。同上

問曰。如尚書所言。則詩乃樂之根本也。後人樂用曲子。則詩不關樂事乎。答曰。古今之變。更僕難詳。聖人以雅頌正樂。則知三百篇無一不歌。秦火之後。樂失而詩存。太常主聲歌。經生主意義。聖人之道離矣。而

唐時律詩絕句。皆入歌喉。及變爲詩餘。則所歌者詩餘。而詩不可歌。故陳喬年送中國長公主爲尼七律。人以爲詩餘。小秦王之調歌之。是其證也。元曲出而詩餘亦不入歌喉矣。尚書之言。未可通於今也。三百篇中。清廟明堂等。專爲樂而作詩。關雎鹿鳴等。先有詩而後入於樂。吳喬圍爐詩話

襯字與緊慢

唐梨園歌內有囉哩嗹。以五七言整句。須有襯字。乃可歌也。疑古之妃呼豨伊何那。亦卽此意。如此則不求宋詞元曲之順喉矣。然鄭世子言古樂每一字必絲聲十一彈。或三十二彈。則與後世唱曲先慢後緊者不同。須更考之。同上

樂府之轉變

總而言之。製詩以協於樂。一也。采詩入樂。二也。古有此曲。倚其聲而爲詩。三也。自製新曲。四也。擬古。五也。

詠古。六也。并少陵之新題樂府而爲七古。樂府盡此矣。唐末有長短句。宋有詞。金有北曲。元有南曲。今有北人之小曲。南人之吳歌。皆樂府之餘裔也。同上

古詩之同曲者

焦仲卿詩。於濃豔中。又有別體。如元之董解元西廂。今之數落山坡羊。一人彈唱者也。同上

酸齋曲

酸齋降筆作清江引一闋。贈鐵笛道人。「鐵笛一聲江月曉。催上長安道。金帶紫羅袍。象簡烏紗帽。誰不說玉堂春事好。」明朱存理珊瑚木難

傳奇體

范文正公爲岳陽樓記。用對語說時景。世以爲奇。尹師魯讀之曰。傳奇體爾。傳奇。唐裴鉶所著小說也。同上

摩睺羅

京師七夕多摶泥孩兒。端正細膩。京語謂之摩睺羅。小大甚不一。價亦不廉。或加飾以男女衣服。有及於華侈者。南人目爲巧兒。宋金盈之醉翁談錄

唐寅歎世詞。對玉環帶清江引八首。「有酒無花端的爲省酒。有妓不佳也難當。做有。選妓要班頭。方纔是對手。不論酸甜酒。須傾一百斗。爛醉酕醄。通宵不肯走。老頭兒非是要出醜。世事多參透。一朝那話兒來。要耍不能夠。想人生有幾個到九十九。」「荏苒春光不覺歸去早。老朽容顏怎能又還小。明月尚可邀。昨宵難再找。綠蜡紅裙。一刻不可少。萬事由天。何勞空自吵。甜的苦的一般樣老。甜的多歡樂。赳了些有名席。睡了些風流覺。把一個張揭老兒朝罷了。」「一主一賓一個知心俵。一味一壺一輪明月皎。或把話兒嘲。或將琵琶掃。只唱新詞。舊曲多丢了。只論今番。往事多勾倒。今年覺比去年老。緊耍著光陰到。今日說你忙。明日說無鈔。問先生那一日纔是個好。

」「競短爭長。世事何時已。富貴貧窮。由天不由己。七十古來稀。而今豈止你。風雨憂愁。又常多似喜。屈指尋思。前途能有幾。是會的從今日受用起。莫爲千年慮。對景且開懷。有酒須招妓。既爲人須索要爲到底。」「春去春來。白頭空自挨。花落花開。朱顏容易衰。世事等浮埃。光陰如過客。休慕雲臺。功名安在哉。休想蓬萊。神仙真浪猜。清閑兩字錢難買。苦把身拘礙。人生過百年。便是超三界。此外別無他討策。」「極品隨朝。疑是僥宮保。百萬纏腰。誰是姚三老。富貴不堅牢。達人須自曉。蘭蕙蓬蒿。看來都是草。鸞鳳鴟梟。算來都是鳥。北邙路兒人怎逃。及早尋歡樂。痛飲百萬觴。大唱三千套。無常到來猶恨少。」「禮拜彌陀。也難憑信它。懼怕閻羅。也難回避他。枉自苦奔波。回

王錫爵和歎世詞

頭纔是可。口似懸河。也須牢閉呵。手似揮戈。也須牢
袖呵。越不聰明越快活。省了些閑災禍。家私那用多。
官爵何須大。我笑別人人笑我。」「暮鼓晨鐘。聽得
咱耳聾。春燕秋鴻。看得咱眼矇。猶記做孩童。俄然成
老翁。休逞姿容。難逃青鏡中。休使英雄。都堆黃土中。
算來不如閑打哄。枉自把機關弄。跳出麵糊盆。打破
酸虀甕。誰是惺惺誰懵懂。」明汪砢珊瑚網書錄
王錫爵荊石。和歎世詞十二首。「樂處酣歌。時光容
易過。苦處奔波。早晚偏難度。世界號婆娑。苦樂平分
破。佩玉鳴珂。生辰不似他。戴笠披蓑。安閑不羨他。別
人騎馬我騎驢。更有徒行箇。日月疾如梭。天地旋如
磨。也非過意相推挫。其一 美竹幽花。便是清涼界。淡飯
粗茶。且共消閑話。白日苦喧譁。有約來良夜。網得魚

蝦。壺傾問酒家。筆走龍蛇。詩成付會家。世間禍福亂如麻。我也難禁架。休言鵲與雅。任作牛和馬。只教方寸長瀟灑。

其二

覆轍翻舟。那個曾回首。大劍長矛。那個曾丟手。無數世間愁。憑著人承受。拜將封侯。是英雄釣鉤。按簿持籌。是愚夫枷杻。休提能向死前休。更算千年後。步步使機關。也要天公湊。行年五十曾參透。

其三

皂帽絲縧。一第猶難料。紫綬緋袍。一品猶嫌小。量盡海波濤。人心難忖著。翠養翎毛。爲誰頭上好。豕養脂膏。爲誰腸內飽。千尋鳥道上雲霄。何必都經到。平地好逍遙。高處多顛倒。世人只是回頭少。

其四

畫棟雕梁。推收紙半張。綠鬟紅粧。消除淚幾行。此事本尋常。漫說多魔障。百草芬芳。須防秋降霜。萬木萎黃。須逢春再陽。假如傀儡一登場。多少悲欣狀。旁人費忖量。

兀自生惆悵。不知刊定傳奇上。其五 百甕黃虀。須了今生事。一縷紅絲。須是今生繫。人事有推移。總是天安置。智似靈龜。何嘗脫死期。巧似蛛蜘。何嘗不忍飢。命通若在四更時。夜半猶憔悴。千年薦福碑。九日滕王記。勸君且等時辰至。其六 鐵鎖銀關。財寶終須散。玉液金丹。遲速難違限。但放此心寬。萬事從天斷。不坐蒲團。西方掉臂還。不戴蓬冠。南華合眼看。人間苦海罙漫漫。送盡聰明漢。飢來粥與饘。睡要牀和簟。外□不須多繾綣。其七 麋鹿山邊。終日防弓箭。鸚鵡檐前。終歲愁貓犬。身在畏途間。頃刻憂機變。恩愛纏綿。多成仇恨緣。涕淚流漣。多因歡喜緣。白駒過隙難留轉。何苦又加鞭。靈臺一寸間。簇起和冰炭。任教世事如電閃。其八 愁多病多。早已鬢毛皤。恩多寵多。轉入是非窩。洗耳聽漁歌。一一多嘲我。漫天網羅。方被浮名誤。三載沉痾。兒被阿爺誤。只今九表向天呼。誓不上長安路。黃昏夢已徂。破衲還堪補。聊就人間小結果。其九 一粒芝蘇救饑也是他。一片黃瓜解渴也是他。其餘萬事賒到了成虛話。纔說西家。殺牛與宰馬。又說東家。鑽龜與打瓦。他家圖甚王和霸。一任的閑搭掛。待乘博望槎。看過天河界。那時碌碌纔干罷。其十 南陌東疇。是兒孫馬牛。趙舞秦謳。是歡喜冤仇。萬事總悠悠。勞生何所求。一簇眉頭。算前又算後。三寸舌頭。說強又說醜。饒君一日可千秋。空落得多僝僽。青山夢裏遊。玄牝空中守。羲皇一夢君知否。其十一 你會使乖。別人也不呆。你要錢財。前生須帶來。我命非我排。自有天公在。時該運運該。人來還你債。時衰運衰。你被他人賣。常

言作法可消災。怕沒福難擔載。有酒且開懷。見怪何須怪。一任桑田變滄海。其十二同上

弇州評子畏書輭熟。亦不惡。此紙更稜峭可畏。乃子畏自稱江南第一風流才子。又曰。普救寺婚姻案主者。而太原相業偉如。生平不二色。何嘆世詞相倡和至此。兒淵云。唐解元狂者也。王文肅獧者也。狂獧迹異而心同。宜其相契合乎。然子畏作風態以遠宸濠未嘗不介然自守耳。至詞調率意縱橫。有如卮言。伯虎其乞兒唱蓮花落。少時亦復玉樓金埒。故復不惡。

研山山長汪砢玉水識於盟鷗小檻。同上

八十三翁沈貞題於有竹居。「此老粗疏一釣徒。服也非儒。狀也非儒。年來只爲酒糊塗。朝也村酤。暮也村酤。胸中文墨半些無。名也何圖。利也何圖。烟波染

沈貞曲

詩唐王詞

就白髭鬚出也。江湖。處也江湖。」一「時雨方霽。寤寐北窗。展玩古法名筆。聊爲作此。贈誠菴老友一笑。沈恆。」一（按沈貞。字貞吉。弟恆。字恆吉。貞號陶菴。又號陶然道人。爲吳興人。卽石田先生之父。二處士。並善丹青。）同上

宋端平間。眞西山參大政。未及有所建置而薨。魏鶴山督之。亦未及有所設施而罷。杭州優人裝儒生。手持鶴。別一儒生與之邂逅。問其姓名。曰。姓鍾名庸。問所持何物。曰大鶴也。因傾蓋歡然飲酒。其人大嚼洪吸。靡有孑遺。忽顛仆於地。數人拽之不動。一人乃批其頰大罵曰。說甚中庸大學。吃了許多酒食。一動也動不得。遂一笑而罷。或謂其人戲侮眞魏二公。京尹悉以優人黥之。（夷堅續志）

## 秋波六義

予窮愁多暇。間爲元人曲子長歌當哭。而覽者不察。遂謂有所譏刺。羣而譁之。夫以優伶末技。尚不容於世如此。若以西廂之曲。造爲八股之文。向非特達之知。出自先帝。則縉紳大人道學夫子。未有不議其怪誕。執而次殺者矣。黃九煙秋波六義序

## 讀離騷

尤西堂答蔣虎臣太史書云。從友人處得先生所作宋玉傳奇。大意見神女淫奔。君臣聚麀。此事宋大夫原未有實事。所云行雲雨。亦是風伯雨師之類。在楚王夢中。尚未有非禮之及。公今以此汚衊神人。褻瀆造化。以較□□兩人。尤爲勝之。因是契厚。不敢聲說。使兩公亦在網羅之外。至今抱疚。仰乞垂聽狂瞽。速爲毀板。所造於公家子孫。功德無量也。按此段乃蔣氏來書之語。以下尤氏語。僕之作讀離騷也。蓋悲屈原之放逐。而以玉

附傳焉。離騷以夫婦喻君臣。九歌云。滿堂兮美人。忽獨與余兮目成。似乎淫褻之至。而其旨要歸於正。玉（宋玉）固學於師者。特借神女之事。以感諷襄王。而惜乎王不之悟也。昔世祖皇帝覽而善之。深知鄙意。故命教坊演習。以爲忠臣之勸。而公不加細察。據爲罪案。斯僕所大痛也。（清尤侗西堂雜俎）

元岳伯川作鐵拐李傳奇。前身爲鄭州孔目。岳壽借李屠屍還魂。爲純陽所度。故鐵拐李贊曰。這個醜漢。渾名鐵拐。前生雙手舞文。變相折却一腿。猛然夢醒回瓊。獨向蓬壺搖擺。不知此拐多長。且去忖量滄海。（同上）

梅村詞序云。詞者詩之餘也。乃詩人與詞人有不相兼者。如李杜皆詩人也。然太白憶秦娥。菩薩蠻。爲詞開山。而子美無之也。溫李皆詩人也。然飛卿玉樓春。更漏子。爲詞擅場。而義山無之也。歐蘇以文章大手。降體爲詞。坡公大江東去。卓絕千古。而六一婉麗實妙於蘇。介甫偶一涉筆。而子固無之。眉山一家。老泉子由無之也。以辛幼安之豪氣。而人謂其不當以詩名。而以詞名。豈詩與詞各有分量。不可得而踰者乎。有明才人。莫過於楊用修。湯若士。用修親抱琵琶度北曲。而詞顧寥寥。若士四夢爲南曲野狐精。而塡詞自賓白外無聞焉。即詞與曲亦有不相兼者。不可解也。近日虞山號詩文宗匠。其詞僅見永遇樂數首。頗唐殊極。兼人之才。吾目中惟見梅村先生耳。先生文章仿佛班史。然猶謙未遑。嘗語予曰。如文則吾豈殆。於詩或庶幾焉。今讀其七言古律諸體。流連光景。哀

以詞曲爲詩

樂纏綿。使人一唱三歎。有不堪爲懷者。及所譜通天臺。臨春閣。秣陵春諸曲。亦於興亡盛衰之感。三致意焉。蓋先生之遇爲之也。詞在季孟之間。雖不多作。要皆合於國風好色。小雅怨悱之致。故予嘗謂先生之詩可謂詞。詞可謂曲。然而詩之格不墜。詞曲之格不抗者。則下筆之妙。非古人所及也。休寧孫無言。遍徵當代名家詞。將以梅村編首。亡何而梅村沒矣。孫子手卷不釋。仍寓予評次刻之。可謂篤好深思。而予於先生。琴尊風月。未忘平生。故得附知言。序其本末如此。予觀先生遺命。墓前一圓石。題曰。詞人吳某之墓。蓋先生退然以詞人自居矣。使夫先生終於詞人。則先生之遇爲之也。悲夫。同上

名詞選勝序云。武林李子笠翁。能爲唐人小說。尤擅

金元詞曲。吳梅村祭酒嘗贈詩云。江湖笑傲誇高贇。雲雨荒唐憶楚娥。蓋實錄也。辛亥夏來客吳門。予與把臂劇談。出其枕中秘。所見有過所聞者。乃知志怪之書。迴波之唱。未足盡我笠翁矣。今冬復寄名詞選勝。而徵予序。予讀之。詫曰。笠翁又進矣。蓋詞之爲道。予嘗於倚聲集極論之。詩與詞合。詞與曲合。詩三百篇。皆可歌也。漢唐樂府。被之管絃。奏之宮廟。古風長短句。已爲詞之權輿。至生查子之爲五言古。玉樓春之爲七言古。瑞鷓鴣之爲律。紇那曲竹枝柳枝等之爲絕。皆以詞具詩之一體。故曰。詞者詩之餘也。詞之近調。卽爲曲之引子。慢詞卽爲過曲。間有名同而調異者。後人增損。使合拍耳。偷聲減字。攤破哨令。不隱然爲犯曲之祖乎。太白之簫聲咽。樂天之汴水流。此以詩填詞者也。柳七之曉風殘月。坡公之大江東去。此以詞度曲者也。由詩入詞。由詞入曲。正如風起青蘋。必盛於土囊。水發濫觴。必極於覆舟。勢使然也。而說者斷欲剖而三之。不亦固乎。且今之人。往往高談詩而卑視曲。詞在季孟之間。予獨謂能爲曲者。方能爲詞。能爲詞者。方能爲詩。何者。音與韻。莫嚴於曲。陰陽開閉。一字不叶。則肉聲抗墜。絲竹隨之。詞雖稍寬於曲。然每見作者平側失銜。庚侵雜用。是徒綴其文。未諧其聲。猶然古風長短句耳。故以詩爲詞。合者十一。以曲爲詞。合者十九。若以詞曲之道。進而爲詩。則宮商相宣。金石相和。颯颯乎皆三百篇矣。笠翁精於曲者也。故其論詞。獨得妙解。而與予見合如此。然自此選出。人將俎笠翁於花草之間。不復呼曲子相公

矣。予又曰。猶未足盡我笠翁也。試與之言詩。笠翁當更進矣。同上

王曇烟霞萬古樓詩選。瓊花觀讀明武宗皇帝禡祭記七律序云。武宗征宸濠駐師觀中。記謂其觀兵揚州。一時金鼇介甲之士。市巷坊街。幾無立足。禡祭之日。飭諸生執絲竹襄祭者。二百餘人。軍容之盛。振古無比。蓋武宗處中葉。太平全盛之時。揆文奮武。仿漢唐渭橋故事。安不忘危。致有深意。而讀史者似謂其弄兵好勝。不知有宋九朝。全賴澶淵一出。使天下知有黃龍大纛也。況武宗賢相在朝。名將視師。天下將垂拱無爲。此玉搔頭一部傳奇。雖曰遊戲。亦一朝樂府之不可不傳者。春暉草堂叢書

王曇詩選有七古序云。鐵雲先生於宣武坊南。鐙火

之暇。作相如文君。伶元通德諸齣。商聲楚調。樂府中之肴蒸俎豆。匪元明科諢家所可跂及也。太倉畢子筠孝廉華珍。按南北宮而譜之。梁園衆子弟。粉墨而搬演之。亦一時佳話。記以詩。同上

### 乖角

七修類稿乖角不曉事意。故韓詩曰。親朋頓乖角是也。今人反以爲聰意錯也。既常生按云通雅引宋子京謂俗以不循理曰乖角。清錢大昕恆言錄

### 曲中俗語

恆言錄所載。有張鑑既常生補注。如是非只爲多開口。煩惱皆因强出頭。好男不吃分時飯。好女不穿嫁時衣。均見元人舉案齊眉劇。有麝自然香。見連環計劇。家有千貫。不如日進分文。入山擒虎易。開口告人難。見琵琶記。

### 元曲宮調

元人曲譜。僅存六宮十一調。而所用之宮與調。亦祇

館師黃鶯兒

十四也。注云宮調。角調。非唐宋燕樂所有。且無一曲。蓋妄增者。歇指調今亦無曲。商角當附於商調云。阮亭

瀛洲筆談

尊聞閣詞選載黃鶯兒十七首。傷館師也。天長胡粹亭作。一頂破方巾。戴上頭訣此身寄人籬下防難穩。生徒幾名。束修幾金。甕酸況味心中忍。贏得個村童牧豎。見面叫先生。其一南面坐當中。強做作見東翁。百般言語甘承奉。遍體酸風。澈骨冬烘。偶將小技聰明弄。試問你詩云子曰。換得幾文銅。其二坐老屋三間。親和友沒往還。妻兒拋却真堪嘆。薄粥一餐。冷飯一餐。爛麻繩把猴猻絆。到晚來布衾如鐵。那得夢魂安。其三一點沒騰挪。不接濟可奈何。噥噥唧唧時光過。賬且欠波。衣且當波。儘教空子年年大。怪只怪書獃無用。

不慣跳飛跎。其四 歸家走一遭。才進門氣已消。閨中人把家常道。無柴昨宵。無米今朝。幾乎剩得空鍋叫。急忙忙摒當未了。館僕早來邀。其五 不能大聲呼低低勸做工夫。等閑莫把時光誤。讀也含糊。聽也含糊。面從那郎心能悟。沒功効罪歸在我。庸陋怎教書。其六 飯後講書呈。二二五八算消停。翻開集注頭先暈。周張朱程。解說不清。之乎者也模糊混。聊費些口乾舌燥强做假斯文。其七 兩文並一詩。三六九到課期。晚來雜衆堆書几。不是寬皮。卽是支離。滿前臭氣熏而已。從頭看千方百計。幾句要留伊。其八 細看眼兒花。也自防下筆差。惹他俗口因端借。圈點多些。塗抹少些。庶乎舒服方才罷。爭奈我天良要緊。不肯昧心誇。其九 文宗要按臨。傳牌下未必眞。遣人先向街頭問。今日登程。明日登程。商量我亦隨鞭鐙。聽五更。主人早起。禱告祀家神。其十 一路願平安。打中肩穆殿山。（此山在盱眙境。考棚在盱眙山上。上故越此山。）慌慌急急忙巴站。風兒何堪。雨兒何堪。險些跌煞窮酸漢。那容說馱詩驢背。自在跨征鞍。其十一 一望水連天。尋寓所我要先。挨門逐戶幾尋遍。朝闕樓邊。臧家巷前。大都房飯須求賤。還要合諸童主意。才敢硬添錢。其十二 筆硯也攜來。先現醜懷鬼胎。目今奉考如還債。一場過哉。三等苦哉。此人手段原來壞。那容說時乖運蹇。我本是清才。其十三 轉瞬屆文場。敲雲鑼擊大梆。五更飯食須停當。夾帶要防。擁擠要強。猶云都有三分望。生恐怕諸童懊惱。兼牧外行羊。其十四 信砲鬼神愁。放了案竟罷休。神魂沮喪形如狗。他哭淋頭。我問心頭。明朝悄悄山頭走。埋怨煞三年款待。意氣枉相投。其十五 同學兩三童。滿園花一樹紅。其如謝禮艱難送。他本運通。我敢居功。先生以後將無用。准備著移宮換羽。另覓主人翁。其十六 故我笑依然。冷板凳坐有年。生來薄命何須怨。炎涼閱焉。酸鹹飽焉。阿誰成敗能操券。到不如一蓑一笠。郭外自耕田。其十七

楔爲門戶兩旁木柣。今衙署大門脫限時。有兩木柱於楹端者是也。元劇取此字作爲輔佐之意。楔所以輔佐門限。此則輔佐劇情之不足。非有其他深意。南詞中之饒劇。亦卽楔兒之遺意。所用曲牌。非賞花時。卽端正好。而端正好又可增句云云。王伯良謂楔子如南詞之引曲。彼以爲楔子無板故也。實不盡然。吳梅元劇

迓鼓

續墨客揮犀卷七。王子醇初平熙河邊陲。寧靜講武之暇。因教軍士爲訝鼓戲。數年間。遂盛行於世。其舉動武裝之狀。與優人之詞。皆子醇初製也。朱子語類一百卅九云。如舞訝鼓。其間男子僧道雜色。無所不有。但都是假的。是宋時已盛行之矣。元詞中如村裏迓鼓。大迓鼓之類。卽用此名。但訝作迓耳。同上

衘一味

衘音諄。正也。一味。猶言一物也。曾褐夫散套云。雖然蔬圃衘畦徑。西廂云。衘一味風清月朗。俱作正解。入明以來。南詞中不多用此字。惟湯謂以牡丹亭冥誓折衘幽香一陣黃昏月。頗合元人法。同上

七青八黃

七青八黃。乃論金色之高下。格古要論謂金品七青八黃九紫十赤。元詞借作不問高下之意。同上

六老

六老。董詞作淥老。實應作睩老。睩謂眼。老乃語辭也。

鶻伶　演撒　潔郎　葫蘆提　四星　洪昉思之厄

同上

鶻。中原音韻讀作胡。王和卿詞云。假胡伶騁聰明。鶻伶卽胡伶。伶俐也。同上

演撒。有也。凡心中擇定之人。謂演撒。同上

潔郎。僧衆之通稱。同上

宋錢文穆決一大滯獄。拔公譽爲霹靂手。錢曰。僅免葫蘆蹄耳。亦作鶻鷺啼。卽俳優以爲鶻突者也。同上

四星。調侃下梢也。製秤之法。末梢用四星。故四星卽收梢意。同上

洪昉思以填詞獲罪。天下無不惜之。竹垞詩云。梧桐夜雨詞淒絕。薏苡明珠謗偶然。吳蓮洋詩云。能通彼我間千古。才著成虧恨一生。又欲殺何嘗非李白。聞歌誰更惜秦青。曹楝亭詩云。稱心歲月荒唐過。垂老

文章憂患成。昉思後以溺死。其集罕見。才人之厄。於斯爲極。靈芬館詩話

**桃花扇題詞**

舊人題桃花扇傳奇者甚多。均無甚出色。崑山諸菊莊世器有絕句云。一載風流抵六朝。陪京事去雨瀟瀟。蓬萊幾度揚塵後。又見尊前鬪舞腰。南巡法曲久漂零。燕子春燈進後庭。王氣自消三百載。不須抵死怨懷寧。末首婉曲有餘味。同上

**馬踐楊妃**

隨園隨筆言楊妃縊死。新舊唐書皆無異辭。惟劉禹錫馬嵬詩云。貴人飲金屑。倏忽舜英莫。似貴妃之死。乃飲金屑。非縊也。余按元人院本。有馬嵬坡馬踐楊妃一折。雖曲子不足據。亦異聞也。所服杏丹事。似唐人小說中有之。同上

**寓園居士曲**

秣陵春傳奇有寓園居士癸巳孟秋七日一序。略云。

余弱冠時。嘗爲步非烟雜劇。頗有一二本色語。兵燹中失去其本。與草衣道人往來吳越間。多以南詞散套。及小令紀其事。亦頗協律。一生蹭蹬。并不得爲元詞人路吏山長之官。窮老閉門。無所發憤。欲借古人奇情韻事。譜爲烟花粉黛。神頭鬼面之詞。及見此詞。不覺小巫氣盡。下略

唐刻傳奇

唐富春。字對溪。金陵人。刻傳奇甚多。所謂富春堂刻本是也。如白兔記一種。卷前題豫人謝天祐敬所校。而梓者則唐氏也。

周閑散曲

周閑。字存伯。一字小園。別號范湖居士。秀水人。英人寇邊。曾磨盾草檄。道光季年。遊楚北。不二年。復客吳門。佐戎幕。隨軍勦逆匪。以功得保知縣。分發江蘇。同治三年。權新陽縣。光緒元年卒。年五十六。有曲七闋。

附遺稿之末卷內。爲其姊壻孫仁矽在越軍時所錄。

鉛山蔣苕生太史（士銓）譔桂林霜傳奇。演康熙朝廣西巡撫馬文毅殉吳逆之難事。（按馬公諱雄鎮。字錫蕃。號坦公。漢軍鑲紅旗人。康熙九年巡撫廣西。十三年。吳三桂反。將軍孫延齡私與通。公被囚土室。十六年。三桂遣其孫世琮收兩粤。斬延齡。誘公降。不屈。遂被害。清制。非翰林出身。不得謚文。公父鳴佩。官至兩江總督。公以大臣子選用起家。得謚文毅。亦異數也。）編入九種曲全帙中。流傳頗廣。又有桂林雪院本。爲高郵薛冬樹先生（名待考）所譜。演明臣瞿張二公殉國事。（按瞿公諱式耜。字起田。常熟人。張公諱同敞。字別山。江陵人。明永厤建國桂林。瞿公由桂撫入內閣。張公爲兵部尚書。清兵破全州。諸將焦璉丁魁楚等戰死。永厤奔梧州。以瞿公爲留守。張公副之。未幾。北兵至。二人力持月餘。城破。同被執。主將定南王孔有德欲降之。不屈。幽於一室。二公相對賦詩酌酒。不異平時。孔婁勸降。不可回。遂同日俱殉。）世罕知者。亟記之。況周儀餐櫻廡隨筆

尤展成自秋波詞進御。才子名士之目。受兩朝特達之知。所著讀離騷鈞天樂等傳奇數種。教坊內人。鏤之管絃。爲霓裳羽衣之曲。洪昉思（昇）雖以長生殿得罪。而此曲即亦流傳禁中。蓋清廷當全盛時。九天歌管。猶有雅音。嘉道而後。遂岑寂無聞焉。乃至今日。風雅掃地。瓦釜雷鳴。雖日星河漢之文字。不惜弁髦棄之。矧選聲訂均之末技。夫孰過而問者。則章掖賤而琴書苦矣。同上

牡丹亭與小紅

小紅。姜白石侍兒。范文穆所贈也。白石過垂虹詩。有小紅低唱我吹簫之句。湯玉茗侍兒亦名小紅。烏程張秋水（鑑）冬青館甲集。過臨川懷玉茗詩句云。唯有牡丹亭院本。尊前重聽小紅歌。自註。小紅。玉茗侍兒。（同上）

瑟長

妓之筦領者名瑟長。霞箋記傳奇（元無名氏撰。演李玉郎翠眉娘事。）第十三齣（訪求佳麗）科白云。不免在教坊司喚瑟長來。問它。殆即綠巾跨木（見前筆）者之流亞歟。（同上）

集曲牌名

南邨集曲牌名擬寄外書云。賞花時節。悵望江南。縷縷金垂。魂斷亭前。色柳矣。綠意乍舒。飛緜搭絮。如搗練子。疎影暗香。玉樓春滿。而杏花天氣。未迎仙客。銷金帳裏。未免辜負海棠春色也。是以真珠簾下。芳意遲遲。不傍妝臺。嬾畫眉宇。覩黃鶯兒作對。粉蝶兒成雙。固無時不望阮郎歸來。趁此月上海棠。杯傾琥珀。一盡逍遙樂也。但金陵酤美酒。仙府舞霓裳。人駿馬金絡索。春服錦衣香。方且尋香柳娘。稱好姐姐。備五供養。夢雙蝴蝶。醉扶歸來。恐未必於更轉時。作桃源憶故人想耳。則薄倖之罪。妾不得不罵玉郎矣。茲因孤飛雁便寄一封書來。望郎踏莎行歸。慎毋駐馬聽曲。鬧却園林好景也。一片錦中、九迴腸斷。雁過沙川。便盼撥棹。書意不盡欲言。（民權素十一集）

劉豁安云。有斥西廂爲淫書情書者。其然與否。余如游夏於魯史焉。惟美爲文章。則余敢贊辭無他。卽紅娘之拒張生折。夫人於包含辯護之中。有義正詞嚴之概。平心論之。允稱游戲春秋。

琵琶

又云。聲山別集之琵琶。雲烟裏帶歌泣。從社會普通教育觀。直兼孝慈義讓有之。可挽回已喪之天良不少。而有功於世道良多。其煥乎文章者次焉。或曰。然則盲翁嗜痂。別有眼光。余笑曰。唯。

桃花扇

康熙中。葉曲阜孔東塘（尚任）譔桃花扇傳奇。於復社諸君子排斥馬阮。形容盡致。唯是李香罵馬阮則有之。殊無侯生罵大鋮事。未審既汸何所本也。況周儀眉廬叢話

琵琶記

明高則誠（明）譔琵琶記。演蔡中郎贅入牛府。屬假托。非事實。前人辨之詳矣。或謂其罵王四。因琵琶二字。亦臆說。無確據。按唐盧仝玉泉子鄧廠一則。略云。廠初比隨計。以孤寒不中第。牛蔚兄弟僧儒之子。有氣力。且富於財。謂廠曰。吾有女弟未出門。子能婚。當

爲展力寧一第耶。時厰已壻李矣。有女二人。皆善書。厰之行卷。多二女筆跡。厰顧己寒賤。私利其言。許之。旣登第。就牛氏姻。不日挈牛氏歸。將及家。紿牛氏曰。吾久不到家。請先往俟卿。洎到家。不敢洩其事。明日。牛氏奴驅輜橐直入。到庭廡間。李氏驚曰。此何爲者。奴白夫人將到。令某陳之。李曰。吾卽妻也。又何夫人。卽拊膺哭。頓地。牛氏至。知其賣己也。請見李氏曰。吾父爲宰相。兄弟皆在郞省。縱不能富貴。豈無一嫁處。其不幸。豈唯夫人乎。夫人縱憾於鄧郞。寧忍不爲二女子計耶。時李氏將列於官。二女共挈輓其袖而止。後厰以祕書少監分司。黄巢入洛。避亂於河陽。其金帛悉爲羣盜所得。據此則再婚牛氏。實鄧厰事。而院本以誣中郞。其故殆不可知。同上

珍倣宋版印

明徐文長（渭）譔四聲猿院本四折。其第三折替父從軍。演木蘭事。據曲中關目。木蘭立功甯家。與王司訓之子（但稱王郎。無名。）成婚。王中賢良文學兩科。官校書郎云云。按嘉興沈向齋（可培）灤源問答云。問木蘭詞。說者謂唐初人記六朝事。別有事績可徵否。答曰。少聞之吾鄉前輩諸草廬先生云。木蘭隋煬帝時人。姓魏。本處子。亳之譙人也。時方征遼募兵。（按院本云姓花。世住河北魏郡。父名弧。字桑之。曾爲千夫長。因黑山賊首造反。大魏拓拔可汗下郡徵兵。與草廬之說不同。）木蘭痛父耄。弟妹皆稚騃。慨然代行。服甲冑操戈躍馬而往。歷十二年。閱十有八戰。人莫之識。後凱旋。天子嘉其功。除尚書郎。不受。奏懇省視。及還。釋戎服。衣女衣。同行者駴然。事聞。煬帝欲納之。對曰。臣無媿君之禮。拒迫不已。遂自盡。帝驚憫。贈孝烈將軍。土人立廟。以四月八日致祭。蓋其生辰也。據此則院本云云。唐突已甚矣。惜沈氏所引草廬之說。未詳何本。（同上）

### 王昭平擅演劇

王昭平先生寄內書見拜經樓詩話。樸而雅。語淺而情深。讀之令人增伉儷之重。離合之感。（中略）先生少倜儻。脫略邊幅。攻詩古文。能書。耆詞曲。雅擅登場。舉天啟辛酉經魁。榜發。方雜梨園演會真記草橋驚夢齣。去張君瑞。闔目未竟。移宮換羽間。促者婁至。遂著戲衣冠周旋賀客。時目爲狂。見查東山浙語。（同上）

### 折齣出考

雜劇傳奇之屬。元人分若干折。後人作齣。明王伯良（驥德）校注古本西廂記凡例。謂元人從折。今或作出。又或作齣。出既非古。齣復杜譔。字書從無此字。

近詅癡符傳以爲齣。蓋齝字之誤。良是。其言謂牛食已復出嚼曰齝。音笞。傳寫者誤以台爲句。齣出聲相近。至以出易齝。又引元喬夢符云「牛口爭先。鬼門讓道」一語。遂終傳皆以齝代折。不知字書齝本作𪘏。又作呞。以𪘏作齣。筆畫誤在毫釐。相去更近。非直台句之混已也。卽用𪘏。元曲亦不經見。故標上方者。亦止作折云云。蓋元明人製曲以通俗爲得體。遣詞且然。何論用字。必欲一一訂正之。或詞意轉不可曉。聲調亦復失諧。大氏梨園傳讀之本。詎可與若輩談小學耶。同上

玉茗堂四夢。明臨川湯若士（顯祖）撰。曰牡丹亭。曰紫釵記。曰邯鄲記。曰南柯記。蜚聲曲苑久矣。明上虞車梶齋（任遠）亦有四夢。曰高唐。曰邯鄲。曰南

柯。曰蕉鹿。（見元鍾嗣成錄鬼簿）特玉茗四夢係傳奇。而梶齋所作則雜劇耳。

昔見某君筆記。有情歌四章。語雖俚俗。而脈脈深情。自然流露。真妙作也。其一云。「我這心裏一大塊。左推右推推不開。叫鴉鬟請個大夫與我診診脈。那大夫眉頭緊皺連聲唉。也不是病來也不是災。就是情人留下的相思債。」其二云。「一見情人朝後退。十指尖尖用手推。爲甚麼涎着臉兒在我跟前跪。是何人灌得你醺醺醉。花街柳巷。任意胡爲。從今後不許你上我的牀睡。就是上牀來。也是各人蓋著各人的被。」其三云。「濛鬆雨兒漫天下。偏偏情人不在家。若在家任憑老天下多大。勸老天住住雨兒。教他回來罷。溼了衣裳事小。凍壞情人事大。常言道黃金有價人無價。」其四云「大雪紛紛朝下蓋。可意人兒你從那里來。渾身凍的好似冰凌塊。雙手拿被將你蓋。我可暖過你的肉。我可暖不過你的心來。細細想誰人的性兒有我耐。」紫蘭花片

吾友劉葱石參議、彙刻傳奇。自董解元絃索西廂外。如元人所稱荊劉拜殺四大家。皆已物色得之。明末之綠牡丹傳奇。爲吳石渠撰。中有復社本事。亦訪得之。獨於白練裙曲本、徧覓未獲。白練裙者。休寧吳非熊。新城鄭應尼合撰。以嘲馬湘蘭者。吳名兆喜。爲傳奇詞曲。一時游冶少年。推爲渠帥。此劇既出。青樓人皆指目。有青樓薄倖之名、此見錢氏列朝詩集小傳。其實爲應尼獨撰。牧齋與應尼爲庚戌同年。故援吳爲分謗。板橋雜記言應尼公車下第。游金陵時。南曲

中馬湘蘭負盛名。與王伯穀爲文字飲。遇應尼不以禮。應尼作白練裙雜劇。極其諧謔。召湘蘭觀之。微笑而已。應尼輕薄兒。思欲染指禁臠。宜不值湘蘭一哂。王漁洋秦淮雜詩。新月高高夜漏分。棗花簾子水沉薰。石橋巷口諸年少。解唱當年白練裙。卽紀此事。應尼此書出。李九我署南禮部。追書肆刻本毀其板。則在明時已罕覯矣。錢唐羅矩字千秋。告繆藝風。謂曾於江西見之。不知信否。明沈德符顧曲雜言云。於都下遇鄭。譽其填詞之妙。鄭面發赤。囑其勿再告人。此宜牧齋亟爲鄭諱也。九我毀板。亦德符語。羅千秋既能見之於江西。兵火之後。世宜仍有此本。當告葱石再訪之。明鬱藍生曲品。鄭豹先下白練裙。鄭爲孝廉時。風流瀟灑。於秦淮曲中。說刺老妓。戲成白練裙。俄

爲大中丞所訶。遂不行。曲未入格。然詼諧甚足味也。余所謂應尼獨撰。又得此一證。應尼名豹先。江西南城人。李詳藥裹慵談

磬兒。珠市梁四家女伶也。梁四婦本吳倡。善琵琶。及歸梁。買雛姬。教梨園爲活。磬兒意不屑。輒逃塾。假母日以箠楚。諸姊妹競勸之。磬兒曰。若欲我從。須以旦脚改淨色。猶可借英雄面目。一洩胸中塊壘耳。由是千金記諸雜劇。磬兒獨冠場。孝廉詹湘亭待詔白門。偕友寓梁四家。夜演千金記。至別姬諸雜劇。衆皆意屬虞姬。而湘亭獨以楚重瞳爲嫵媚。羣起譁笑之。及卸裝。視老霸王姿容。果高出帳下美人。人人遂歎服。明日。張筵海棠樹下。青衫紅粉。團圍錯坐。磬兒本歙產。湘亭亦婺源籍。兩人各操土音。以道其傾慕。而座上

諸友。相對微笑。竟不解刺刺作何語。已而中翰諸友。盡返棹。而湘亭束裝未發。蓋不忘馨兒也。思欲買桃槳。載以俱歸。而梁家方居爲奇貨。且欲留壓部頭。有百萬纏頭不能搖奪者。相對泫然。焦思無計、馨兒曰。君何計之拙也。彼所以居奇不售者。以我爲錢樹耳。君去。妾必不生。留骸骨而埋之。定不須千金值矣。湘亭大悲。乃不得已。珍重而別。歸未兩月。聞馨兒病且死。湘亭曰。花前信同抱柱矣。卿不負我。我豈負卿哉。急赴金陵。以三百金買柩而回。葬於桐涇橋北。王夫人曹墨亭誌其墓。諸名士挽以詩詞。予譜千金笑傳奇。付諸樂部。噫。不能生事而以死歸。殆鍾情者不得已之思想乎。而馨兒亦自此不死矣。沈起鳳諧鐸

鄭若庸。字中伯。妙擅樂府。嘗填玉玦記。以訕妓院。一

時白門楊柳。無繫馬者。羣妓患之。乃醵金數百。行薛生近黨。作繡襦記以雪之。秦淮花月。頓復舊觀。（朱彝尊靜志居詩話）

阮大鋮所著傳奇

阮大鋮所著燕子箋春燈謎外。尚有雙金榜。牟尼合。獅子賺等名。見韻石齋筆談。及池北偶談。今皆不傳。（同上）

化工畫工

拜月。西廂。化工也。琵琶。畫工也。夫所謂化工者。以其能奪天地之化。而其孰知天地之無工乎。今夫天之所生。地之所長。百卉具在。人見而愛之矣。至覓其工。了不可得。豈其智固不能得之歟。要知造化無工。雖有神聖。亦不能識知化工之所在。而其誰能得之。由此觀之。畫工雖巧。已落二義矣。文章之事。寸心千古。可悲也夫。且吾聞之。追風逐電之足。決不在於牝牡驪黃之間。聲應氣求之夫。決不在於尋行數墨之士。風行水上之文。決不在於一字一句之奇。若夫結構之密。偶對之切。依於理道。合乎法度。首尾相應。虛實相生。種種禪病。皆所以語文。而皆不可以語於天下之至文也。雜劇院本。遊戲之上乘也。西廂拜月。何工之有。蓋工莫工於琵琶矣。彼高生者。固已殫其力之所能工。而極吾才於既竭。惟作者窮巧極工。不遺餘力。是故語盡而意亦盡。詞竭而味索然亦隨以竭。吾嘗攬琵琶而彈之矣。一彈而嘆。再彈而怨。三彈而向之怨嘆。無復存者。此其故何耶。豈其似真非真。所以入人之心者不深耶。蓋雖工巧之極。其氣力限量。只可達於皮膚骨血之間。則其感人僅僅如是。何足怪哉。西廂拜月。乃不如是。意者宇宙之內。本自有如此可喜之人。如化工之於物。其工巧自不可思議爾。且夫世之真能文者。此其初皆非有意於爲文也。其胸中有如許無狀可怪之事。其喉間有如許欲吐而不敢吐之物。其口頭又時時有許多欲語而莫可所以告語之處。蓄極積久。勢不能遏。一旦見景生情。觸目興歎。奪他人之酒盃。澆自己之壘磈。訴心中之不平。感數奇於千載。既已噴玉唾珠。昭回雲漢。爲章於天矣。遂亦自負發狂大叫。流涕慟哭。不能自止。寧使見者聞者。切齒咬牙。欲殺欲割。而終不忍藏於名山。投之水火。予覽斯記。想見其爲人。當其時必有大不得意於君臣朋友之間者。故借夫婦離合因緣以發其端。於是焉喜佳人之難得。羨張生之奇遇。比雲雨之翻覆。嘆今人之如土。其尤可笑者。小小風流一事耳。

至比之張旭。張顛。羲之獻之。而又過之。堯夫云。唐虞揖讓三盃酒。湯武征誅一局棋。夫征誅揖讓。何等也。而一盃一局。覷之至渺小矣。嗚呼。今古豪傑。大抵皆然。小中見大。大中見小。舉一毛端。建寶王刹。坐微塵裏。轉大法輪。此自至理。非干戲論。倘爾不信。中庭月下。木落秋空。寂寞書齋。獨自無賴。試取琴心。一彈再鼓。其無盡藏。不可思議。工巧固可思也。嗚呼。若彼作者。吾安能見之歟。明李贄李氏焚書

玉合記。亦有許多曲折。但當要緊處卻緩慢。卻泛散。是以未盡其美。然亦不可不謂之不知趣矣。韓君平之遇柳姬。其事甚奇。設使不遇兩奇人。雖曰奇。亦徒然耳。此昔人所以嘆恨於無緣也。方君平之未得柳姬也。乃不費一毫力氣。而遂得之。則李王孫之奇。千

載無其匹也。迨君平之既失柳姬也。乃不費一時力氣。而遂復得之。則許中丞之奇。唯有崑崙奴千載可相伯仲也。嗚呼。世之遭遇奇事如君平者。亦豈少哉。唯不遇奇人。卒致兩地含冤抱恨以死。悲矣。然君平者。唯得之太易。故失之亦易。非許俊奇傑。安得復哉。此許中丞所以更奇也。同上

拜月記。關目極好。說得好。曲亦好。真元人手筆也。首似散漫。終致奇絕。以配西廂。不妨相追逐也。自當與天地相終始。有此世界。卽離不得此傳奇。肯以爲然否。縱不以爲然。吾當自然其然。試詳讀之。當使人有兄兄妹妹。義夫節婦之思焉。蘭比崔重名。尤爲閑雅。事出無奈。猶必對之盟誓。願終始不相背負耳。可謂貞正之極矣。興福投竄林莽。知恩報恩。自是常理。而

卒結以良緣。許之歸妹。與福爲妹丈。老隆爲妻兄。無德不酬。無恩不答。天之報施善人。又何其巧歟。同上

### 紅拂記

紅拂記關目好。曲好。白好。事好。樂昌破鏡重合。紅拂智眼無雙。虬髯棄家入海。越公並遣雙妓。皆可師可法。可敬可羨。孰謂傳奇不可以興。不可以觀。不可以羣。不可以怨乎。飲食宴樂之間。起義動槩多矣。今之樂猶古之樂。幸無差別視之。其可。同上

### 度曲

儀徵李艾塘。精於音律。謂元人唱曲。元氣淋漓。直與唐詩宋詞相頡頏。近時則以蘇州葉廣平翁一派爲最著。聽其悠揚跌蕩。直可步武元人。當爲崑曲第一。曾刻納書楹曲譜。爲海內唱曲者所宗。清錢泳藝能篇

### 唱崑曲

近士大夫皆能唱崑曲。即三絃笙笛鼓板。亦嫻熟異常。余在京師時。見盛甫山舍人之三絃。程香谷禮部

之鼓板。席子遠陳石士兩編修能唱大小喉嚨。俱妙。亦其聰明過人之一端。同上

梨園演戲。高宗南巡時爲最盛。而兩淮鹽務中尤爲絕出。例蓄花雅兩部。以備演唱。雅部卽崑腔。花部爲京腔。秦腔。弋陽腔。梆子腔。羅羅腔。二簧調。統謂之亂彈班。余七八歲時。蘇州有集秀。合秀。擷芳諸班。爲崑腔中第一部。今絕響久矣。演戲如作時文。無一定格局。只須酷肖古聖賢人口氣。假如項水心之何必讀書。要象子路口氣。蔣辰生之愬子路於季孫。要象公伯寮口氣。形容得象。寫得出。便爲絕構。便是名班。近則不然。視荆釵琵琶諸本爲老戲。以亂彈攤王小調爲新腔。多搭小旦。雜以插科。多置行頭。再添面具。方稱新奇。而觀者益衆。如老戲一上場。人人星散矣。豈

風氣使然耶。同上

### 傳奇溷亂事實

每覯傳奇。輒歎前賢父母妻子。爲其溷亂。如玉蓮。王梅溪十朋之女。孫汝權。梅溪之友。梅溪劾史浩八罪。汝權實慫恿之。浩所切齒。遂妄作荊釵記傳奇。故謬其事以蟣之。如王曾少孤。鞠於叔氏。無子。以弟之子繹爲後。而傳奇則載其具慶生子事。呂蒙正父龜圖多內寵。與妻劉不睦。并蒙正出之。頗淪躓窘乏。劉不復嫁。及蒙正登仕。迎二親同堂異室。孝養備至。傳奇乃以蒙正妻爲其父所逐。更爲溷亂。清王崇簡冬夜箋記

### 尉遲敬德

傳奇豔稱尉遲敬德救唐太宗於單雄信之危。正史所載。世民以五百騎行戰地。王世充帥步騎萬餘卒至。圍之。雄信引槊。直趨世民。敬德躍馬大呼。橫槊刺雄信墜馬。翼世民出圍。同上

荆釵記

袁籜菴于令以西樓傳奇得盛名。與人談及。輒有喜色。一日。出飲歸。月下。肩輿過一大姓門。其家方燕客。演霸王夜宴。輿人云。如此良夜。何不唱繡戸傳嬌語。乃演千金記耶。籜菴狂喜。幾墮輿。清宋犖筠廊偶筆

玉蓮。王梅溪先生十朋之女。孫汝權。宋進士。與梅溪為友。敦尚風誼。先生劾史浩八罪。汝權實慫恿之。史氏所最切齒。遂妄作荆釵傳奇。故謬其事以衊之。清高士奇天祿識餘

虎拍詞

北方人唱小曲。有名虎拍詞者。按北征事蹟云。也先奉上酒。自彈虎撥思兒唱曲。衆齊聲和之。庶物異名疏云。即胡撥四。長二尺許。三絃。席上腐談云。王昭君琵琶壞。重造。而其形小。昭君笑曰。渾不似。今訛為胡撥四。楊升菴集。以胡撥四對漢秋千。一作虎拍思。又

作琥珀思。同上

丙辰之夏。紅藕花開。王子古直。偕女史素蓉。曲工金叟。拉余舉盃橋上。爲邀月之飲。素蓉歌東風無賴一曲。聽者凝神。叟曰。子之歌善矣。然毫釐千里之間。猶有進也。字有四聲。度曲者四聲各得其是。雖拙亦佳。非徒媚聽者之耳也。如陽平拖韻稍長。卽類於陰。陰平發音稍亮。卽類於陽。去聲亢矣。過文宜抑而復揚。入聲促矣。出字貴斷而後續。雖有一定之腔。亦可短長以就韻。雖有不移之板。亦宜變換以成文。而其要領。在於養氣。如陽音以單氣送之。則薄。陰音以雙氣送之。則滯。將收鼻音。先以一絲之氣。引入而以音繼之。則悠然無迹。子有數字未諧。試反尋之。自得也。素蓉卽起拜謝。余曰。此所謂識曲聽其真也。古之善歌者曰。繞梁裂石。惟美其調之高耳。袁中郎謂每度一字。幾盡一刻。僅形其聲之細耳。善乎樂記所謂上如抗。下如墜。止如稿木。纍纍乎如貫珠。能盡節奏之妙。故最知音者。莫若古聖人也。而子得之。雖然。不惜歌者苦。但傷知音稀。知子者有人乎。叟曰。人之知我。不如我之自知也。古直曰。一技也。亦有然哉。遂罷酒。刺船而去。清陸次雲湖壖雜記

杭城藩司前有百獅池。順治年間。一日。衙役忽見池中一蟹。其大如箕。擊之不去。以鐵鈎鈎之。潛入水底。鈎著米囊。盛物甚重。啓之。乃一支解屍。聞之司主張公縉彥。訪獲近司民婦吳氏。與奸夫方二。謀磔親夫邵皮匠也。婦擬淩遲。押赴市曹處決。時有一少年見婦靚麗可愛。嘆惜云。可惜可惜。恨不以身代之。婦聞

之。熟視少年。良久。決訖至次年。歲朝。少年乘輿過決婦所。忽見一婦。躍入輿中。隨聞少年被婦所憑云。兒臨刑時。蒙郎見憐。心不忘。覓之久。今幸相會。請同去。抵家。氣絶。好事者至撰歌曲演戲劇。始信傳奇中閻婆惜活捉張文遠。殷桂英活捉王魁判。事未必寓言。

清李王逋蚓菴瑣語

### 兩解元演劇

錢塘周通政詩。以嘉靖己酉領解浙闈。年才二十一。榜前一夕。人皆爭踏省門。候榜發。周獨從隣人觀劇。漏五下。周登場歌范蠡尋春曲。門外呼周解元者。聲百沸。周若弗聞。歌竟。下場始歸。又龍游余太史恂。順治辛卯發解時。亦登場演蔡邕別親一齣。觀者謂蔡解元雖僞造。余已爲之兆也。曠園雜志

### 荊釵記

王十朋字龜齡。梅溪樂清人。年四十七。魁天下。以書

報其弟夢齡昌齡曰。今日唱名。蒙恩賜進士及第。惜二親不見。痛不可言。嫂及聞詩聞禮。可以此示之。詩禮其二子也。此二語者。上念二親。而不以科名爲喜。特報二弟。而不以妻子爲先。孝友之意可見矣。爲御史。首彈丞相史浩。乞專用張浚。上爲出浩。帥紹興。龜齡又上疏。言舜去四凶。未嘗使之爲十二牧。其忠義謇諤如此。今世俗所傳荊釵記。因梅溪劾史浩八罪。孫汝權實慫慂之。史氏切齒。遂令門客作此傳以蟣之。蓋玉蓮乃梅溪之女。孫乃梅溪同榜進士也。史客故謬其說耳。又有一說。玉蓮實錢氏。本娼家女。初王與之狎。錢心許。嫁王。後王狀元及第歸。竟不復顧。錢憤而投江死。二說頗異。大約傳奇中如此假托附會者極多。不足深究耳。清勞大與甌江逸志

辰鈎月

辰鈎月是院本傳奇。元人吳昌齡撰。載陳世美感月精事。緯書載辰星鈎月甚難。主年豐國泰。清呂種玉言鯖

工尺考

簫管腔中有公赤。今訛爲工尺。不知何義考之宋朝詞話。有燈花婆婆第一迴載本朝皇宋出三絶第一絶是理會五凡工尺上底。後拂出幾個詞客。蘇子瞻。周美成等凡十六人。同上

脚色考

太和正音之副末。古謂蒼鶻。故可扑靚。靚謂狐也。蒼鶻可擊狐也。故副末執磕瓜以扑靚也。傅粉墨者謂之靚。獻笑供諂者也。古爲參軍。書語稱狐爲田參軍。靚。今優人謂之淨副。粉墨之大淨也。生旦丑外則古無此名。副末至今有之。同上

顛不剌

西廂記。顛不剌見了萬千。箋釋者以顛不剌爲美女。非也。萬曆初。張江陵當國。將南京太祖所藏寶玩盡

桃花扇

西廂

帝女花學桃花扇

取上京。中有顛不剌寶石一塊。重七分。老米色。若照日。只見石光。所以爲寶也。今人不知。同上

桃花扇以氣概雄厚勝。西廂以字句精細勝。其長處自不可同日語。讀桃花扇者。當取其氣概。而略其字句。讀西廂者。當取其字句。而略其氣概。此讀兩書之公論也。顧余有不滿意於桃花扇者。非苛求也。實其字句粗俗之處。令人不能入目也。如雖是客況不甚卻也。春情難按。又要打著美人心上癢。此等言語。出於侯公子之口。吾恐侯公子決不承認也。近人張行小說閑話

西廂一字不苟。而一字不俗。意雖極褻。而字面卻極雅。此其佳處。非傖父所知。此西廂一書。聖嘆之所以不許傖父讀也。同上

文字各有所能。作桃花扇者。固不可與作西廂。作西

廂者。亦不可與作桃花扇也。且桃花扇之題目。以西廂之筆寫之。亦頗不宜。吾所惜乎桃花扇者。不能除鄙俗語耳。倚晴樓七種中。帝女花竭力摹仿桃花扇。雖不能似。然桃花扇後。當推佳作。笠翁心餘之書。比之韻珊。瞠乎後矣。同上

堅瓠集載明時有一木姓茂才。年少學博。倜儻好義。與其父執杜姓之女有白頭約。女父微有所聞。頗重茂才爲人。然以其屢試不售。思擇配豪門。以絕木。女偵知之。遂仰藥死。父檢其囊篋。得美人圖一帙。則女自描之小像也。題詩有不在梅邊在柳邊。蓋隱示木字之意。杜恐醜事宣播。遂草草殮之。而厝於後園之牡丹亭側。數年後。杜就撫軍之職。忽一日。茂才來謁。席間。出舊畫一軸求售。展視之。則女之殉葬物也。疑

茂才爲竊塚者。撻之。不認。遂囚之。並欲送刑部。而嚴懲焉。會有送登科錄至者。啓視之。第一名乃茂才名。籍貫年歲。皆無少異。不得已而釋之。越日。茂才率其妻來見。杜以其輕薄也。愈不欲見。事爲杜夫人所聞。私遣婢女窺之。則確爲己女。乃言於杜。翁婿始歸於和好。始知前者女死。皆詐術也。湯臨川之牡丹亭。大約卽誌此事。試以曲中事按之。當吻合也。同上

曲海揚波卷三終

# 曲海揚波卷四

江都任二北錄

歌代嘯雜劇明徐渭撰。無名氏序云。袁石公曰。唐詩外。卽宋詞元曲絕今古。而雙文一劇尤推勝國冠軍。要其妙只在流麗曉暢。使觀之目。與聽之耳。若誦之口俱作歡喜緣。此便出人多許。耳食者類以駢縟相求。如藝苑所稱舉已盡。而淡黃嫩綠等業。久載詩餘。何如影郎畫寵之爲風流本色也。歌代嘯不知誰作。大率描景十七。摛詞十三。而呼照曲折。字無虛設。又一一本地風光。似欲直問王關之鼎。說者謂出自文長。昔傳禹金譜崑崙奴。稱典麗矣。徐猶謂其白爲未窺元人藩籬。謂其用南曲浣紗體也。據此。前說亦近

似。而按以四聲猿。尚覺彼如王丞相談玄。未免時作吳語。此豈才富者後出愈奇。抑諷時者之偶有所託耶。略下

凡例後題虎林冲和居士識。有云。今曲於傳奇之首。總序大綱。曰開場。元曲於齣內或齣外。另有小令。曰楔子。至曲盡。又別有正名。或四句。或二句。隱括劇意。亦略與開場相似。余意一劇自宜振綱。卽不可處後。故特移正名向前。聊准楔子。亦所以存舊範也。且正名亦未必出歌者口中。今於曲盡。仍作數語。若今之散場詩者。大率可有可無。至各齣末。則一照元式。不用詩。

又云。元曲不拘正旦正末。四齣總出一喉。蓋總敘一人事也。此曲四齣四事。原無主名。故不妨四分之然

一齣終。是一人主唱。此猶存典型意乎。按此劇四齣。爲沒處洩憤的是冬瓜走去拿弧子出氣。有心嫁禍的是丈母牙疼灸女婿腳根。眼迷曲直的是張禿帽子教李禿去戴。胸橫人我的是州官放火禁百姓點燈。又云。齣惟一韻。俱從中原。其入聲排歸三聲者。自宜另有讀法。甚有有其聲無其字者。亦須想像其近似者讀之。若從休文韻。則棘喉多矣。

纏頭百練曲選。一題怡春錦。武林曲癡子訂。乾隆五十七年刊本。夏之日序云。語曰。千金買一笑。不惜錦纏頭。何賞音之至也。音律所通。曲爲最。然曲數元。猶詩唐。騷楚。辭六朝。大約云爾。其實元之後。麗曲實多。元大悉北調。熬牙。其妙者在不工而工。今者冲和居士別號曲癡子。殊非知音者。往往與意所鍾。偏癖歌曲。逞其不工而工者。求其工而工。風朝裁一調。月夕採一音。敲字於花欄。譜宮於酒榭。遊今昔人。一宮一商。情辭淼麗中。竟爾忘死。（諸語待校）我見其點之。又圖之。又合之。合有六。南與北合。今與昔合。麗情與弋調合。若調協。辭不雋。勿與合。辭雋還求韻永。韻永又索情深。深情處色侵嬌萼。趣盪春風。不爾。又勿與合。此六合纏頭成。我勸與世間鍾情人。聊供一玩。因想。非鍾情人無曲。非鍾情人倦。合是曲。倘情恰神和。一展玩何必不愜幽人之目。染韻士之襟。澈情郎之況。千金一笑。在乎是矣。便六朝金粉。楚唐餘叶。何必不鏗鏗者都在。僅元乎哉。曲癡子縱無是想。觀者實有是因。但客有嘲曲癡子者。以其首麗情。淫而蕩。偏嬲浪子。曲癡子曰。桑濮之音。芍藥之謔。狂童豔姬。三百篇首而不廢。亦嬲浪子否。與客相視而笑。自命曲癡。洵癡哉。若因六合調。付六合春。謾握纏頭。一度徘徊。一度停雲。拂拂春風花柳也。雖謂曲癡子也是知音人。亦可。空觀子聊以癡言贈。

全書分禮樂射御書數六集。禮幽期寫照。樂南音獨步。射名流清劇。御絃索元音。書新詞清賞。數弋陽雅調。

勸善金科凡例有云。其源出於目蓮記。目蓮記則本之大藏盂蘭盆經。蓋西域大目犍連事跡。而假借爲唐季事。牽連及於顏魯公。段司農輩。義在談忠說孝。西天此土。前古後今。本同一揆。不必泥也。顧舊本相沿。魚魯豕亥。其間宮調舛訛。曲白鄙猥。今爲斟酌工商。去非歸是。數易稿而始成。舊本所存者不過十之二三耳。仍名勸善金科云者。其義具在開場白中。茲不復綴。

又云。元人雜劇。一事大抵四折。其後琵琶幽閨等劇。寖至三十餘齣四五十齣不等。如湯若士之牡丹亭。洪昉思之長生殿。至五十餘齣。分上下二本。又其最多者也。勸善金科舊有十本。則多之至矣。但每本中。或二十一二齣。或三十餘齣。多寡不勻。今重加校訂。定以二十四齣爲準。仍分十本。共二百四十齣。

又云。從來演劇。惟有上下二場門。大概從上場門上。下場門下。然有應從上場門上者。亦有應從下場門上者。且有應從上場門上而仍應從上場門下者。有從下場門上。仍應從下場門下者。今悉爲分別註明。若夫上帝神祇。釋迦仙子。不便與塵凡同門出入。且有天堂。必有地獄。有正路。必有旁門。人鬼之辨。亦應分晰。並注明每齣中。
又云。古稱優孟衣冠。言雖假而似真也。今將每齣中
各色人之穿戴。於登場時細爲標出。
昭代簫韶凡例有云。其源出自北宋傳之演義書。考
通鑑正史。其中惟楊業陳家谷盡忠一節爲實事耳。
其餘皆後人慕楊業之忠勇。故譽其後昆而敷演成
傳。即潘美之惡。亦不如是之甚。祇因既與楊業約駐
兵谷口聲援。王侁爭功離次。不能禁制。及引全軍逕
退。乃坐致楊業於死地。是以衆惡皆歸焉。又如牽引
德昭。匡襄軍國。竭盡忠誠。庇護賢良。不辭勞瘁。概爲
表彰其賢能。用以誅佞屏奸。褒忠奬孝耳。不可議其
存歿而拘泥。今依北宋傳爲柱脚。略增正史爲綱領。
創成新劇。借此感發人心。善者使之入聖超凡。彰忠

良之善果。惡者使之冥誅顯戮。懲奸佞之惡報。令觀者知有警戒。

又曰。舊有祥麟現。女中傑。昊天塔等劇。亦係楊令公父子之事。旣非通鑑正史。又非北宋演義。乃演義中節外之枝。概不取錄。今新創之劇。輯成二百四十齣。分爲十本。每本擬定二十四齣爲準。

又云。劇中有上帝。神祇。仙佛。及人民。鬼魅。其出入上下。應分福臺。祿臺。壽臺。及仙樓。天井。地井。或當從某臺某門出入者。今悉斟酌。分別注明。

醉怡情。乃崑腔雜曲之選本。有古吳致和堂梓本。標題云。從來才子胸襟。常寓意於傀儡。文人筆墨。尤精工於豔製。但繁詞難以遍閱。而窺豹不妨一斑。本坊特嚴加刪訂。取其詞調清新。刻畫最工者。以登棃棗。

使演習者揣摩曲至。旁觀者聞聲起舞。誠宇內之奇觀。詞壇之勝覽也云云。

無名氏序有云上下元明數百劇。撮錄其近風雅者百餘齣。名曰醉怡情。夫亦謂學士大夫當傀儡場中酒酣耳熱時。見忠臣孝子則斂容而起。見義士仁人則慷慨情深。見奸雄讒佞則殃殃若疾。見芳草王孫美人君子。又不禁神怡而心醉焉。情之所至。何以如是。下略。

目次後題青溪菰蘆釣叟點次。討選傳奇四十四種。每種多爲四齣。

太平樂府。有東城旅客序。乃劇曲叢刻也。又題玉勾十三種。乃換身榮。天降福。世外歡。秦州樂。成雙譜。樂安春。生平足。萬年希。鬧華州。臨濠喜。人難賽。三多全。

十二種傳奇。每種各十三齣。或十四齣。
換身榮演武都鄭藐。微賤不得顯。又遭村豪之欺。適蜀王選妃。觀音憐之。使換身爲女。因得中選而榮。故名。天降福演平陽荀賓妻死。續娶孀婦王大娘。王女因選入宮爲后。荀因得封侯。謂此福由天降。故名。世外歡演襄陽蔡瑁娶趙娩夫人孫女趙穠華。並漳泉陳氏寒芳。因與曹操有舊。操平吳蜀。賜以繞基田八千頃。蔡乃興築別業於襄陽爲樂。秦州樂演魏弘農李洪之妻張氏。所認義姊。後貴爲太后。李得出制秦州享樂。成雙譜演鄧州李冲。與同僚王叡子女聯姻事。有正史可考。樂安春演樂安徐紇。攀附常侍趙修。丞相元乂。中侍鄭儼。得三妻事。徐爲樂安人。故名。生平足演襄陽李遷哲。爲宇文周時駙馬。富貴復多男

錫六環

子謂人生平。如是已足。萬年希演河東柳誓。以詩見賞人主。爲狀元事。閙華州演李國士事。臨濠喜演劉孝緯十世孫劉崇俊事。人難賽演宋時開封張耆事。三多全演廣陵趙輝事。

錫六環傳奇。清孫埏撰。一名彌勒記。有奉化湖瀾書塾刊本。孫氏雍正十年序云。彌勒佛顯迹奉化岳林。（中略）梁貞明二年。在岳林寺東廊石上。端坐而逝。（中略）後有二僧到寺。謂適見之天台。不信其已死。於是發龕視之。祗得青磁淨甁。六環錫杖。餘則空無所有。（中略）佛氏之好爲奇幻。大率多類此。未爲希有。卽余之爲此傳奇。亦非欲傳布佛教也。念人生在世。南柯一夢。（中略）一切有如夢幻泡影。儒釋何嘗不一而二。二而一哉。惟背違倫理。無父無君。未免開罪於聖人。而要其以空寂之義。驚醒塵夢。亦未必一無可取。錫六環一劇。即本此義演出。千奇百怪。而究歸之烏有。（下略）全書上下二卷。各十二回。

孫鏘跋云。鏘六世祖碧溪公。（中略）諱埏。字尚登。會碧溪。由前清乾隆元年副貢。肄業修道堂。富於著述。所撰行文語類三卷。久已風行海內。相傳有彌勒記。兩重天二種傳奇。初未之見。（中略）邇來購得歸玄鏡刻本。蓋盧山永明雲棲三大師事實合編。（中略）其趨旨務引人信佛。離娑婆而登極樂國也。（中略）原本（指錫六環）二十六齣。承同里江五民先生逐條勘正。核改為二十四回。

茯苓山傳奇。清玉泉樵子撰。光緒丙子自序。謂演麻姑事。全書十四齣。其子德滋跋云。家大人光緒丙子歲。權守建昌。秋間卸篆後。登麻姑山。飲麻姑酒。感與而作。中略篇中脚色。按麻姑仙壇記及建昌府志。考訂詳晰。皆實事。無假借也。惟獻壽一折。西王母傳中有王方平。而無麻姑。世俗繪畫家。嘗作麻姑獻壽圖。祝壽者從而附會之。

### 鳳飛樓

道光二十七年。李文瀚自序鳳飛樓傳奇云。上略於是取岐山舊志。前明梁烈女子殉節事。以其父大業。及名宦梁建廷。孝子蹇逢吉。緯之。得鳳飛樓傳奇。中略全書純用北曲。惟末折演局外人事。乃用南曲。凡例謂是本以梁大業父女爲主。而珊如又主中主。書分上下二卷。各十齣。宮調套數之謬亂。無以復加。馬國翰序。謂樓喻其高。鳳之飛。喻烈女也。

### 紫荊花

紫荊花傳奇。李文瀚撰。取紫荊花下宜兄弟之意。借花神為樞紐。聯絡夫婦。人名地名。虛實參半。凡例曰。是劇之作。蓄意於道光丙申至戊戌。成一半。上卷十六齣。未查譜。正襯難準。下卷十六齣。照譜填詞。較為可靠。李字雲生。宣化人。號訊鏡詞人。

### 臙脂舄

臙脂舄傳奇。李文瀚撰。道光壬寅自序。余揣先生（吳太守）治獄之意。與聊齋作傳之心。有感於中。假臙脂之舄以為名。譜十六齣。補聊齋所未圓之說。非與志異操戈云云。科白尚合。詞曲則大謬。宮調既紊。套數亦亂。北詞中句法。尤為不符圖譜。無可取。按光緒甲申玉泉樵子成臙脂獄。與此係兩書。

### 銀漢槎

銀漢槎傳奇。訊鏡詞人撰。多頌揚。而無諷刺。虛實參半。以河災為主。海怪為賓。孛星為經。牛女為緯。場中脚色。以張騫為主。汲黯為賓。有道光乙巳三月。風笛樓刊本。

**雙仙記**

雙仙記傳奇。乾隆丁亥。研露樓主人自序云。余閒嘗閱稗官野史。每愛邢春娘之守舊盟。鄭六郎之遇貞狐。及無雙古押衙之節義。邢春娘鄭六郎之事予已譜之聲律矣。而無雙古押衙之奇人奇事。雖有明珠記傳演。究之未暢其情。用錯綜其同異。敷衍三十六齣。已填六齣。丁亥春。邂逅來旬吳子。知其長於音律。遂煩其捉筆。余亦以餘暇分填數闋云。全書分上下二卷。各十八齣。吳號郁州山人。淮陰人。研露樓主則爲鄂人。

**太和正音譜**

太和正音譜。有明康海刊本。嘉靖戊子冬十二月壬子。滸東漁父序云。予家居二十有二載矣。以爲文章詞賦。雕虫篆刻之技。壯夫所不爲也。可爲者。詠歌舞蹈。於林壑蕭散之地。以自適吾意而已。古詩歌謠。道性情。陳風俗。心之所之。假言而通。言之所指。因歌而永。是以陳之列國。采之樂官。以考其政治得失。及乎世道既降。歌詩變爲樂府。隋唐以來。益變益異。而治之汚隆。音之美惡。猶具以存。近世歌曲所傳。唯十二調。三百三十五章。然音律之本。亦稍見矣。明興。丹丘先生采輯元賢曁今之詞客所撰。彙爲斯譜。閒居有作。率譜擬調。法度宛然。歌詠之餘。情之所欲。宣暢略盡。吁。亦奇矣。原本前卷載古今作者名氏。及傳奇種數。與元人雜論。雖搜括甚多。而於後作。初無少益。今悉刪去。但取周德清作詞七法。列諸篇首。若曰曲固有譜。作亦有法云耳。開卷之際。指趣咸備。顧非詞林之一快乎。

瞿園雜劇。光緒戊申鉛印本正續編各五種。仙人感。藤花秋夢。孽海花。一名金華夢暗藏鶯。賣詹郎。一名長人賺東家顰。鈞天樂。一線天。望天石。三割股。瞿園主人自序云。上略握管輒一效顰。擬雙合鏡。支機石。鴟夷恨。紅娘子。傳奇數種。各數十齣。以筆稚腕弱。排場多誤。未敢出與周郎一顧也。癸卯後。客京師。中略或有感觸。信口吾吾。伸指拍几。每劇作小套一二則。仿古人四聲猿。龍舟會之例。有仙人感藤花秋夢金華夢暗藏鶯長人賺。東家顰。西江雪。神山月。玉津園。諸目。中略擇稿本完全者。排印數則云。按續編五種。除東家顰外。均與自序所述異。

驪山傳。傳奇。磬譜老人撰。家門云。這本戲叫驪山傳。聽我表明大義。那周武王亂臣十人。有一婦人。或說

是太姒。或說是邑姜。都講不去。（中略）直到曲園先生才
考得（中略）是戎胥軒妻姜氏。即後世所稱爲驪山老母
者。史記載（中略）其有功於周。可見漢書載張壽王之言。
驪山女亦爲天子。在殷周間。是驪山女固一時人傑。
周初。寄以西方管鑰。然後無西顧之憂。得以專力中
原。厥功甚鉅。列名十亂。固其宜也。（中略）唐時有書生李
筌。遇驪山老母。指授陰符經。宋時有鄭所南。繪驪山
老母磨鐵作針圖。皆以神仙目之。莫知其爲周武王
十亂之一。我故演出此戲。使婦豎皆知。雅俗共賞。（下略）
全書八齣。作者姓名待考。

梓潼傳傳奇。磬譜老人撰。全書八齣。家門云。（中略）我朝
升文昌爲中祀。極其隆重。文昌何神。說就是文昌天
星。既是天星。何以相傳二月初三是文星生日。又何

以稱爲梓潼帝君。曲園（中略）考得梓潼帝君是漢時梓潼文君。見高眹禮殿記。此說極確。按（中略）華陽國志載文參。字子奇。梓潼人。孝平帝末。爲益州太守。造開水田。民咸利之。不服王莽。公孫述。遣使由交趾貢獻。世祖嘉之。拜鎮遠將軍。封成義侯。南中咸爲立祠。禮殿記所稱梓潼文君。卽此人也。（中略）當日南中咸爲立祠。卽今文昌宮之權輿。是以起於蜀中。後世誤以爲文昌星。天人不辨。至文昌化書所載。假託姓名。僞造事實。轉使祀典不光。我故演此一戲。使人知有梓潼文君（下略）

儒酸福傳奇。杭州魏熙元玉巖撰。光緒十年玉玲瓏館刊本。例言有曰。（上略）是曲逐齣逐人。隨時隨事。能分而不能合。乃於因果兩齣中。暗爲聯絡。而以十六個酸字貫串之。中略 酸警齣是實有其事。餘係憑空結撰云云。全書十四齣。先有大旨一篇。後有餘味一篇。共十六篇。各以二字標名。而首字皆係酸字。其次爲意。因。影。忿。趣。警。夢。嘲。思。瘞。慰。慶。毓。窘。果。情。倪星垣序云。上略 同人咸集之際。設想傾談。無奇不有。而君悉以傀儡當之。演爲十六齣。下略 例言亦謂是曲之成。乃二三知己酒酣燭跋。相對涕泣。因而援筆按歌。抒其憤悶之胸。以自快樂。玉玲瓏館主人跋云。曩余撰傳奇四種。曰犂樂軒。曰玉堂春。曰西樓夢。曰寶石莊。付梓初竣。頓遭劫灰。

玉田春水軒雜齣

玉田春水軒雜齣。題作蘅芷莊人外集。玉芙撰。共九種。訊翎。題肆。琴別。畫隱。碎胡琴。安市。看真。遊山。壽甫。每種一套。

洞庭緣

洞庭緣傳奇。陽湖陸繼輅祁生撰。光緒六年。鴛湖刊本。光緒丙子何兆沄序。上略綴聊齋志怪之書。翻湖上傳奇之譜。爲洞庭緣院本十六折。下略

介山記

介山記。清介山竹溪居士宋庭魁譔。方苞序。介山記乃西河竹溪氏宋子所作也。大義闡介推之廉靜。而繪以新聲。此從未經人道者也。乾隆庚午。彭遵泗序云。宋子竹溪。生於其鄉。（指三晉）藍本左氏。譜之新聲。李文炳序云。若介山記。其首則含孝言忠。中則言情言節。末則言仙舉。全書分上下二卷。各十二折。

玉臺秋

玉臺秋傳奇。光緒庚辰刊本。清黃燮清作。倚晴樓七種以外者也。黃氏自序略云。吳君康甫。情種也。篤於伉儷。得國風之正。宜人張氏。溫雅柔順。善侍君子。康甫病疫。嘗二十晝夜。目不交睫。侍湯藥。不稍懈。夜靜

輒焚香禱佛。願以身代。宜人固善病。以病者侍病者。及康甫病愈。而宜人遂至不起。其亦以身殉情者歟。康甫既痛其逝。而又憫其代己也。囑爲樂府以傳之。書分上下二卷。各八齣。後並附刊侍疾圖書後。吳君夫人權厝銘。及茹叟漫述。遺像記。列女傳等篇。

漁邨記傳奇。清妙有山人（青田韓湘巖）撰。光緒丙子。妙有山房本。吳鉞序。（上略）漁邨記稱慕蒙孝感飛昇。因引道家語。徵信徒供伶工歌舞歡笑耳。（中略）慕蒙孺慕終天。不毀真性。一也。配偶麗人。無褻媟兒女子態。二也。得志多財。周卹貧乏。令人生歡喜心。三也。（下略）妙有山人家清溪廟右山下。廟右音同妙有。故以妙有顏其書舍。（下略）乾隆三十二年韓錫胙序。（上略）其書傳慕孝子廬墓思親。感動神祇。遣法女爲配。教以黃白

迎鑾新曲　芙蓉碣

丹竈之術。卒能脫胎遐舉。下略 序末云。世傳宋范文正公遇異人。授漁莊記爐火。以廣置義田。而仁其三族。中略 而山人記中。義莊贍族。蹤跡偶相類。不必强爲附會也。全書十三折。而卷前附刻南山法曲。金昌世跋。謂韓湘巖作。以壽全椒吳愛棠者。韓爲乾隆時人。曾補官金匱。

迎鑾新曲。光緒二十一年刊本。清吳城。厲鶚。合撰。全祖望序云。上略 今天子建中和之極。躬奉聖母南巡。至吾浙東西老幼士女歡聲夾道。吾友杭人厲君樊榭。吳君甌亭。各爲迎鑾新樂府。中略 大吏令樂部。奏之天子之前。侑晨羞焉。中略 吳錢塘國子監生。所作名羣仙祝壽。四折。爲上卷。樊作名百靈效瑞。亦四折。爲下卷。

芙蓉碣傳奇。文安張雲驤南湖撰。光緒癸未刊本。自

序云。余少時每聞談李蓉姑事。多未詳。中略會李子伯
澄來。蓉姑之鄉人也。中略詢以兩女事。中略語之甚詳。中略
李氏以弱女而不失其貞陳氏以婢妾而能成其烈。
下略書分上下卷。各七闋。乖音舛律。全不合度。而又强
學藏園。甚至抄襲。王璞題詞。謂張十七歲時。曾譜桃
花源雜劇。

光緒戊寅。吳孝緒跋芙蓉碣傳奇。自謂留心於音律。
幾三十年。向有雙燕樓。鸕鷀裘。雜劇二種。

風流院傳奇。不可解人朱京藩著。明道人柴紹然評。
自序云。上略余之於小青也。未知誰氏之家。一讀其詩。
如形貫影。相契之妙。不在言表。中略故爲之設木主。置
之齋几。名香好茶。朝朝暮暮。今又值下第之慘。爲之
作記。以況其苦怨。名曰風流院。小青爲讀牡丹亭一

病而夭。乃湯若士害之。今特於記中有所勞若士以報之。下略 上下二卷。各十七齣。

歸元鏡傳奇。古杭報國嗣法沙門智達撰。乾隆甲辰刊本。原名異方便淨土傳燈歸元鏡三祖實錄。嚴而和序。上略 心師悲之。欲使人人咸歸淨域。無計可爲筏渡。因思蓮社中主張淨土者。唯廬山。永明。雲棲。三大老。其行願精確。而事實尤昭著人之耳目。爰是搜三祖本傳塔銘。一生實蹟。敷爲四十。分借諸伶人當場搬演。孟良胤序云。予將解組。故人心融師。以所構稿乞予敘。休閑老衲懶融道人規約（即凡例）云。此錄專修廬山。永明。雲棲。三祖。在俗以至出家成道。傳燈實行。中略 本願專在勸人念佛。戒殺茹齋。求生西方。以三祖作標榜。分分皆實義。皆真經真咒。真祖實事。

故曰實錄。中略不曰齣。而曰分者。以此中皆真諦。非與世俗戲等。中略分四十二分。取華嚴經四十二字母之義。其中曲白。皆本藏經語錄。下略

返魂香傳奇。光緒丁丑申報館鉛印本。香雪道人自序云。鹽城王道人。多善行。罹慘死。易簀時。題臂誌憤。越廿年。有魯中丞來謁。中略揎袖露臂。筆跡宛然如新。方知即道人再世也。中略墓有道人手植梅。槁已久。是日。復萌。寒香馥郁。噫。其返魂香歟。吾鄉當明季倭寇犯天長揚州都司沃公諱田奮勇追勦遇害。而道人亦生於神宗倭亂時。吾父曰。爾曷舉沃王兩公作傳奇。成院本。初稿名返魂香。四十首。下略書分四卷。每卷十齣。

紅樓夢傳奇。元和陳鍾麟厚甫撰。光緒十六年重刊

本。凡例云。紅樓曲本。時以佛法提醒世人。一歸懲勸之意。（中略）原書以寶黛作主。餘皆附傳。然如湘雲。惜春。寶琴。妙玉。香菱。皆聰明過人。摹其性靈。使千古活現。余素不諳協律。此本皆用四夢聲調。有納書楹可查。檢對引子以下。大約相彷。惟工尺頗有不諧。度曲時再行斟酌。書分八卷。各十齣。

古柏堂傳奇五種。又名鐙月閒情。蝸寄居士撰。第一種傭中人。乾隆癸酉董榕序曰。余嘗觀甲申殉難中。有菜傭其人。爲之肅然起敬。愴然流涕。念其人與范吳橋以下諸公同一殉節。而更見其難。每思播之管絃。今讀古柏先生傭中人傳奇。乃爲之拍案叫絕云云。書僅哭靈一齣。第二種梁上眼八齣。第三種蘆花絮。有蔣士銓序。演閔子騫事。僅露蘆。歸詰。詰揟。諫圓。

四齣。第四種巧換緣。十二齣。第五種三元報。演商輅母秦氏早寡。輅爲遺腹子。受母教極嚴。終以三元捷報。而慰母望。故名。

**新灌園**

墨憨齋定本傳奇十四種。龍子猶所定也。第一種新灌園。總評謂舊記除王蠋死節。田單不肯自立二事外。餘只道淫。未足垂世。且味薄不厚。新記念念不忘君國。而夜祭之孝。討賊之忠。君夫人不失節。皆是絕大關目。舊記丑淨不能發科。新劇較之。冷熱懸殊。又添臧兒途遇一折。以通前後節脈。詞之不叶與失韻者。並爲改正。上下二卷。上十九齣。下十七齣。

**女丈夫**

第二種女丈夫。卽紅拂記。龍子猶序。謂摭紅拂之能識英雄而從之。故以爲女中丈夫也。又謂詞譜有古紅拂記。不傳。世行張伯起本。將徐德言所有金鏡記。

兼而用之。情節不免錯雜。韻有不嚴。調有不叶。蓋張少年試筆。晚成。亦自悔。欲改未及耳。女丈夫增入龍宮求雨。及娘子軍二事。以屬晉充事。蓋事見本史。且切本傳也。總評謂刪去原越公賞月一折。（因其祇爲過文）而增入煬帝南巡一折。以隋帝荒亂唐兵始興也。上下二卷。各十八齣。

夢磊記

第三種夢磊。龍氏序。謂史氏所作十餘種。率以情節交錯。離奇變幻爲骨。幾成一例。就中夢磊最佳。合紗次之。總評謂陳州娘娘相傳乃鄭虛舟爲人鬻妾事借入。可爲絕倒。黨人碑。花石綱。二事。斷送宋朝元氣。千古大恨。借入一夢。發揮亦快。上下二卷。上卷十八齣。下卷十七齣。

灑雪堂

第四種灑雪堂。楚黃梅孝己草創。演雲華附月娥事。

上下卷。各廿齣。
第五種精忠旗。龍氏自序。岳忠武事。舊有精忠記。俚而失實。於是西陵李梅實公。從正史本傳。參以湯陰廟記事實。編精忠旗。爲高宗所賜之物。初以忠被旌。而終卽以忠被戮。冤哉。又謂是刻也。信天翁主白司空公主曲。而龍氏爲調潤就律。又增湖中遇鬼。獄廟進香二折。上卷十八齣。下卷十九齣。
第六種量江。余聿雲自序云。拔宋史樊叔清傳。因惟叔清亦吾郡一奇士。郡令不聞。所以表異者。里中人或多不悉其事。輒復假傳奇以章之。龍氏序云。量江事奇。聿雲氏才情更奇。間有微舋纖瑕。余爲舋而縫之。陳蓋卿云。聿雲氏所爲樂府。有賜環記。鎖骨菩薩雜劇。余恨未悉覩。尚當問諸池陽也。上下卷。各十八齣。

第七種風流夢。總評云。原名生出揚。即道破因夢改名。至三四折。入日。始入夢。二夢懸截。索然無味。今以改名。緊隨日夢之後。方見情緣之感。合夢一折。全部結穴於此。又改春香出家。即以代小姑姑。且爲認眞容張本。李全金主去之薦士一折。遂以爲三年之後。遲速太不相炤。今改周年。阻歡折添忒忒令一曲。懸掛眞容。以便日之隱身。（原本眞容喚叫後。一遇魂交。便置不問。未免薄情。）原本老夫人祭奠。及柳生投店等折。詞非不佳。然折數太煩。故削去。上卷十八齣。下卷十九齣。

第八種邯鄲夢。總評謂玉茗諸作。紫釵牡丹以情。南柯以幻。此獨因情入道。即幻悟眞。閱之令凡濁俱厭薄塵埃。四夢中當推第一。通記描摹盡興。點綴熱鬧。惟填詞落調失韻處。爲之改竄。上下卷。各十七齣。

第九種雙雄記。龍氏有序。論南詞之弊甚精。另錄。全記上下二卷。各十八齣。沈伯明校。

雙雄記

第十種萬事足。龍氏自序云。古之治妬者。多謬託巫師神鬼之教。以儆惕淫悍。然或有信有不信。乃若朋友治妬。未之前聞。陳循事載楮記室。以一擊之義勇。延高公之祀於中翰。事極痛快。而邳氏知過能改。亦有足多。至梅夫人委曲進妾。成夫之美。則更出於尋常賢孝之外。上下卷。各十八齣。

萬事足

第十一種酒家傭。龍氏序云。存孤奇事。胡可無傳。先輩陸天池。欽虹江。各有著述。天池闡僞儒之幽。虹江描狡童之隱。皆傳中奇觀也。然本存孤者文姬。而天

酒家傭

人獸關 永團圓 楚江情

稱人心

池謬以已死趙伯英爲生。未免用客掩主。虹江以杜喬之女爲李爕妻。中間離合。復入泛常圈套。而滕女作妾情節亦支蔓。且失實。余酌短長而鑄焉。採陸者十之三。採欽者十之四。而余以襪綫足之。總評謂漢書李爕。變姓名爲酒家傭。以此名傳甚當。生脚卽以當之。秦宮事用陸本。吳祐友通期等事用欽本。可謂合鯖。陸有趙子賤妻勸夫一折。以事冗刪去。上卷廿齣。下卷十七齣。

第十二種人獸關。三十三折。第十三種永團圓。三十二折。所見之本。序與總評俱失。第十四種楚江情。未見。

稱人心傳奇。抄本。許守白云。稱人心傳奇長洲陳二白撰。二白字于令。明末人。新傳奇品云。陳二白之詞。

如閨女靚妝。不增矯飾。二白所撰。有稱人心雙官誥。彩衣歡諸種。惟雙官誥稍被歌場。餘皆罕見也。又南詞定律中呂泣顏回。春韭翦新畦一曲。與此劇筵詠折泣顏回曲全同。而定律所引劇名。則稱詩扇緣。正與劇中洛女事相合。則此劇一名詩扇緣矣。此爲舊抄本。僅開場折詞有缺略。餘尚完好。上卷十三齣。下卷十一齣。

蝶歸樓傳奇。許守白云。蝶歸樓傳奇。不知何人所作。舊抄本。蠹蝕漫漶。幾不可盡識。卷端有印章夢樓二字。疑卽王夢樓也。王夙精音律。葉懷庭納書楹曲譜。悉由其參訂。顧其曲世所罕見。梁廷枏曲話。載乾隆南巡時。夢樓製劇九種。奏之行宮。余曾見龍井茶歌。祥徵冰繭二種。每種四折。應制之作。取協頌揚而已。

此卷詞筆儁秀。幾可頡頏玉茗。曲律諧𤰞。亦不讓石渠。殆卽夢樓所撰歟。抑其所藏訂也。

黃鶴樓傳奇周塏撰。塏號梅花詞客。有乾隆五十九年自序一篇。凡例謂是劇借眼前一二事蹟搬演。不卽不離。意在歌詠太平。而兼於勸世。別無託意。以隔世爲合離。以上卷十二齣生脚上場。下卷十二齣旦脚上場爲章法。續二齣爲餘韻。黃鶴樓在黃鵠山上。四川閣學周公乃祖樵也。九十九歲。因樵采於山。得金。方娶婦。百四十四歲壽終。其居名百四十村。事見袁子才子不語。樓因黃鵠山而名。至費禕騎鶴。呂巖吹笛二事。不妨爲靈區點染也。先一齣先聲末四句云。陸蕚華弱齡稱孝女。田喜生百歲作新郎。呂洞賓千年留善果。費先生隔世續俳場。

## 滕王閣

## 碧珠記

滕王閣傳奇。周塏撰。有程瀚嘉慶元年一敘。卽書成之時也。四卷。共三十四齣。首曲開宗末四句云。王子安作賦洪都府。駱賓王草檄揚州路。小姑山仙姆暗中扶。滕王閣蛺蝶空中舞。所演已可槪見。

碧珠記傳奇。明澹生老人撰。錢塘高陽生序云。過友人王司馬齋頭得碧珠一編。演趙懷之本末。第一齣敘略。鳳凰臺上憶吹簫云。趙玉素封。孫生飽學相逢契結金蘭。因歸家店宿。遇惡惟光。（姓周）書寄見嬌容起意。謀家主思效鸞凰。神默佑陰加排擊。慚走他方。須與士人轉世。麟兒會合。喜中狀元郎。奉內旨召見。歸娶還鄉。誅奸惡。（卽周）夙冤吐氣。解神語先見呈祥。碧珠喜重會。富貴滿華堂。又題目云。趙懷之市義逢奸慝。周惟光貪色犯閨闈。孫廷獻報德鋤惡逆。趙永思恩錫狀元歸。上卷十七齣。下卷十八齣。

情郵寄傳奇。吳炳撰。吳氏自作情郵說云。傳中載劉生遇王慧娘。賈紫簫事。偶在郵舍。而名曰情郵。上卷二十一齣。下卷二十二齣。首齣約言沁園春云。才子劉生。黃河題驛。自訴情腸。有王家二美。後先來至。各和詩章。三地思量。賴故人仗義。不惜千金買鷫鸘。遣侍婢暫承奸命。先效鸞凰。無端屈害忠良。翁壻參商未審詳。對策披忠。聖明虛納。除斥魍魎。再過驛亭傍。豈王氏難歸寓驛。重和前詩得遇郎。妻和妾。雙雙碧玉。千載擅詞場。題目云。劉士元金門單獻策。王慧娘官驛兩題詩。隱太湖蕭公齊得喪。讓夫人賈女識尊卑。



綠牡丹首齣奇略滿庭芳云。謝子西賓。爲主人借韻。

吟詩遂作空羣車家小妹悄地代兄文贋鼎連名高列。痛名流反遜前軍。殊驕蹇志其固陋妾覬締良姻。佳人能鑒別。乖簾復試。笑語喧聞。翰苑重修舊社。防範加勤。曳白難遮醜。窘兩英才許贅侯門。正花燭泥金報至。樂事喜相尋。題目云。老翰林誤認門生。假秀才弊呈試卷。看文章香閣憐奇。掇科名金屏中選。

療妒羹首齣醒語沁園春云。吏部夫人。因夫無嗣。日夕憂皇。遇小青風韻。隣家錯嫁。苦遭奇妒。薄命堪傷。讀曲新詩。偶遺書底。吏部偷看爲斷腸。輕舟傍。借西湖小宴。邂逅紅粧。山莊。臥病身亡。賴好友(韓)投丹竟起僵。反假稱埋骨。乘機夜遁。繡幃重晤。故意潛藏。遺作遊魂。畫邊虛賺。悄地拿奸笑一場。天怜念。喜雙雙玉樹。果得成行。題目云。催聚妾顏夫人的賢德可風。看還魂喬小青的傷心可哭。攜活畫韓泰斗的俠氣可交。掘空墳楊不器的癡狀可掬。

畫中人首齣畫略滿庭芳云庾啓書狂。意中摹揣。等閑畫出娉婷。仙翁指示。彷彿悟嬌名。曉夕殷勤頂禮。感虛空答應呼聲。瓊枝女離魂赴約。不意惹狂朋。風波旋折散。淒涼古寺。旅櫬堪驚。又賴仙翁壁畫。訪至沙汀。夜月閑吟。陡遇破棺星。復返原靈。妖寇剪家庭重會。及第畢姻盟。題目云庾秀才情多證畫。鄭小姐感重離魂。滕鬍子空施狡計。活仙人斷配良姻。

西園記首齣開卷沁園春楚國張郎。武林遊學。偶過園亭。遇玉真隣女。把梅花折贈。賦詩見報。一見留情。俠友聞之。認爲園主。錯說嬌名是玉英。嗟薄命。爲因緣不偶。負恨捐生。娉婷。抱作螟蛉。兩姓糾纏再不清。

奈旅愁難遣。追思舊事。把鬼名夜喚。現出真形。貪卻幽婚。堅辭明配。賴鬼語因依始剖明。癡迷醒。笑差訛到底。反證姻盟。題目云錯認的趙玉英改名締好。悞撇的王玉真易姓聯姻。苦楚了王白丁死生無據。便宜了張繡林人鬼交親。

絃索辨訛。明沈寵綏撰。張叔賢顧暘甫助之。崇禎己卯沈氏自序云南詞向多坊譜。已略發覆。其北詞之被絃索者。無譜可稽。惟師牙後餘慧。且北無入聲。叶歸平上去三聲。尤難懸解。以吳儂之方言。代中州之雅韻。字理乖張。音義逕庭。其為周郎賞者誰耶。不揣固陋。取中原韻為楷。凡絃索諸曲。詳加釐考。細辨音切。字不必求其正聲。聲必求其本義。庶不失勝國元音而止。其子沈標己丑序云。略上 先君子乙酉歲手著

中原正韻一書。未竣。會避兵搶攘。賫憤永背。下略辨訛

內容。爲北西廂全部。千金。焚香。寶劍。紅拂。西樓。紅梨。珍珠衫。小十面及時曲各一套。

蝶夢庵詞曲二種。夢生堂藏板。一鏡光緣。二寫心雜劇。清徐爔撰。爔吳江人。字鼎柏。號榆村。一號種緣子。

寫心雜劇十八種。乾隆五十四年徐氏自序云。或有笑而問予曰。元明詞曲演劇。皆托於古人以發己懷。而子昔填鏡光緣。尚隱射姓氏。今竟直呼自名。登場歌泣。豈非自褻耶。余應之曰。寫心劇者。原以寫我心也。心有所觸。則有所感。有所感。則必有所言。言之不足。則手之舞之足之蹈之。而不能自已者。此予劇之所由作也。十八種爲遊湖。述夢。醒鏡。遊梅遇仙。癡祝。蝨談。青樓濟困。哭弟。湖山八隱。酬魂。祭牙。月下談禪。

問卜。悼花。原情。壽言。覆墓。入山。

鏡光緣。乾隆四十三年自序有曰。自塡者如雙環記。聯芳樓。皆以自己筆端。代古人口吻。摹寫成劇。非有寄托。玆之所謂鏡光緣者。乃余達衷情。伸悲怨之曲也。事實情眞。不加粉飾。兩人情義。都宣洩於鏤聲繪句之間云云。劇演徐氏與姬李秋蓉事。李幼孤貧。棲尼庵中。爲尼鬻入娼家。抑鬱不自得。徐訪之。適李攬鏡。徐顧謂此鏡中花也。李笑曰。或是鏡中緣耳。徐欲爲贖身。攖狂且怒。匿李。後經有司。而落李籍。但未容歸徐也。會有浙人潘某者。高姬志。贖以北遊。俟徐。比徐至自京。則姬已沒矣。遂收骨瘞五湖旁。全書十六齣。僅生旦貼三脚色。凡例謂比諸小傳。紀其始末而已。另塡三十二齣者。付梨園搬演。

芝龕記。董榕撰。光緒己丑董氏重刊本。題芝龕樂府。全書大概爲秦良玉沈雲英二女衍傳。而以馬賈二生配之。舉明季萬曆天啓崇禎三朝史事。大都包羅其中。蓋雜採羣書野乘。墓誌文詞。聯貫補綴而成也。以闡揚忠孝節義四字爲旨。全書分六卷。十五齣。前半傳忠孝。後半傳節義。諸家評論。亦悉載本中。光緒己丑。湖南道州官廨重刻本。並附載秦忠州傳。沈道州墓誌銘。作者董氏墓誌銘等編。



紅樓夢傳奇。紅豆村樵仲雲澗撰。河間春舟居士題云。吾友仲子雲澗。取是書前後夢。刪繁就簡。譜以宮商。合成新樂府五十六齣。凡例謂紅樓篇帙浩繁。事多人衆。不能悉演。故此書不過傳寶玉。黛玉。及晴雯。紫鵑之情。書分上下卷。上卷三十二齣。下卷二十四齣。署作吳州紅豆邨樵塡詞。

紅梨記傳奇。明徐復祚撰。原題趙狀元三錯認紅梨記。忍辱頭陀自序云。閒中鼓吹。泰峯郁先生所作也。中載趙伯疇事甚悉。庚戌（萬曆）長夏展玩間。輒感余心。特爲譜諸聲詞。及閱古劇（即下列快活菴本）亦傳此一段事。雖稍有抵牾。要之不爲無本。或疑兩生未嘗覿面。那至思慕乃爾。余曰。不然。自古憐才之主。何必相識云云。上下卷各十五齣。首齣寶輪第六曲云。謝女佳人。趙郎才子。天然分付成雙。奈王黼勒取。拆散兩鴛鴦。正遇胡人圍汴。徵歌妓送入金邦。賴有花婆女俠。設謀竄取。潛地往他鄉。才子彷徨。佳人淪落。此際實堪傷。幸錢君作宰。留寓在衙旁。卻慮功名未就。改名姓潛結鸞凰。又賴花婆勸駕。登龍歸娶。花

紅梨花記

空青石

燭影搖光。題目云。傻風流趙狀元（名汝州）三錯認。喬紅梨謝素秋兩陣花。雍丘宰生扭就鳳鸞交。賣花婆計掇賺龍頭儁。

紅梨花記。明無名氏撰。快活菴批評本。上下卷。共三十二齣。首齣滿庭芳云。君牧才高。金蓮佳麗。詩名遠播齊芳。梨花寄咏。雨下惹情長。驀地風波拆散。逢良友巧把春藏。名園內移花換葉。暗裏結鸞凰。分飛因虜騎。伯顏威逼。節操凜冰霜。喜才郎得第。退虜功揚。趙璧雖還故里。遭俘係隔苑淒惶。重會合。新詩一首。千古播詞場。題目云。梨花詩無端寫恨。白紈扇有意傳情。劉太守全交重義。趙狀元退虜揚名。

粲花別墅三種。空青石。念八翻。風流棒。清萬樹紅友撰。空青石上下卷。二十九齣。首齣情譜賀新郎云。奸穽盲雙目。把鍾生空青逼獻。誤因聾僕展帖繙詞賡咏處。錯認珊然姓曲。明辨後猶疑爲鞠。乍脫飛災還奪解。喜金剛追石謀空毒。幾誤試。幸登錄。書仙情重能幫哭。愛佳詞尼菴再和。素屏題續。重拾空青持愈瞽。一戰功成荒服。恩配與侯家閨淑。又被奸璫訛述旨。賴君王更賜聯雙玉。情種子。自饒福。題目云。送不清洛神賦。糊突殺會武能文的鍾心在。丟不下鵲橋詞。煩惱煞真名假姓的步珊然。謀不成空青石。遺累殺再嫁重婚的曲眉月。閒不過穢迹神周全。殺幫愁助哭的鞠書仙。全書有吳棠禎題評。

念八翻目錄前後。題作玉壺樂府念八翻。（紅友號玉壺）上下卷各十四齣。首齣翻案白云。搬演的那一家故事。內云。是玉壺樂府響泉琴的故事。叫做念八翻。次有念八翻一曲。數功罪。邪正。師弟。奴主。貞淫。老少。貧富。貴賤。僧俗。癡慧。生死。男女。慈忍。文武。十四種。彼此相翻。（如第一翻功翻罪某某事。第二翻罪翻功某某事）而成二十八齣。即全書之事實情節也。呂洪烈題評。

風流棒上下卷各十三齣。首齣情略鳳樓吟云。笑荆郎風魔無比。塲中卷上題詩。蹇公因謝女特遴才俊。錯付書辭。奸徒將誑配。妄提兵鬼婦雄雌。爲倪氏情深。荆生遠訪成癡。歸時。重攜蹇札。偏差認走避佳期。賴公招快婿。那知生又去賊贅門楣。文闈雙得意。到都勻方遂于飛。花燭夜。風流棒底。打醒情迷。題目云。無心的謝林風題詠荷亭上。多情的倪荊人贈别芙蓉舫。幫襯的連老嫗頻充撮合山。顛狂的荆茶郎雙打風流棒。吴秉鈞題評。

浙江迎鑾樂府。清王文治撰。梁廷柟跋云。族父拨庭先生。副鹺兩浙。恭遇南巡盛典。承辦戲差。時丹徒王夢樓太守文治。自臨安罷歸。延入幕中。撰新曲九齣。皆用浙中故實。音節和平。頌揚有體。太守少精音律。其友葉君懷庭。作納書楹曲譜。多資商榷。下略九種爲三農得樹。龍井茶歌。祥徵氷繭。海宇歌燈。燃法界。葛嶺丹爐。仙醖延齡。瑞獻天臺。瀛波清晏。每種一折。

玉燕堂四種曲。清張堅撰。唐英序謂。夢中緣抹煞登徒。寄情深遠。楊楫（字古林）序謂。漱石四種。合女烈臣忠。配以義俠。參之仙佛。而總基於一情。又謂他種皆極情之變。而夢中緣祇道其常。則情之正。而根於性者也。

第一種夢中緣。上下二本各二十三齣。芮賓王魯川氏跋。謂張氏少作梅花簪。久爲優伶購去。易名賽荊釵。登場搬演。夢中緣編成最早。不肯輕售。庚午春付刊。並輯諸名士評語。分列首末。又謂張氏嫻於音律。詞調本吳江沈伯英南九宮譜。陰陽悉叶。去上必諧。而韻復嚴而不借。又謂張氏恐本長難演。將遭優伶妄割。故另有刪就演本。劇中止寫一生二美。並帶寫一解事小鬟。悉托烏有。楊輯評點。首齣笑引沁園春云。吳下鍾心緣生。夢裏忒煞情癡。竟訪遍金陵奇姿果遇。香羅手帕。疊和新詞。釁結京江。投親淮上。玉鏡乘幾誓自私。鏡中錯。奸徒假冒。好事偏遲。堪悲。忠因讒陷。又斷送嬌娃兵燹離。幸賺入朱門。惺惺共惜。侍兒待禍。姊妹同帷。更姓登龍。改妝調鳳。就裏機關儘教疑。淒涼煞。禪堂再夢。醒後難追。題目云夢易醒醒又夢夢醒不辨。真當假假當真真假難明。姊救妹妹粧男皆由俠氣。帕作媒花設誓總是癡情。

第二種梅花簪。吳禹洛序。謂梅花簪既演張氏家二十年香櫞老樹。從未花實者。忽然花大吐。香氣氤氳。自是結實纍纍如金。盛至千顆。說爲瑞徵。媲美東嘉之瑞烟蠟炬云。自序謂夢中緣一編。固已撇卻形骸發情真諦。猶恐世人不會立言之旨。徒羨其才香色豔。贈答相思之迹。故復成此種。梅取其香而不淫。豔而不妖。處冰霜凜冽之地。而不與衆卉逞芳妍。此貞女之所以自況耳。上下本各二十齣。錢塘柴方評點。首齣節概沁園春云。杜女徐生。花簪聘定。遊學他方。有胡家公子。倚權漁色。賄官退聘。强娶還鄉。父憤身士。夫聞泣訪。誤認巫家少女郎。錯中錯。把花簪淚擲。叫哭如狂。烈女守貞報怨。身陷牢中枉斷腸。遇親夫按院。孽因前誤。黠監一怒。判殺貞娘。纔感陰靈。偏逢義俠。改扮同逃入大荒。和倭返。幸夫妻讐白。御賜鸞凰。

第三種懷沙記。演屈原事。本史記及外傳。（唐沆亞之作）敷衍而成。上下卷各十六齣。首齣述原玉宇瓊樓（不知何調之別名。待考）一枝。沁園春一枝。沁園春云。屈子奇才。楚王宗室。獨抱丹誠。爲靳尚希權。鄭姬弄寵。忠言逆耳。內外讒興。聊借卜居。托詞漁父。無限牢騷怨寫成。將天問履貞志潔。搔首自難平。西秦定策吞荆。六百里商於餌竟行。反絕好東齊。孤軍樹敵。中儀詭計。喪甲殲兵。怨憤一腔。遭驅被逐。抱石沉冤誓不生。

懷沙詠。汨羅江上。千古弔英靈。題目云。欺敵國張儀游說。惑君心靳尚讒言。會武關懷王陷虜。賦懷沙屈子沈淵。劇中凡引騷爲曲處。並附詳釋。

第四種玉獅墜。自序云。上略 藍本情史玉馬墜。而稍變易之。嘗考月下閒談。所載黃損詩云。爲其妻裴玉娥見奪于呂用而有作。唐人本事詩。則謂劉禹錫妓。爲李逢吉所悅作。此詩投獻。或又以爲李益事。余不敢重誣古人。故仍其姓氏。而不拘其時代。以仙易佛。變馬爲獅。靈異雖同。情文各別。下略 張龍輔序云。上略 黃生玉娥之名。雖見於唐人詩中。然當時記載。已傳疑不一。其說。鳳州情史。爲撰玉馬墜記。亦未詳著其時代。後人因演爲天馬緣傳奇。考之唐書。則不見其軼事。下略 上下二卷。各十五齣。首齣詞意沁園春云。黃損狂生。水西干謁。遠泊荊襄。恰水上聞箏。月中投咏。傾囊求見。誓結鸞凰。欲買娥眉。擲捐玉墜。那識神獅一夜士。涪州約佳人面訂。別去兩淒涼。難防。當權選豔。痛矢志留題過漢江。縱踰垣泣訪。當廷劾要徒輕富貴。枉斷肝腸。幸遇真仙。轉煩龍女。授寶全貞竟得雙。玉獅墜。千秋奇幻。佳話在瀟湘。題目云。黃益齋聞箏求鳳侶。裴玉娥題句誓鴛儔。漢鍾離伏獅雲夢澤。龍王女授墜岳陽樓。

臙脂獄傳奇。清玉泉樵子撰。光緒甲申自序略云。余既成神山引八齣。觀者謬加許可。或曰。子以隨園詩注云康熙十五年事。信以爲真。因有是製。然神仙之說。究屬渺茫。聊齋內臙脂一則。層折頗多。何不譜之。余唯唯。因爲臙脂獄院本十六首。於繹供提鞫二齣。

特申明蒲誌未詳之意旨云。玉泉樵子有印曰。香消

**霜天碧**

酒醒主人再傳弟子。霜天碧雜劇清丁闇公雜著之一。分碧怨。碧遘、碧合。碧嫁。碧誓。碧歸。六折。前有提綱七古一篇。丁氏著有滄桑豔傳奇。詞藻當行。而律不稱之。

**歌林拾翠**

歌林拾翠曲選。書林奎壁齋梓本。題云。新鐫樂府清音歌林拾翠。共二集。首集選傳奇十六種。次集選十四種。每種所選齣數。多寡不一。

**兩紗雜劇**

兩紗雜劇。清來集之撰。倘湖小築刊本。一爲女紅紗。一齣。題塗抹試官。一爲禿碧紗四齣。題云。木蘭花發院新修。慚愧闍黎飯後鐘。樹老無花僧白頭。而今方顯碧紗籠。後附小青挑燈劇。原名小青娘挑燈閒看牡丹亭。一折。全書每闋略有評注。

苧羅夢

紫姑神

維揚夢

清忠譜

會稽陳棟浦雲。有北涇草堂外集三種。苧羅夢雜劇。四折。另一楔子。紫姑神雜劇。正目云。蠢郎君喬做風流客。狠主母重開妒婦津。賜香丸巧釋紅顏憾。鬧元宵喜賽紫姑神。維揚夢傳奇。演杜牧事。四齣。春醉。夜遊。投箋。贈姝。

清忠譜傳奇。清李玉著。而畢魏。葉時章。朱皠。三人皆同里同編。吳偉業序。略謂魏忠賢當國時。同郡周忠介公（名順昌）以忤魏削逐。復被藉事羅織。斃於獄中。及魏敗。公長嗣茂蘭。刺身血書疏。伏闕鳴父冤。事後譜公事填詞傳奇者凡數家。李玉作最晚出。獨以文文肅公事。與公相映發。而事俱按實。云上下卷各十二折。首折譜概。滿庭芳云吳郡周公丹心介性。十年清宦空囊。締姻罵像。奸黨中奇殃。假旨橫行緹騎。

不平事震動金闉。聲公憤。五人仗義。含笑赴雲陽。忠臣遭鍛鍊。囹圄囊首。慘死堪傷。羨登聞血疏。孝子名彰。璫敗羣奸正法。旌廬墓寵錫幽光。清忠譜。詞場正史。千載口碑香。

梨花雪

梨花雪。一名白霓裳。光緒十三年楊頣序。謂徐孝廉感金陵烈女黃淑華事。作此劇。全書十四折。有秦本聲評語。

白頭新

白頭新。譜淮安監生程允元事。程兩歲。與直隸平谷縣劉登庸之女玉環訂婚。後程南旋。登庸身故。女至煢獨無依。彼此音問不通。五十餘年。各堅守前盟。矢志不回。後程隨漕船北上。至津。聞有貞女隱跡尼庵。始訪知爲玉環。縣令聞其事。傳玉環當堂與程合卺。並代請旌表。兩新人傴僂成禮。鬢髮如銀云云。全書六折。
右二種合稱誦荻齋曲。有光緒二十一年石印本。均嘉定徐鄂撰。鄂字午閣。號汗漫道人。
玉獅堂傳奇五種。清陳烺撰。烺字叔明。曾爲浙江鹽官。

仙緣記

第一種仙緣記。本唐人說部演成。自序謂辛巳年寓武林劉氏齋中。檢袁氏傳讀之。覺其情至義正。雖異類而同歸。卒能懸崖撒手。不爲情慾利名所累。故譜爲此記。書成。夢白衣女子謝之。並求將猿字易去。因改今名。又名碧玉環云。上下卷各八齣。

蜀錦袍

第二種蜀錦袍。鐵嶺宗山序。謂芝龕記以秦良玉馬千乘爲經。以客魏擅權。迄闖獻授首。二十餘年可驚可愕之事爲緯。搜採極博。惜遣詞命意。不足動人。陳氏此記。同譜秦良玉事。而播州克敵。平臺奏勳等齣。忠義憤激之氣。騰躍紙上。起結淡處著墨。餘絃外音。實覺前作恣意妝點者。正苦才短也。上下卷各八齣。

燕子樓

第三種燕子樓。演關盼盼事。十六齣。

海虬記

第四種海虬記。宗山序。演海寇嘯聚海中。山東巡撫李乘招撫之事。上下卷十六齣。

梅喜緣

第五種梅喜緣。演張介受與程青梅。賴阿喜。姻緣事。十六齣。

玉獅堂後五種

玉獅堂後五種傳奇。清陳烺撰。一同亭宴。八齣。演武夷君事。二迴流記。八齣。演明甯藩朱宸濠妻投江。而龍王倒流江水。保其屍身事。三梅雪吟。八齣。演酈露事。四負薪記。八齣。演聊齋張誠事。五錯姻緣。八齣。演聊齋姊妹易嫁事。

飲酒讀騷圖

酬紅記

張丙南詞

飲酒讀騷圖雜劇。清吳蘋香女士撰。僅喬影一折。演謝絮才恨爲女子。描一男裝小影。名爲飲酒讀騷圖。因對影痛飲讀騷歌哭一番。數說平生意氣。藉抒鬱憤而已。

酬紅記。野航塡詞。王城小鶴正譜。演杜鵑紅遇亂題詩驛壁而死。浮槎山樵酬和其詩事。十齣。題詞中有合肥張丙漁村南詞一套。茲錄之。（南呂香徧滿）才人坎坷。著甚閑情破睡魔。聽說那紅顏甘折挫。比才人一例兒蹉跎。簫管自吟哦。宮商費許度。看狂阮當場坐。（懶畫眉）當日個劍關閣道接嵯峨。生就個嬌娃豔苧蘿。譜閨情細展雲羅。檀口珠璣唾。新嫁得文簫比翼和。（二犯梧桐樹）癡蛙撼井波。黠鼠穿墉破。夫壻慈親。刼火風輪過。這的是鴛鴦夢斷悲無那。烏鵲巢翻痛若何。剩絲絲喘息魂難妥。就裏漫延俄。聊逐鴟夷一舸。（浣溪沙）罷鈿朵。洗黛螺。眼迷離何處關河。看這南來紅粉傷心大。或者北上黃衫俠骨多。香泥涴。把毫端揾著血摩挲。剩一縷氣兒呵。（劉潑帽）傷心字字啼痕鎖。訴衷腸委實非訛。功名兩字。春夢婆娑。淚滂沱。怎不爲兒家墮。（秋夜月）似俺等守巖阿。憐惜有誰箇。學冬烘熱客原非我。陋夏蟲冰語還相左。鎮日價愁拖。鎮日間病裹。（東甌令）銜盃唱。擊筑歌。爲弔卿卿鬢欲皤。天公那管花枝懦。一任風姨簸。這新吟不是弔湘娥。弔出塞明駝。（金蓮子）漫顰蛾。女兒身原不合才人做。敢委地紅心任他。收拾起檀板金尊。這心情端的爲誰銷磨。（尾聲）道人歌哭都無可。甚窮愁蟠結心窩。

晉春秋

雙翠圓

則索是痛飲醇醪讀楚些。

晉春秋傳奇。看雲山人填詞。宛委山人校訂。凡例謂申生死孝。荀息死忠。之推死隱。石姑死妬。以死死隱死妬。配死忠。死孝。故是編以忠孝廉貞爲闡揚之旨。上下卷各二十齣。另有提綱滿庭芳云。晉國春秋。青宮妖夢。女戎釁起戈矛。亡人蒙難。弟妹各離愁。殞了立孤太傅。驪燒宮觸處酸眸。垂簾罷。墓門魂鎖。冥斷判恩仇。聯姻狐女後。齊邦再贅。婦促圖謀。打戰鼓。兩番南楚氛收。忠孝廉貞四者。歿爲神社稷蒙庥。天王命。勳臣同宴。慶賀霸功優。

雙翠圓傳奇。華亭夏秉衡谷香撰。秋水堂袖珍本。自序曰。虞初新志載王翠翹遇徐海事。甚奇。惜其傳略而不詳。丁亥秋。養疴官署之鏡齋。偶閱稗史。知翠娘之適徐郎。乃境遇之一端耳。其間遇人不淑。獅吼河東。若錫麓之東生。亦如花之枝葉。水之波瀾。作翠娘一生結束。惟金釵盟證。生死不渝。方其情之所種。醉心刻骨。所謂千里來龍。結穴在此。因掇其本末。略爲改竄譜之詞曲。播之管絃。然後小傳之略。稗官之誣。或可補救萬一云云。上下卷各十九齣。首齣眼目漢宮春云千里金生。爲春遊遇美。移寓花亭。拾得金釵園會海誓山盟。風波忽起。赴遼陽叔姪關情。因祝壽身罹縲絏。賣身孝女孤行。入院一番磨折。遇崑崙救出。錯嫁遭驚。妬婦蛇心蝎口。佛閣論經。幸逢豪俠起雄兵。恩怨分明。感知己錢塘抗節。舟中雙翠圓成。

小蓬萊閣傳奇十種。清東海劉清韻古香女士撰。石印本。俞樾光緒庚子序云。丁酉之春。余在西湖。海州張西渠大令。以其同鄉劉古香女史詩詞見示。余爲序而歸之。聞女史尚有傳奇二十四種。余請觀焉。則以十種來。問其餘。曰。在家中。女史海州人。而所適錢君梅坡。沭陽人。距吾浙絕遠。致之固非易也。是年秋。天大霖雨。洪澤湖溢。女史所居。氾於水。於是傳奇稿本皆沈霾於泥淖瓦礫中。不可復得。其存者止此十種。

一黃碧簽。提綱踏莎行云。碧落飛騰。黃泉蹭蹬。漫言賞罰皆天定。須知人事即天心。天公也不操權柄。孝子尋親。忠臣盡命。丹衷至性相輝映。拈毫雙譜入哀絲。昭昭白日同光鏡。十二齣。演孝子仇二梅。忠臣石龍章事。二丹青副。十二齣。演聊齋田七郎事。三炎涼券。八齣。演任貴事。四鴛鴦夢。十二齣。演張夢晉與崔瑩事。五氤氳釧。十齣。演陶元璋與黃佩芬事。六英雄配。十二齣。演杜憲英旦與周孝事。七天風引。十齣。周馬俊贅龍宮事。八飛虹嘯。十齣。演金大用與妻尤氏事。九鏡中圓。五齣。演南楚材與妻薛及趙女事。十千秋淚。四齣。演沈嘌事。

雷峯塔傳奇。新安方成培改訂。乾隆辛卯本。乾隆辛卯新安方成培仰松序。雷峯塔傳奇。從來已久。不知何人所撰。其事散見吳從先小窗自紀。西湖志等書。好事者從而摭拾之。下里巴人。無足道者。歲辛卯朝廷逢璇闈之慶。普天同抃。淮商得以恭襄盛典。（中略）於祝嘏新劇外。演斯劇。（中略）余於徐環谷先生家屢經寓目。惜其按節擢瑜之上。非不洋洋盈耳。而在知音繙閱。不免攢眉。辭鄙調譌。未暇更僕數也。因重爲更定。

遣詞命意。頗極經營。務使有裨世道。以歸於雅正。較原本曲改其十之九。賓白改十之七。求草煉塔祭塔等折。皆點竄終篇。僅存其目。中間芟去八齣。夜話及首尾兩折。與集唐下場詩。悉余所增入者。（中略）吳子鳳山（名士歧）曰。吾家粲花。撰畫中人。本於范駕部之夢花酣。療妒羹。取諸風流院。皆擅出藍之譽。（中略）而何蹈襲之嫌。（中略）是塔實吳越王妃所建。又名黃妃塔。旁有白蓮寺。嘉靖時。燬於火。宋禪師鎮壓白蛇事。其有無蓋不足論。云書分四卷。一卷十折。二卷七折。三卷八折。四卷九折。首折開宗沁園春云。再世菩提。白蛇妖孽。宿有根源。恰附舟巧合。兩相心許。贈金陡起。官事顛連。逃避姑蘇。蛾眉俯就。旅邸花筵。遂宿緣。神仙廟。笑書符相贈。道者迍邅。原形醉露。牀前急驚死良人實可憐。覓嵩山仙草。艱難救轉。寶巾遺禍。遭捕誰愆。鐵甕仳離。金山水鬬。一鉢妖光不復燃。雷峯祭。感佛恩超度。千古永留傳。每折後有評語。

六觀樓北曲六種。任城許鴻磐雲嶠撰。

第一種西遼記。道光三年自序云。余讀遼史天祚紀而重有感也。遼自太祖開基。傳九世至天祚。爲金人所執。續綱目廣義卽注曰遼亡。然遼實未嘗亡也。西遼耶律大石。乃太祖八代之孫。奔走西域。臣服諸國。迨天祚被執。卽於起兒漫稱帝。以續遼統。寡婦孤兒。維持不墜。八九十年間。未嘗少屈於人。視北漢劉氏。實爲過之。中略 乃依元人百種之體。爲北曲四折。以歌咏其事。題曰西遼記。亦放翁南唐書之意云爾。四折。大石纘統。蕭后合圍。戚臣除亂。天禧延祚。

雁帛書

女雲臺

孝女存孤

儒吏完城

第二種雁帛書。自序謂元人有蘇武告雁曲。以雁書繫之子卿。然漢書本傳。蘇武實無其事。而元郝伯常經使宋。爲賈似道拘留真州者一十五年。乃真有雁足寄書之事。元史輟耕錄俱載之。故據本傳。參之宋史。爲此劇。作拜雁。得書。詰罪。還朝。四折。

第三種女雲臺。演秦良玉事。傳概。誓師。敘功。完節。四折。其間有與明史本傳相出入者。

第四種孝女存孤。自序謂臨桂張女。父兄俱死吳逆之難。止剩一兄一孤兒。乃不嫁而撫姪。二十年乃成立。張氏爲立祠祀之。曰義姑祠。四折。曰存孤。課姪。報姑。祭祠。

第五種儒吏完城。自序謂演其友臨桂朱韞山。以書生據城抗寇十餘日。援至。城完。既保其境而西南鄰邑。皆資屏障。四折。設防。拒寇。破圍。頌功。朱名鳳森。廣西臨桂人。嘉慶六年恩科進士。十五年授河南濬縣知縣。十八年拒滑縣妖人李文成之亂。第六種三釵夢。自序謂近有倉父合正續紅樓爲傳奇。曲文劣無足觀。臨桂朱蘊山。別爲十二釵。十六折。亦未能見勝。此以晴雯之逐。黛玉之死。寶釵之寡爲經。以寶玉爲緯。成勘夢。悼夢。斷夢。醒夢。四折。後二折。十二釵傳奇中曾借刻。其意亦不相入。梅花夢。清張道撰。道號刼海逸叟。錢塘人。光緒甲午刻本。上下卷各十七齣。演馮雲將與小青事。謂小青乃花仙下凡。歷盡苦刼。仍歸天上。所謂苦刼。卽嫁與馮雲將爲妾。而不容於大婦之妒。終遭慘死耳。後附雜言十一則。作者自謂十七歲時。曾取小青事演雜劇四折。既悔少作。始改譜此全書。以旦爲主。小青事蹟無多。半以幻筆。相雜成文。正文三十折。首末四折。藉以引照考據耳。

### 醉鄉記

醉鄉記。明孫仁孺（號白雪樓主人）撰。崇禎庚午王克家序云。（上略）蘇子瞻遇不毖志。託醉鄉記以寄牢騷。吾友孫仁孺才未逢知。更譜醉鄉傳以寫情事。（下略）上下卷共四十四齣。齣目相連。則一首四十四句之五律也。

### 雙星圖

雙星圖。宜黃無聲謳者撰。抄本。自序謂黃姑織女二星之事。乃天上一大歡喜部頭。乃自元以後。曾無譜爲傳奇者。蓋以其非佛非仙。非人非鬼。欲敷其事。得其情實難耳。閉戶月餘。竟成此記。上下卷各十五齣。

### 百寶箱

百寶箱。清梅窗主人撰。乾隆辛丑自序云。小說家傳杜十娘怒沈百寶箱故事。其說十娘娼也。贖身從李甲。李窮困京師。得柳生輸金。挾杜歸江南。至揚州。江上有孫富者。豔其色。鬬以千金。李竟委杜。杜歸。十娘方以百寶囊箱。知李迫於嚴命。畏不敢歸。以是爲貲。恣情山水。而孫故迫之。竟致投江而死。其後柳生至溺所。夜夢杜淩波贈箱。爲前日助金之報。下略 上下卷各十六齣。

瘞雲巖

瘞雲巖傳奇。清西湖玉泉樵子撰。光緒丁丑碧聲館刊本。演妓女夏愛雲與洪生農訂盟。而阻於鴇母。不得諧偶。後女竟以挫辱仰藥而死。十二齣。有停雲逸客評語。

風雲會

風雲會傳奇。玉泉樵子撰。演虬髯客傳而成。上下卷各十六齣。有梅谿逸叟評語。

李卓吾批點西廂記。書分上下二卷。各十齣。標爲佛殿奇逢。僧房假寓等等。評語在夾行內。二卷後附刻錢塘夢平話一篇。會真記文一篇。園林午夢雜劇一篇。圍棋闖局雜劇一篇。西廂摘句骰譜一篇。譜爲湯顯祖輯。摘王實父。李日華。陸采。董解元。諸作中句。而合以骰色。各舉例一則如下。

○○○○○○　美恩情團圓到底　李日華

●●●●●●●●●●●●　便做到十二巫峯　王實甫

○○○○○●●●●●　雙頭好花生扯做片片　陸天池

●●●●●●●●●●●●●●●●●●　楚天外亂峯千疊　董解元

補天石傳奇。清周文泉撰。道光庚寅靜遠草堂刊。談光祐序。謂毛聲山琵琶記序中本欲撰一書。名補天石。擬一古今憾事。待補之目。周氏將目中博浪沙事。

並入宴金臺。而增出碎金牌。刪去南䨮雲殺賀蘭趙德昭勘趙普二事。餘則皆如毛目之舊。凡例中謂時人有和番記。曲白鄙俚。關目毫無情理。云宴金臺太子丹恥雪西秦。六齣。太子丹事。定中原丞相亮祚綿東漢。四齣。諸葛孔明事。河梁歸明月胡笳歸漢將。四齣。蘇武事。琵琶語春風圖畫返明妃。六齣。王昭君事。紉蘭佩屈大夫魂還汨羅江。六齣。屈原事。碎金牌岳元戎凱宴黃龍府。六齣。岳飛事。紞如鼓賢使君重還如意子。四齣。鄧伯道事。波弋香真情種遠覓返魂香。六齣。荀奉倩事。曲皆明註旁譜板式。齣皆繡像題吹鐵簫人譚光祜正譜。

紅樓夢散套。荊石山民撰。蟾波閣刊本。每套一事。不相聯貫。計十六套。歸省。葬花。警曲。擬題。聽秋。劍會。聯句。癡誄。顰誕。寄情走魔。禪訂。焚稿。冥昇。訴愁。覺夢。每套後重附本套曲譜。工尺板式悉備。婁東黃兆魁所訂。

雙瑞記。不著作者。疑爲李漁之筆。一名中庸解。上下卷各十八齣。首齣開場沁園春云。周處奇人。忠臣孝子。有覺無空。慨人情世態。佯狂肆侮。不修細行。打盡人踪。忽遇狗屠村落。即爾攜歸見母。激得慈親氣繞虹。逢駿犬。一時率性。解到中庸難通。時公固執。四十三年錮女紅。安人痛苦。閨房自課。蛾眉共砥。翠柏蒼松。三害俱陳。一身力學。二陸門牆道不窮。皇恩重。建坊啟第。雙瑞紫泥封。題目云。周子隱性孜相亦孜。時時謙情化腐亦化。兩貞女天真志亦真。小神童才大命亦大。

四元記。李漁作。一名小萊子。上下卷各十八齣。首齣開場沁園春云。再玉姓宋名再玉才郎。方雲王安石女俠女。姹紫嫣紅。爲連科首薦。東床早訂。不依權貴走如風。粧易翠裙。囊開秘錦。暫寄皇姑信息通。呈詩句。相公憤恨。緝補難容。奇逢。寺裏匆匆。男女喬分兩地同。再拆緘函。四方奔走。蒼頭會解。賺得雍雍。賣卜成都。遨遊名勝。巨手經綸羨阿翁。一書生。會元重中。萬古又誰踪。題目云。宋之仁再玉父不貪名利。王安石酷聯翁壻。兩俠女一榜同登。小萊子四元及第。因生中元後作小萊子辭。斑衣舞綵。以娛其親。故又名小萊子。

曲海揚波卷四終

# 曲海揚波卷五

江都任二北錄

沈氏四種。清吳縣沈起鳳撰。古香林藏板。吳門獨學老人序云。紅心詞客傳奇四種。亡友沈薲漁先生之所作也。先生名起鳳。字桐威。別號薲漁。工於詞。故自號紅心詞客。少以名家子博學工文章。乾隆戊子科。舉於鄉。年纔二十有八。累赴春官不第。抑鬱無聊。輒以感憤牢愁之思。寄諸詞曲。所製不下三四十種。當其時風行於大江南北。梨園子弟。登其門而求者。踵相接。歲在庚子甲辰。高廟南巡。凡揚州鹽政。蘇杭織造。所備迎鑾供御大戲。皆出自先生手筆。顧生平著作。不自收拾。晚年以選人客死都門。叢殘遺草。悉化灰燼。予歸田後。追念古觀。訪求數十年。僅得其紅心詞一卷。業已壽梓人矣。頃復得此傳奇四種。歡喜無量。云云。四種有樂府解題四則如下。

報恩緣

報恩緣。戒負心也。白猿受謝生無心之庇。卽一心報德。成就其科名。聯合其婚姻。以視夫世間受恩不報者。眞禽獸之不若哉。此劇可與中山狼傳對觀。上卷十九齣。下卷十八齣。

才人福

才人福。慰窮士也。識字如祝希哲。工詩如張幼輿。一沈於卑位。一困於諸生。特著此劇。以爲才人吐氣。若唐時方干等十五人。死後始成進士。奚不可者。上下兩卷。各十六齣。

文星榜

文星榜。懲隱慝也。楊生命本大魁。以淫行被黜。王生士行無玷。又因其父居官嚴酷。幾以冤獄喪身。士大

伏虎韜

續西廂

明翠湖亭

夫觀此。皆當自省。上下卷各十六齣。

伏虎韜。警惡俗也。婦人以順爲正。乃有淩虐其夫者。此陰盛陽衰之象。有關世道人心。此劇寓扶陽抑陰之意。亦以明婦人妬者必淫。淫者必悍。丈夫溺愛甚無謂也。眞喚醒癡人不少。上卷十四齣。下卷十五齣。

續西廂。淸吳縣吳國榛甓勤齋殘稿本。四齣。旅思。死別。悼亡。出家。自記云。余少好音律。讀會眞記。頗覺張崔不情。而有所憾。繼讀續西廂。益覺太俗。蓋所注意者。祇在團圓而已。猶不足爲張生補過也。故塡詞四套。刻而傳之。狗尾續貂。自覺慚恧。知我罪我。不遑計耳。光緒甲申秋九月。有山氏吳國榛自記。四套南北詞各半。每折後自有評語。稱一蘧居士。

明翠湖亭四韻事。慈谿裘殷玉（號廢莪子）撰。明本南江笠叟序云。往余同殿玉至清谿。宿家山人樓時。（中略）相與論詞。殿玉素好填詞。醉書箴。繡當爐。久嘖嘖人口。自館甥余家。銳意制舉業。三年不顧曲矣。是夜。得詩中韻事四種。讙甚。相謂曰。此可付傳奇家一大嚼也。卷前題玉湖樓第三種傳奇。明翠湖亭。蓋傳奇四種。各取其名之第二字。而得明翠湖亭之總名也。



昆明池二折。演唐昭容上官婉兒臨試諸臣。晦日幸昆明池詩。宋之問詩壓卷。楔子四句云。正月晦駕幸昆明。帳殿前綵結樓成。命昭容新翻御製。冠羣僚獨步延清。



集翠裘二折。演武則天以集翠裘賜張宗昌。張奉旨與狄仁傑賭雙陸。張輸。裘為狄得。而狄恥是張物。與

鑑湖隱　旗亭館　黑貂裘　鳳求凰

馬奴著之。以嘲張云。

鑑湖隱。四折。演李白金龜換酒。夢遊帝居。辭官歸隱西湖事。

旗亭館。三折。演妓女雙鬟讀王之渙詩。鍾情終乃諧偶云。全書有眉評。有折評。有總評。

山水鄰傳奇六種。明刻本。

一黑貂裘。即金印合縱記西湖高一葦訂證。

二鳳求凰。澹慧居士編。演司馬相如事。上下卷各十五齣。首齣標引滿庭芳云。蜀郡文豪臨邛女俠才情雅合成雙。幽居作賦。書劍偶遊梁回馬都亭訪故逢奇豔獨怨秋孀。瑤琴裏。芳情暗度。邂逅奪孤凰。窮愁無計遣。解裘貰酒。四壁淒涼。共當爐滌器。任笑清狂。鳳詔寵徵入侍。酬知遇諫獵長楊。標奇績通夷定蜀。

歸隱茂陵鄉。

三四大癡。題作山水隣新鐫出像四大癡傳奇。武林李逢時九標父作。酒色財氣四癡也。第一癡酒懂五折。正名云。酒魔君消算不義士。鑒察使赦過無情郎。第二色癡。演莊子妻田氏劈棺事。九折。各標名目。不加齣數。第三癡一文錢。演盧至員外事。六折。第四氣癡。孟稱舜撰。演黃巢因氣造反。爲唐室所平事。四折。一楔子。

四花筵賺。吳儂荀鶴填詞。西湖一葦訂證。題山水隣新鐫花筵賺。上卷十五齣。下卷十四齣。首齣話柄沁園春云。優汝前來。演太真姑女玉鏡粧臺。更幼輿風月。芳姿巧慧。謝温隨趣。各有心懷。謝假温郎。温粧謝壻。小姐夫人兩不猜。尤堪笑。芳偷團扇。擲過牆來。花

長命縷

荷花蕩

朝合巹雙排。鬧起蘭房識破纔。把芳姿提弄。喬才未識。閨房閑逗。郎恰如呆。謝子求妻。温郎索妾。引得詞人笑口歪。纖逆後。團團紈扇。寫付優俳。題目云。碧玉姐把丫鬟巧瞞夫壻。芳姿婢偷團扇暗打才郎。温太真精油頭仍遭馬扁。謝幼輿癡苓漢乾勒紅粧。

五長命縷。江東勝樂道人編。演單飛英（小字符郎）與邢春娘事。題目云。出將入相的虞雍國。因鸞得鳳的單符郎。救苦拔難的觀大士。還元證本的邢春娘。上下卷各十五齣。

六荷花蕩。題作斐堂戲墨蓮盟。一名荷花蕩。上黨擷芳主人編。首齣沁園春云。李素書狂。貞娘情種。蓮盟終結鸞凰。無心醉觸。西席變東牀。父子金陵奇會。赴秋試兩冠文場。險屈死淫僧毒手。神佑脫災殃。堪笑果非常。師生異致無雙。設巧計紮詐。一命先亡。天使貫盈事敗。報前仇救出嬌娘。榮歸娶芳流翰苑千載姓名香。上下卷各十四齣。

息宰河。明沈嵊撰。題作且居批評。息宰河傳奇。唵庵孚中道人塡詞。漆水再生流寓點次。上下卷各十五齣。卷前楔子望海潮云。客無譁者。聽萇侍御戇章激怒權奸。時有普酋破州圍郡。故令出守南滇。交趾又兵連。內無軍無餉。外且無援。單騎招降。勒銘息宰儷燕然。家遭寇掠堪憐。有十齡奇子。被擄音愆。四載善藏。夜梟賊首。相逢義僕同旋。辭女更貞堅。投渭河守節。姑媳周全。天使舉家。重合聖湖邊。蓋演萇公孟事也。



嬌紅記。明孟稱舜子塞撰。原題節義鴛鴦塚嬌紅記。

馬權奇崇禎戊寅序云。上略嗣後有花間一笑之劇。鄉人頗有訾之者。余每曰。使挑人者必唐伯虎。受挑女郎必如知唐伯虎而後可。下略王業浩序。予少時偶讀嬌紅傳而悲之。然阿嬌誓死不二。申生以死繼之。中略示現鴛鴦脫然存歿之外。中略子塞譜爲傳奇。令嬌申活現。而兒女子之私。頓成斬釘截鐵。正覺正法。爲情史中第一佳案。下略陳洪綬序。上略昔時子塞有古今名劇選。及桃花諸曲行於世。下略自序云。上略傳中所載王嬌申生事。殆有類狂童淫女所爲。而予題之節義。以兩人皆從一而終。至於沒身而不悔也。下略上卷二十六齣。下卷二十四齣。首齣正名滿庭芳云王女嬌娘。厚卿申子。天生才貌無雙。心期密訂。彼此絜衷腸。笑把梨花擲處。擁爐語生死情長。姻緣好。分爐斷袖風月兩相將。為求親間阻。天愁地恨。無計成雙。更飛紅暗妬屢致參商。師子豪華慕色。挾家勢強結鸞凰。男和女情同鐵石。並塚配鴛鴦。題目云。烈嬌娘心擇多情種。俏飛紅妬阻真歡寵。豪公子強入燕鶯羣。義申郎情合鴛鴦塚。

南詞定律。康熙五十九年主人自序。（上略）今操觚之士。各以意見創為新詞。傳為譜曲。自元迄今不下數千百本矣。若九宮譜則有沈伯英。馮猶龍。張心其。蔣惟忠。楊升庵。鈕少雅。譚儒卿。諸家所作不一。大意皆同。而板式正襯字眼。多致舛誤。（中略）操觚者不屑與梨園共議。而梨園中又無能捉筆成文。遽自著作。是以苟延至今。終不能令人開卷一快。今姑蘇呂子乾。（中略）同里劉子秀。唐心如。錢塘楊震英。莞江金輔佐。則各有所長。或諳於律。或審於音。皆不易得之才。而翕然彙聚。斟酌成書。亦詞律之幸也。於中或刪或補。或增或減。務使前後正犯相同。不致矛盾。又有少年好學。如鄒景僖魯臣。張志麟熙瑞。李芝雲紫芳。周嘉謨昌言等。并力檢校。不數月間。編類集成。名之曰新編南詞定律。

楊緒序云。憶三十載前。薄遊山左。時隨園胡公爲廉使。聽讞之暇。徵歌選音。遂博採諸家舊譜。斟酌考訂。浹歲而成。書曰隨園譜。藏爲秘笈。緒時留連衙署。忝與校閱。因得乞其全稿而歸。後來京師。寢食斯道。每與同儕考索律調。悉以此譜爲準繩。以其較坊刻所行爲詳且贍也。今庚子歲。諸識音者一時振作。採取諸譜。然亦多取隨園。

凡例略云。句讀相同。板式不異者。卽爲一體。至句拍皆不同者。始爲又一體。今以通行可傳者存之。其體異不行。不足法者。悉皆不錄。凡各宮之賺。諸譜不一。然亦無甚差別。惟句之長短。字之多寡。少有互異。今仍依其舊。分列各宮。殊不知賺者。乃掇賺之意、如拜月亭之山徑路幽僻。係中呂尾犯序。四曲唱畢。若卽以黃鐘耍鮑老朝廷當時之曲接唱。非但宮調不同。亦且難按板拍。故善於詞曲者。卽用且與我留人之一賺。以間之。諸如此類頗多。實作家之巧意。亦歌者之方便門也。切不可因差一二字。拘嫌云某宮賺係幾字。不是路係幾字。則大乖前人之旨矣。

譜中精忠記洞仙歌。易名爲楚江秋。八義之節節馬。變爲生薑芽。又滿園春。鋪地錦。鵲踏枝。雪獅子。本一曲。有四名。步步嬌。鬧蛾兒。潘妃曲。一曲三名。
全書總目如下。卷一黃鍾。卷二正宮。卷三道宮。卷四仙呂。卷五大石。卷六中呂。卷七小石。卷八南呂。卷九雙調。卷十商調。卷十一般涉。卷十二羽調。卷十三越調。其中引子共二百二十三體。二百三十二曲。過曲五百四十七體。一千二百零三曲。犯調五百七十二體。六百五十五曲。共計一千三百四十二體。二千零九十曲。
書中除引子外。概註旁譜。板式。並註明每曲之句數板數。卷前題古吳呂士雄子乾。錢塘楊緒震英。姑蘇劉璜子秀。金閶唐尚信心如編輯。卷後題莞江金殿臣輔佐點板。姑蘇鄒景禧等四人同校。徐應龍御天重校。

鴛鴦夢雜劇。明葉小紈蕙綢撰。崇禎丙子。其舅沈君庸序云。鴛鴦夢。余甥蕙綢所作也。（中略）其俊語韻腳。不讓酸齋夢符諸君。即其下里。尚猶是周憲王金梁橋下之聲。實可與語此道者。將以陰陽務頭。從來詞家所昧。行與商之。（蕙綢即詞隱先生孫婦。）全書四折。一楔子。皆北詞。正名云。三仙子吟賞鳳凰臺。呂真人點破鴛鴦夢。演子童侍女文琴上元夫人侍女飛玖碧霞元君侍女茝香。三人相結。略動凡心。子童遂謫降三人。松陵地方使見人世離合悲歡。有同夢幻。然後使呂純陽下界指點。各歸正道云。

十二律京腔譜。茂苑王正祥瑞生纂。此書乃弋陽腔曲譜。不名弋腔譜者。因弋腔久經改變。失其本來。茲載清初之弋腔。而欲推爲曲調之正宗。故以京腔名之。又因崑腔諸譜。（如南曲譜。南詞新譜。南音三籟等。）皆以九宮類調。實破碎不能自圓其論。特改按月令。以律類調。故名十二律京腔譜也。其序例甚繁。不暇備錄。大概此書首列聯套。爲南曲譜中獨有而可貴之事。又嚴訂各調正襯。詳加板式。並標識行腔之高低緩急。（但不註工尺旁譜。）是其津津以爲過人之處耳。序例中駁南音三籟。南曲譜等書。至嚴可資參訂。茲錄概目如下。（王氏又有音韻大全一書。自謂切音精切。分合得宜。又有問奇一覽一書。乃因張氏某人所著問奇集爲藍本。而更爲採討詳明。典故兼備。均附列譜後。但所見之本。無此二書。當係闕漏也。）卷一黃鐘律。卷二大呂律。卷三太簇律。卷四夾鐘律。（無兼用）卷五姑洗律。卷六中呂律。卷七蕤賓律。（無兼用）卷八林鐘律。卷九夷則律。（無兼用）卷十南呂律。卷十一無射律。卷十二應鐘律。卷十三閏月律。（無聯套。兼用。緊詞。）卷十四通用。卷十五附錄。卷十六犯調。每律曲調。均爲引。聯套。兼用慢詞。緊詞。尾聲。六部。另有一冊。前載次序。卽各律聯套中諸牌名之次序也。後載目錄。卷十四通用者。凡曲腔與前諸律俱不相似。另成一調。而可以通融取用者。卷十五附錄者。乃曲腔之字句多拗。另成變體者也。其中有臥冰記之水車歌散曲之金風曲。漁父第一。江流記之阮郎歸。劉孝女之五團花等。此書之參訂者爲平江盧鳴鑾南浦。梁谿施銓均衡。點板者爲荊溪儲國珍君用。王氏另輯十二律崑腔譜。體例。卷數。概目。悉與京腔同。惜所見之本序例已失。不得一讀也。參訂其書之人並同上。

珊瑚鞭。桐城胡業宏芑塘撰。（號小新豐山人）乾隆戊戌穿柳亭本。自序謂甲午冬日。徇友人請。改玉嬌梨小說。作珊瑚鞭傳奇。因有感於才子之生。與知才子之人。下略例言謂原書名玉嬌梨。字出杜撰。因思是書之妙。惟賽神仙令失妻人。向蘇友白借珊瑚鞭一事。涉想詭譎。此其奇之可傳也。故易今名。上下卷各二十齣。首齣提綱。漢宮春云。西蜀才人。自寄居白下。念切嬋娟。觸怒延陵太史。褫職誰憐。尋仙遇友。和新詩好句連篇。遭奸計。桃僵李代。兩次歎遺賢。淚灑窮途賣賦。幸鄰家女俠。解贈腰纏。不料春秋獲雋。消息茫然。更人逢狹路。挂冠去再訪前緣。真奇遇。加官得婦。南北慶鞭圓。天津王嵩齡西園評論。

揚州夢。抱犢山農撰。葭秋堂舊刻。上下卷各十六齣。首齣標目漢宮春云杜牧樊川。尋故人雲上。水戲喧闐。綠葉誰家麗質。預把紅牽。東都分守。李司從召赴歌筵。題詩句。爲紫雲發付。巧遘信奇緣。乞刺湖州郡守。了垂鬟舊約。懊惱期愆。輾轉烟花深穽。折挫嬋娟。值參軍牛幕。青樓重會。話及當年。揚州夢。風流薄倖。小杜古今傳。

雙報應。乃抱犢山農難中遺稿。上下卷各十五齣。首齣開宗滿庭芳云云。文學錢生。家貧逋累。經官斥退。前程。荊妻周氏。生拆到張庭。秉志堅貞不改。能感動隍社神靈。失銀後。清廉郡守。巧斷合娉婷。子俊耽男癖。輕雲生意。背地調情。致妖童入室。醫毒堪驚。神示與東峯兩字。方敗露淫惡遭刑。山賊發錢生顯策。冠帶顯身榮。題目云云。錢可貴賣婦得重圓。張子俊遭妻生害命。揭城隍暗地顯神通。孫太守明中斷報應。

南九宮曲譜。明沈璟輯。永新龍驤仲房氏校。李維楨序。（上略）沈光祿伯英。輯陳白兩家九宮十三調譜。以南人度曲小令合者。爲南曲全譜。而永新龍太學仲房。稍補綴而版行之。（下略）亦稱南曲全譜。一稱南九宮十三調曲譜。嘯餘譜載之。稱南曲譜。璟之姪沈自晉伯明。（別號鞠通）刪補以後之本。名南九宮詞譜。亦稱南詞新譜。

四豔記。明葉顯祖撰。同社苗蘭居士批評。

一春豔。夭桃紈扇。九齣。開場種桃歌云。（上略）任娘（夭桃）一片憐才意。石郎（中英）暫見諧姻契。賴子空懷妒兩心。劉公巧作移花記。（下略）

二夏豔。碧蓮繡符。九齣。開場愛蓮歌云。（上略）秦家有個傾城色。翻說蓮花似妾嬌。章郎（名斌）入眼輸魂魄。墮下釵符剛拾得。假托傭工賓主投。臨歧欲挽無

良策。恰將陳女贈書生。合巹之宵喜不勝。下略 蓋陳女
碧蓮。本秦家之妾。主人死。夫人妬而禁之。後與章合。
三秋豔。丹桂鈿盒九齣開場折桂歌。上略 窈窕徐娘（
名丹桂。少年失侶。依母同居。）人世上。天香豈使久
沈埋。倦遊權子（名次卿）誇才俊。見後留情强親
近。向母心歡遇故人。老尼就裏傳芳信。司馬文君史
傳奇。於今重見綴新詞。一段姻緣鈿盒裏。千秋幾個
有情癡。
四冬豔。素梅玉蟾。九齣開場尋梅歌云。上略 惟有玉人
相映白。楊家淑女（名素梅）擅芳姿。好事將成忽
驚散。鳳郎（名來儀）背地空悲歎。外家（謂楊寄
居外家馮氏）一去不復歸。玉蟾在手凝愁□。別聘
佳人卻姓馮。誰知還是舊情悰。下略

讀離騷

弔琵琶

桃花源

黑白衞

李白登科記

鈞天樂

西堂樂府。清尤侗撰。六種。

一讀離騷。正目云。湘纍問天呵壁。漁父說客垂綸。巫女朝雲感夢。宋子午日招魂。

二弔琵琶。正目云。呼韓邪求婚畫障。漢元帝嫁女龍沙。王昭君夢回宮闕。蔡文姬泣弔琵琶。

三桃花源。正目云。陶處士去官彭澤。王刺史送酒潯陽。白蓮社參禪慧遠。桃花源問渡漁郎。

四黑白衞。正目云。老尼姑說劍終南。地磨鏡郎喬倣東牀壻。劉僕射大戰素紅幡。聶隱娘戲跨黑白衞。

五李白登科記。一名清平調。西堂客恆山居梁宗伯家。遇女伶豔慧。宗伯索新曲。乃作此畀之。以上四種皆四折。此獨一折。

六鈞天樂。自記云。丁酉之秋。薄遊太□。主人謝客。阻

兵未得歸。逆旅無聊。追尋往事。忽忽不樂。漫填詞爲
傳奇。（中略）題曰鈞天樂。家有梨園。則授使演焉。明年科
場事發。有無名子編爲萬金記者。制府以聞。詔命進
覽。其人匿弗出也。臬司某。大索江南。諸伶雜治之。適
姜侍御還朝。過吳門。亟徵予劇。同人宴之申氏堂中。
樂既作。觀者如堵牆。靡不咋舌駭歎。而邏者亦雜其
中。疑其事類。馳白臬司。臬司以爲奇貨。即捕優人。拷
掠誣服。既得主名。將窮其獄。且徵賄焉。會有從中解
之者。而予已入都門。事得寢。（下略）上下卷。各十六齣。首
齣立意滿庭芳云。盜賊縱橫。文章顛倒。沈郎獨歎孤
寒。嬌妻生別好。又凋殘。伏闕上書不遇。趁秋風載月
空還。傷心處。送窮哭廟。鬼淚也潸潸。一朝登帝榜。鈞
天賜宴。共慶彈冠。更繡衣直指。地下人間。王母嫦娥

作伐。送花燭雲裏乘鸞。奇絕事。世人不信。且待下回看。

雨花臺傳奇。平水柳崖居士徐昆后山作。蒲坂散人崔桂林燕山評。貯書樓本。乾隆二十七年。崔桂林序。（上略）徐君后山。至情人也。（中略）與余朝夕居。時道盧子清宜之爲人。無何清宜嘔血歿。徐君哭盡哀。未盡復借優孟衣冠。補清宜素志。按宮協調。作爲是劇。（下略）上下卷各十六齣。首齣發源沁園春云。名士盧生。（名儉）五臺山際。喜見鶯兒。共友人迎駕。狂風作妒。滿腔噴血。一命傾危。才子還魂。佳人盡節。並荷神人相護持。回生路。嘆中華異域。兩地分馳。還奇帕上詩詞。果于菟爲媒復別離。幸情人貴顯。冊封充使。帕詩重認。得效于飛。更喜春闈。盧生及第。復得鴻光舉案齊。酧神德向雨花臺畔。共慶清時。

環翠堂樂府。明汪廷訥（號無無居士）撰。二種。

一彩舟記上下卷各十七齣。夏尚忠序。上略海陽汪無如君屬予爲彩舟記敘。記後先悉鬚龍事。甚奇。下略首齣提綱滿庭芳云。江子才華。吳姬窈窕。雨舟風阻淮安。氤氳賜配。月底正酣眠。清曉帆開失父。露踪跡太守應嫌。憐玉貌翻招爲壻。暫令返鄉園。中途遭陷溺。龍王報德。救護生還。更攜丹療病。父母團圓。從此氤氳怒釋。秋闈捷名姓驚傳。登及第。重逢京兆。宦底續前緣。題目云。鬚龍王棘闈顯聖。氤氳帝彩舫聯姻。狀元郎逢凶化吉。京兆女續舊如新。

二投桃記上下卷各十五齣。譜宋潘昉（用中）與黃舜華（亘）事。首齣提綱水調歌頭云。潘氏佳公

紫霞巾

子。隨任入臨安。黃姝樓對旅邸。聞笛捲簾看。正爾目成心許。更喜行春湖上。車轂接雲鬟。投桃因得報。詩帕兩情傳。郡衙隔音問阻。病魔纏。周婆撮合。私從天竺替良緣。奸計任施國舅。親命甘違司馬。寄髮表心堅。禍兮翻作福。天語賜團圓。題目云。會盼睞佳人才子。惹風情羌笛胡桃。枉勞心當朝權貴。善回天一幅鮫綃。

紫霞巾傳奇。陳東村野客榕西撰。嘉慶辛酉吳斯勃序。上略 同鄉東村先生。篤學清修。以名孝廉選邑令改授德化學博。旋告病歸。向嘗授徒講學。多所成就。幾若文中子之在河汾矣。中略 製紫霞巾傳奇三十折。中略 或云。閩語不諧中州韻。難被管絃。僅填詞而已。余嘗以質諸善謳者。亦謂按譜填詞。自能抗聲合調。下略 上下卷各十五齣。演陸春英與謝玉娥事。引子漢宮春云。陸氏才郎。讀玉娥蒨句。惹動春腸。誤認東家醜女。錯配鴛鴦。祝生無賴。妬霞巾禍起蕭牆。分飛去。忽賣身妓館。注目認崔郎。夫婿天邊折桂。奈貞心見逼。粉頸封傷。幸遇韓公相救。衙署深藏。美陸郎守誓。徇恩師强續偏房。誰知道新歡舊恨。一迸絮蘭釭。題目云。俊丫鬟忽展科名手。熱青樓偏守女兒身。死魂靈瞥見生慈母。新洞房巧遇舊佳人。

內府抄本傳奇十三種。一玉獅記。十段。每段八齣。演張巡事。二草木御恩。二十四齣。演花精草怪。御恩獻壽而已。三聖世壽徵。十六齣。四百子呈祥。八齣。五豐樂秋登。十二齣。六壽叶三朋。六齣。七盛世新聲。六齣。八永祝長清。十齣。九箕疇五福。八齣。十壽徵輻輳。六齣。十一太平有象。十二齣。十二多壽記。八齣。十三鬪金瓶。十本。每本八齣。演唐時李飛熊。常瓊英。劉瑞珠。三人皆天上仙人。動凡謫降劉生秀才。家備歷磨難。幸得九天玄女。命玉女下凡。搭救三人。轉得功成名遂。妻貴夫榮。因白猿盜金母寶瓶。往下界助田節度爲虐。玄女以金瓶與玉女。轉付劉瑞珠。抵敵白猿之瓶。故名。

諸佛名歌。永樂皮紙本。原名諸佛世尊如來菩薩尊者名稱歌曲。永樂十五年序。略云。諸佛世尊如來菩薩尊者弘發誓願。濟度羣生。凡發善心。稱贊諸佛世尊如來菩薩尊者名號者。即得種種善報。輕薄侮慢。不敬不信者。即得種種惡報。（中略）間取佛經所載諸佛世尊如來菩薩尊者名號。編成歌曲。歡喜贊諷。功德

弘深。因以鋟梓。流通廣傳。下略
總目如下。佛名稱歌曲。北曲 世尊名稱歌曲。北曲 如來名
稱歌曲。北曲 菩薩名稱歌曲。北曲 尊者名稱歌曲。北曲 佛名
稱歌曲。南曲 如來名稱歌曲。南曲 菩薩名稱歌曲。南曲 尊者
名稱歌曲。南曲 普法界之曲等六種。五供養等八種。
有後序三篇。第一篇永樂十五年。第二篇永樂十八
年御製。又附感應歌曲。永樂十七年御製序云。上略 朕
間嘗取佛經所載諸佛世尊如來菩薩尊生神僧名
號。編爲歌曲名經。俾人諷誦。歡喜贊歎。功德之大。不
可涯涘。乃永樂十七年夏五月。遣人賫歌曲名經往
五臺山散施。以六月十五日至顯通寺。即有祥光煥
發。五色絢爛。中略 朕統臨天下。夙夜拳拳。以化民爲務。
凡有所爲。一出於至誠。是以佛經所至。屢獲感通。觀

於五臺之顯應。尤足徵矣。今特命工繪圖。且復爲歌曲以系之。下略（以下列普法界之曲及弘利益之曲各若干）又御製一序。謂以諸佛名歌。往大報恩寺散施。又覩天上顯示。如何靈迹。故又命工繪圖。系以歌曲。又序。以名歌。往淮安施散。復製圖系曲云云。又序以名歌往河南陝西交趾散施。又得顯應。因復爲歌曲附篇末。

惺齋五種。錢塘夏倫惺齋撰。世光堂本。乾隆己巳。徐夢元徐村序。上略先生以名諸生。八試棘闈。佹得佹失。值西陲用兵。罄所有得授邑宰。旋阻於壓班。浮沈里門者幾二十年。今上龍飛。詔許開選。先生名在單目首列。扶疾奉檄入都。長途況瘁。興已索。抵部復有意外尼之者。因決志舍去。歸隱湖山。中略今屆衰暮。年已七十矣。(中略)其傳奇定爲五種。曰無瑕璧。所以表忠也。曰杏花村。所以教孝也。曰瑞筠圖。曰廣寒梯。所以勸節勸義也。至南陽樂一編。顛倒兩大。游戲三昧。爲千古仁人志士補厥缺陷。固忠孝節義之賅而有者也。(下略)徐夢元加評。

無瑕璧。演明鐵鉉事。明太祖嘗賜以無瑕璧一雙。鐵當危難時。以分授子女。後二人流離困苦。終乃各以璧聘成婚姻。因得散而復合云。上下卷各十六齣。首齣撮要。慶清朝慢云。齊泰謀疏。燕藩變起。鐵公誓守危城。君覘懼淪草莽。預剖瓊瑛。痛忠遭慘戮。有遷屍灑淚是高生。馬千里郵亭一炬。巧拯寧馨。欣佳胤。婚初訂。風波起。隻影又飄零。旅邸潛踪被獲。性命幾傾。幸賴攻城救解。生安死慰。始休兵。無瑕璧。重歸姐弟。

杏花村

兩遂姻盟。

杏花村。上下卷。各十六齣。演王世名事。首齣括意滿庭芳云。王子堪褒。憐親冤斃。燈前怒氣沖霄。杏花村裏。殺賊奮鋼刀。賢子圖全孝子。赴燕京未遂恩膏。傷佳胤。又逢奸害。一命喪荒郊。神仙輕救轉。遣遊山左。仗劍除妖。恰遇張公擇壻。冰玉相遭。祝網空貽手札。未還家憲澤先叨。團圞處。龍章旌表。金帶更垂腰。題目云。烏鳥戀深恩。王秀才舍生取義。豸冠開大網。汪御史激濁揚清。鶴駕偶乘風。漢鍾離有緣贈藥。鳳雛艱擇配。張總鎮無意聯盟。

瑞筠圖

瑞筠圖。上下卷。各十六齣。表揚明禮部右侍郎章淪（妾所生）之嫡母金氏未婚守志之貞節。首齣先聲沁園春云。章母奇貞。未婚守節。訓子成名。歎英宗北狩。艱難返國。郕王讓位。朝野傷情。請復皇儲。勸敦友愛。節以成忠。大難興。雲陽市于公遲到。險喪非刑。堪驚。獄底災生。幸早換監房命不傾。際南宮復解。忠良吐氣。恩推壼教。母也蒙旌。淑女投河。良朋綰配。事不全虛莫浪爭。瑞鈞圖。數行詩句。形管流馨。

廣寒梯。上下卷各十六齣。演王蘭芳解敏中二人功名事。首齣開端滿庭芳云浙水王生。吳山問相。逢仙偶洩天機。攀蟾有路。貽贈廣寒梯。恰遇貧儒負債。受官刑夫婦將離。憐危難。傾囊義助。此誼古今稀。佳人猶待嫁。陡遭倭亂。被擄悲啼。天遣吳君報德。巧脫樊籠。積善果登黃榜。專弓矢僇盡鯨鯢。珠旋也華堂畫錦。花燭慶于飛。題目云。少見識的閻宏宇。枉積趲死金寶。具肝膽的吳仲達。險拆散活夫妻。有科分的解敏中。偏潦倒文昌廟。沒福相的王香谷。反高步廣寒梯。

南陽樂

南陽樂上下卷各十六齣。演諸葛亮滅吳魏。一統漢家。重興帝室。而已復樂隱南陽。題目云。祭七星忠悃格蒼穹。演八陣威名耀青史。滅吳寇英主建新猷。恢漢祚老臣歸故里。評云。此本係乾隆己巳重定。視原刻稍異。

花萼吟

惺齋續編花萼吟傳奇上下卷各十六齣。演姚居仁姚利仁兄弟事。首齣大略漢宮春云。天顯休志。看姚家友愛。名播詞場。兄也攜囊應聘。弟守家鄉。禍生意外。恨奸徒計陷飛贓。謀斃獄非兄力救。利仁一命幾亡。雖賴江公鏡審。奈豪門怙恃。又覬紅粧。感得林君仗義。賃屋深藏。旋因寇警。戮權臣天日重光。功名遂。

弟兄畫錦。一時花萼齊芳。

六如亭。清湘潭張九鉞撰。（卷中題羅浮花農）道光時刻本。蜨園居士跋云。六如亭記。吾楚張紫峴先生所作也。先生諱九鉞。字度西。以詩古文辭負海內重望五十年。兼工小令長調。晚年旅食四方。哀感悵觸。輒作南北宮詞以排悶。曾游惠陽。訪白鶴居六如亭。因取坡公嶺南海外舊聞。及侍妾朝雲誦經。栽茶。偈化。建亭事。復於宋人小志中。得惠陽溫女超超。許壻聽吟。殉志遺話。爲三十六齣。總名曰六如亭記。以了禪門一段公案。（中略）先生宰梅嶠時。自署紅梅花長。量移嶺東。又署羅浮花農。嘗寓吳門。爲歌師製虎邱四時景新水令南北宮詞一套。至今盛傳吳下。附記於此。

譚光祜序。上略此曲於坡公及諸賢事蹟。考據詳確。年譜詩集。信而有徵。中間變化神通。無非爲仙佛生色。即朝雲超超二女子。必如此曲之忠順俠烈。而其人始高。其人高。而坡公之氣節文章。益高出尋常萬萬。先生以夢入羅浮。自號羅浮花農。此曲之末。以梅花仙樂爲坡公壽。或亦有所托而云然與。同郡雲門山樵評點。

乞食圖。一名後崔張。演明張靈與崔瑩事。家門漢宮春云。不偶張生。有詩才畫筆。難覓傾城。乞食山塘。蘇州虎邱游戲感遇娉婷。強藩指宸濠訪豔。奪姻緣遠獻宮庭。圖形影。仗六如居士。芳訊付良朋。不道狂儒被斥。爲佳人心許。命委輕萍。正幸兵戈寧息。崔媛尋盟。痛蘭摧蕙折。弔山阿生死堅貞。相思境。點頭舊石。聊與補完成。署林棲居士。作於董江官舍。自序又署竹初居士。受業楊夢符序。作於乾隆五十一年。

卷前有考據若干篇。據黃周星崔張合傳略謂張靈狂放戲爲乞丐賦詩虎邱。唐寅爲圖行乞圖。崔瑩豫章人。舟泊虎邱。遇張。彼此心許。崔歸。適宸濠選十美進獻。僉人以崔薦。唐寅方在藩幕。知其事。歸以告張。張爲之病死。後藩敗。十美未御遣還。崔至蘇。知張死。亦自縊云。

全德記。太原王穉登編。金陵唐氏廣慶堂本。上下卷各十六齣。原名竇禹鈞全德記。題目云。竇禹鈞施仁樂義。高懷德捨女償金。石守信窮途遇配。趙匡胤舉薦豪英。

劍舟記。秦淮墨客纂輯。同前本。原名劉伯仁八黑收精劍舟記。家門臨江仙云。昆季留生原佛子。思凡寄迹紅塵。狐諧伉儷贈丹行。包公招作壻。薦舉命提兵。列陣退妖功績建。榮封鎮守崑崙。兩兒連捷占魁名。武文雙貴顯。警悟佛留心。題目云。二留生思凡降世。包丞相雙贅英才。老狐精授丹作護。賢公子文燭斗台。上卷十六齣。下卷十五齣。

和戎記。金陵唐氏富春堂本。原名王昭君出塞和戎記。開場柳梢青云。漢朝元帝立江山。文武羣臣拱奏班。西臺御史毛延壽。埋沒王嬙不奏。君昭君宮怨天賜哀憐。瑤琴降下。帝主親聞。不知奸狡負屈啣冤。畫工懷忿。離妻星夜奔往邊關。胡人遣將中原難敵。昭君離帝去和番。守節烏江自奔投江身亡。音書繫雁足刻時自托夢魂問。賽君重配合。永樂太平年。上卷十八齣。下卷十七齣。

青樓記。金陵三山富春堂本。原名宋江水滸青樓記。書分四卷。首卷十一折。二卷十三折。三卷十一折。四卷十四折。家門始末勝神仙云。罡降山東。宋氏公明。矢心仁衆。七雄蒙救。報謝間惹出禍彌天重。匆匆竄奔山寨。幸得數賢崇奉。往梁山路傳偽信。返家清訟。欣逢赦宥恩隆。減配江州。遇諸豪勇。誤因題壁罹死刑。賴有羣雄扶從。就中復仇落草。更喜神人護擁。保全家聚居水滸。受降匡宋。題目云。鄆城縣英雄首出。清風山賢俊相匡。潯陽江豪俊共濟。水滸寨忠義從王。



石巢四種。第一雙金榜。自序有云。此傳梗概。胎結久矣。一針未透。閣筆八年。偶過鐵心橋一笑有悟。遂坐姑孰。春雨二十日而填成。第二燕子箋。韋佩居士序云。此石巢先生所填第六種傳奇也。第三春燈謎。自序云。玆編也。山樵所以娛親而戲爲之也。爲曲凡三十有九。閏一。示餘也。悠也。撰言凡五萬餘。其成之月餘。人爭速之。卽撰者亦自謂速也。第四牟尼合。香草垞禪民序云。（上略）今歲避暑姑孰。十六日而復成牟尼合。

珊瑚玦。周稚廉撰。題可笑人。容居堂第一種傳奇也。愚谷老人序有云。（上略）周子年弱冠耳。（中略）所作已有數十種。（下略）上下卷各十四折。家門滿庭芳云。卜氏（名青）書生。行宮感夢訴妻（祁氏）大費旁皇。避晏等鋒鏑。攜眷赴村莊。路闖悍兵搶擄。珊瑚玦兩下分張。感單母保全名節。別館鐠貞娘。懷姙剛坐草。幸晏等陣歿。單宷迎降。螟蛉蝶蠃。襲職赴戎行。甥舅陰聯指臂。破秦曦爵列侯王。花園內。聯喬附梓。夫婦再成雙。

雙忠廟傳奇。周稚廉撰。瞿天洪序。謂上略周子冰持。是書之作。所以激人忠義之氣。而去其懼禍畏死之心。下略上下卷各十四齣。家門金菊對芙蓉云。秀士舒真。諫官國寶。性偏刈惡芟强。恰禍生劉瑾。討就焦芳。謗書斬首雲陽市。痛貞姬解帛懸梁。撫孤王保。救孤石氏。四民幾止。雙忠神道慈祥。賜男人乳漬。太監鬚長。俾珍哥得活。廉氏還鄉。寫真得把良緣締。更入宮感動椒房。編成奇傳。死忠死義。分付當場。題目云。王義僕男似女。駱太監陰變陽。舒珍哥男出閣。廉小姐女求凰。



廣寒香。蒼山子編。寒水生評。上卷十八齣。下卷十五齣。家門沁園春云。米子（名遙）才高。端藩虛左。聘以圖章。值狂徒欺客。儒珍見辱。酒家解事。鴛結相償。夜入豪家。巧逢天眷。締就良緣玉未亡。湘娥黠。暗將身許。奈寇起蕭牆。文場醉誤。心慌。恰喜更名折桂香。感仙攜入月。續成殘句。應完詩讖。按部淮陽。夙怨方捐。委禽又錯。覩女翻將小婢當。裝虛套。誘歸原璧。兩玉永成雙。題目云。迷遠思失一得雙。殷天眷盟先嫁後。遂心頭錯配鴛鴦。巧姻緣劫歸蝌蚪。

東海記。太倉王曦季旭撰。道光十一年宛鄰書屋本。一卷十六折。自序云。東海傳奇。爲西漢孝婦作也。今山東郯城縣在漢時屬東海郡。爲孝婦故里。城東五里許。遺塚在焉。（中略）近人有東海記傳奇。演孝婦事。周明府以其沿襲舊訛。屬另譜十六齣。根據漢書。及搜神記。太平御覽等書。略爲潤色。舊記所無者補之。誤者正之。疑者闕之。下略 蓋演青姐許同郡周少君。少君疾病。未獲成禮。求見青以父母爲屬。青許之。俄而周死。青侍姑十餘年。姑勸令更嫁。青不可。姑自經死。以免其累。太守乃論青罪殺之。

芙蓉樓。雙溪鷹山撰。叩鉢齋本序云。上略 鷹山天才雄放。博學周知。而滯於葭葦。不可一世。下略 上卷十六折。下卷十四折。家門滿庭芳云。元后題詩。徵求閨和。千秋風韻堪標。山陰羈客。指孟珩 詞賦擅鵾鶵。寒夜挑燈逆旅。遇良朋樽酒論交。春遊誤。公堂赴質。文戰壓兒曹。狂徒懷舊隙。至今誣訴。頓起風濤。鴛鴦牒。冰人錯綰紅綃。天幸恩綸下降。遠偕隣女上星軺。親臨試。爲鳳求凰。並奪錦宮袍。題目云。女學士雙司文柄。皇太后二續鸞膠。謝冰人芙蓉一束。賜及第兄弟聯標。

再生緣傳奇。一名楚江情。槐庭雜組之一。上下卷各十八折。首有例言。槐庭管測七則。又自識云。再生緣院本。乃壬子昔年所作。（中略）今十餘載。偶爾繙閱。見劇中不無潦草紕繆處。因復細加更竄。（下略）蓋初已有刻本。此其後刻也。家門花發沁園春云。邗水周生。樂安章子。兩人各遇奇緣。霍女含冤。徐孃傷逝。相逢業鏡臺前。感得冥曹案吏。憐中表巧弄微權。重向鬼門放轉。倩慈航解釋前愆。陰謀梟獍垂涎。幸知風遠遁。郵亭泣訴淵源。雪浪排空。秋英被溺。天遣中丞獲救援。前因證。碧公棒喝。師生翁壻團圓。題目云。周扶九惡冤家變成歡喜。章若楫苦哀求救回倩女。老閽黎施廣長勘破三生。賢宰官做氤氳完成雙美。卷前有序。

註謂槐庭方輯李杜事別爲傳奇云云。

中州全韻。昭文周昂少霞撰。此宜閣本。一稱此宜閣天籟。周氏自誌云。辛亥三月十三日。夜夢一偉丈夫。謂余曰。子具神解。於周德清之入聲字作平上去。其音皆得所準乎。余曰。未也。曰。昔潘次耕作類音。每於平聲字。即將轉入聲之字作切。頗有獨見。今德清之入聲字。子何不本此推之。言訖而寤。思之未會其妙。日而以音叶之。取入聲本字之平上去。各從其類爲切。宛若天籟。乃知一病五年。臨終得此神授。開數百年未啟之秘。亦有數存其間耶。韻中所列平聲陰陽。遵德清本。去聲陰陽。參嵬白本。上聲陰陽。此宜閣定。投筆記。邱瓊作。二南里人羅懋登註釋。重校本書。分四卷。三十九出。以四字標名。家門沁園春云。後漢班

蘭桂仙

超。學通文武。早歲孤窮。爲甘旨無給。傭書朱戸。包羞忍恥。頓挫英雄。投筆歸來。得逢相士。指點擕書拜九重。承詔命。獨持漢節。遠使到西戎。奸謀忌効超功。老母遭冤病獄中。幸有賢妻割股。大家上疏。妻來京邸。骨肉相逢。柔服外夷。三十六國。定遠元功。萬里封歸故里。一家歡會。旌表勵精忠。題目云。鄧二娘力行孝道。徐克振義重交遊。曹大家爲嫂上表。班仲升投筆封侯。每出後。有羅氏之釋義甚詳。出中亦多音釋。

蘭桂仙。龍眠左潢巽獻撰。凡例謂是書專爲紀孝而作。以莊重馴雅。纏綿篤摯爲主。據孝娥傳中事蹟。逐節譜成。徵實居多。體依雜劇十二科中之五曰孝義廉恥。取玉堂正大。江東端謹嚴密之體。韻依德清。而四聲各別。依南曲之法。平聲分陰陽。凡務頭所在。皆審呼吸填之格遵大成宮譜。襯字極省。種種求精。俱載凡例中。一篇凡例。說盡傳奇訣竅。上下卷各十齣。提綱滿庭芳云。淑媛蘭芳。嬌娥桂蕚。托生宮氏名門。椿庭五馬。協贊掃妖氛。剛值黔疆奏凱。愴彌留太守修文。萱堂恙。剝膚刺指。燭淚冷啼痕。艱憂傷再遘。慈顏杳隔。弱息酸辛。一夜雙懸羅帕。鎖斷香魂。幸賴中丞方伯。布春風高誼如雲。江南路。孤舟萬里。扶襯慘歸人。題目云。南籠守到死矢丹忱。蘭桂娥捐生投白練。倡寅賻馮方朗福星。合門仙神佛嘉瓊眷。首齣仙餞。謂四季花神中。春秋二神。蘭仙桂仙。赴佛祖龍華大會。愆時。兼之前世俱受江南宮氏之恩未報。因謫謫人世宮家。以孝捐軀。仍歸天上。云。全書沈起鳳正譜。程秉銓評點。

宣和譜。古吳介石逸叟撰。俗名翻水滸。楔子云。王教頭走延安稍加粧點。欒廷玉稱鐵棒正賴鋪張扈二娘好姻緣偶添佳話。張海州指叔夜真忠義合著當場蓋作者因宣和遺事。稱淮南盜宋江等。不稍假水滸點竄。反失千秋正論。故譜此本。以翻之也。上卷十四折。下卷十三折。家門沁園春云。水滸開宗。教頭王進。忠孝家風更欒君廷玉。教師鐵棒。扈成飛虎。爭顯英雄。踏破梁山。填平水泊。淑女標題意氣同。驚離散。祝家莊上。殉節匆匆。海州太守張公。幕下多秉忠恨宋江全夥。抗違王命。齊驅水陸。一戰成功。母子相依。夫妻重會。並慶堂前壽祿崇。宣和譜。翻明本傳。點醒吳儂。

冰絲館還魂記。快雨堂序云。上略予童子時。愛讀此記。

讀之數十年。自恨於其佳處。尚有未能悉者。冰絲館居士。與余同好。取清暉閣原本。編校重刊。務存玉茗舊規。不敢增刪隻字。至於愜目賞心。莫能自割。輒於原評之外。略綴數言。另署冰絲館快雨堂之名以別之。下略

凡例云。是編悉依原刻。或有一二字句。似乎失檢之處。則謹遵乾隆四十六年進呈定本。中略 又謂是劇改本極多。其師心改竄。自陷於庸妄。如臧晉叔輩。著壇已明斥之矣。近世又有三婦評本。識陋學膚。妄自矜詡。具眼者略能別白。其中校訂字句紕繆處。固多可採。下略

董西廂。屠隆刻本。張鳳起萬曆庚子序。上略 赤水屠先生。爲當世博洽君子。亦於西廂訂證披閱。蓋不以詞

曲苴視之也。然訂證者非一人。張雄飛得董本而較。金在衡得實父本而較。梁少白得日華本而較。余以爲非直餖飣補掇傳奇中之雅調也。觀者能會作者之意。則庶幾得古人立教之旨矣。此西廂合併也。（下略）

黃鶴山人張羽雄飛董解元西廂序。（上略）闞氏春秋世所故有。余旣校而刻之矣。而董記號爲最古。尤不可少者。乃廢格無傳。又爲之傷其不遇也。往歲三橋文君爲余言西山汪氏有元刻本。嘗借錄之。然恨其首尾俱缺。舛謬殊甚。無從校補。每用病焉。柘湖何君。晚得抄本。則南峯楊公所藏。末有題語因賴以考訂異同。修補遺脫。而董氏之書於是復完。（下略）

**桐華閣本西廂記**

桐華閣本西廂記。吳蘭修自序。謂以六十家本。六幻本。琵琶本。葉氏本。（以上總稱舊本）金聖嘆本。重勘之。大抵曲用舊本十之七八。科用金本十之四五。
雖非實甫之舊。而首尾略完善矣。序後列附論十則。
其中謂金本改曲多謬。而科白簡淨。書札尤雅。舊本
所不及也。附論後。又列書札三通。其中蘭修謂在揚
州。聞黃修存明經云。某氏藏西廂記至八十餘種。吳
氏所見。僅十之一。又謂在杭州。得董解元西廂記二
卷。乃楊升庵定本。圖像精好。則唐伯虎所爲也。書札
後。又節錄董解元西廂記若干首。
詞林逸響。吳趨仰拙許宇校點。天啟癸亥勾吳愚谷
老人鄒彥吉一序。無可紀述。次列魏良輔曲律。而標爲
崑腔原始。次列曲中聲律。即舉卷中所標板式字音
等記號說明之。次列凡例五則。一謂是編遍收覓笥
稿。就正名公。稍涉粗鄙。不敢漫收。一謂牌名板眼。悉

宗正派。字字考訂不厭其詳。一謂曲調單合。及平仄陰陽。皆查註明白。一謂琵琶爲曲祖。選錄最多。一謂間附北曲之最傳者。分風花雪月四卷。

中原全韻

中原全韻。古吳范善溱昆白纂。辛未袁晉序。上略吾友昆白范君甫九齡。而即知研參此道。歷三十餘年。而陰陽清濁之奧。已洞然無疑。旣證竹肉三昧。彈絃擘阮。尤著聞於世。有憾於周德清之注切未明。字面多疑。陰陽互混。而更著一書。去聲悉別陰陽。翻切毫無歧貳。命曰中原全韻。

秦樓月

秦樓月。笠菴傳奇第十五種。吳門朱素臣撰。文喜堂本。上下卷各十四折。家門滿庭芳云「呂子(名貫)疎狂。陳姬(指素素)韶麗。新詞憑弔真娘。中秋邂逅。宛轉逗情腸。堪歎忠言逆耳。書齋鬧密誓難忘。賺佳人岱山嘯聚。罵賊女雎陽。烈性逢艱益著。髮環遺贈。苦節堪傷。神京賺試。病捷狀元郎。劉岳奮身殺賊。完趙璧重寄黃堂。秦樓月。再題豔句。冠誥拜恩光。」

題塔記。松癯道人撰。原名梁狀元題塔記。上下卷各十六折。家門寶輪曲第四云。「太素梁王。東平才子。生來困不逢時。青衫白髮屢屢被人嗤。幸有元之同調。片言契。便將弱女許配佳兒。奈遇神龍譴厄。致才子寫經佛寺。遭際亦參差。難支。相知淪喪。所如不合。空餘題塔雄詩。沙君勸仕。生計益無資。又幸希德途遇。同之任。老而彌勵。氣與江齊。八十風雲際會。同伊子後先及第。萬古作佳詞。題目云。梁太素題塔不伏老。王元之盃酒締姻好。老龍王夜雨遣魔神。小狀元春宴嘲牛表。

金貂記。作者無考。富春堂本。卷前附功臣宴敬德不伏老雜劇。演尉遲恭與李道宗爭功被貶。後高麗入犯。尉遲不伏年老。重出領兵。竟擒高麗大將鉄助金牙。復還原爵。云。金貂記四卷。四十二折。首折家門七言古詩云。平遼仁貴盡臣職。皇叔道宗生嫉妬。守節甘死翠屏女。仗義退休胡敬德。賢臣負屈陷衡陽。遼奴猖獗寇華國。文臣廷諍保賢能。武將陳言舉忠直。天子金雞不易傳。壯士仁心安可得。母子逋逃遇故人。師旅相持困邊城。拗公程咬金擊賊請兵援。丁山仁貴子救父破戎敵。歸朝二姓結姻親。恩寵一門光赫奕。題目云。翠屏女矢心盡節。丁山子全孝克戎。尉遲恭歸田仗義。薛仁貴報國精忠。

眉山秀。一笠庵第七種傳奇。上下卷各十四折。演蘇小妹事。家門滿江紅云。天半峨眉。靈秀鍾三蘇名噪。更有女戲續兄聯。詩完父草。道人一見心欲折。新郎三難才幾倒。赴郴陽巾幗易衣冠。粧偏巧。新法創。荊公拗。蓮夢悟。禪師妙。青樓具青眼。總稱同調。才子兩番真作假。佳人幾度歡成惱。遇東坡點醒老婆禪。真堪笑。題目云。真少游做得蘇家壻。老東坡參透紅蓮謎。小文娟捱成一笑緣。巧小妹幻成排場戲。

拜針樓。王墅北疇作。研露齋主人楊天祚評點。一題北疇填詞。八折。演後客生豐采蘋旦事。後放蕩不務正業。妻豐勸之。不從。憤激欲以針毀容。後始知悔。發奮。一舉成名。感妻之德。欲拜謝之。妻遜讓不受。後乃拜昔日刺面之針。並題作樓額。以誌其事。故名。

曲波園樂府二種。若耶野老撰。第一種香草吟。李漁序。上略詞章之盡善。音節之允諧。與予昔著閒情偶寄一書所論塡詞意義。鮮不合轍。下略自序略云。世傳藥名詩者。惟宋陳郎中亞爲著。又有生查子閨情三闋。迨蘇仇仙游戲翰墨。因有杜處士傳。於是藥物爲詩爲詞爲文。一聽人之取裁。偶取本草一編。暇輒披閱。久而有慨於心。余師其意得虞山蕭觀瀾桑寄生傳。更而演之。家門沁園春云。請奏吳歈清歌雅調。音徹雲璈。桑寄生親往。蜜佗僧舍。車前邂逅。曾見多嬌。高誼周盈。孤栖貝母。紅娘子新詠屬螵蛸。寄生者。竊詩求偶。遇友相邀。寄奴破敵功高。剿木賊援師不憚勞。有將軍杜仲。招婚堅拒。詩箋倡和盡失無聊。內史眞誠。梅香卽溜。合巹倉皇第一宵。同相會。聽神僧烟誠。收拾荷包。題目云。紅娘子遇車前良緣眞妙。劉寄奴斬蚺蛇英雄絕調。蠻佗僧誠金絲苦口休嘲。桑寄生當合歡癡情可笑。通劇遍用藥名。所演事雖未了了。而觀其齣名。亦非醫（如製酒鬱滯望聞問切等）即藥也。（如貫衆降香車前蛇蛻等）上下卷各十六折。

第二種載花舲。上下卷各十六折。鹿谿居士評閱。家門寶輪曲第四云。荀詠風流。朝霞佳麗。名花價重吳趨。因招醜妓。怜愛綠窗虛。偶遇端端。攬勝。相調笑憑將戲語。感動名姝。特向花舲訪覓。設粗糲欣逢知己。飽啖竟無餘。躊躇申言嫁娶。堅辭未允。綸音辟召旋都。皮瀛窘逼。潛避僦村居。公子南征遍訪。載花舲上訴出當初。始得天涯重會。班師日香車簇擁。韻事播姑蘇。題目云。識英雄的王朝娘盤餐初聚。煞風景的皮行人腌臢可惡。販新聞的喬大姐彈唱相思。最鍾情的荀公子風流獨步。

全福記。長安女史王筠編。槐慶堂本。一卷二十八折。

朱珪序云。長安女史王筠。余同年南圃王君之女也。生有慧性。於詩書無不淹貫。自恨不爲男子。特撰繁華夢一劇。以自發抒。庚寅。南圃訪余晉陽臬署。出以相示。余曰。曲則佳矣。但全劇過於冷寂。使讀者悄然而悲。泫然以泣。此雍門之琴。易水之歌也。奏於華筵綺席。恐非所宜耳。南圃以爲然。歸以告筠。筠唯唯。越次年。而全福記又脫稿矣。中略繁華夢如風雨淒淒。全福記如春光融融。中略繁華夢於戊戌春見賞於吳門觀察張公。爲之捐金授梓。今年夏甘泉令袁侯見全福記而悅之。爰與同人共相佽助。登諸梨棗。中略乾隆四十四年。北平朱珪石君題。家門滿庭芳云。學富（文彥）燃藜。才高飛絮。天生才貌雙妍。喜鰲頭早佔。翰苑羨神仙。沈女才名獨擅。扮男裝金榜名傳。李將軍。昂藏未遇。愁寄酒盃邊。英雄出巾幗。山林嘯聚鳳侶蕭然。更有寶家夫婦。折散迍邅。歸順蒙恩賜女。文與武花燭雙圓。封侯伯。堂名全福。拜舞慶堯天。

江梅夢

江梅夢雜劇。藤花主人撰。自序云。雜劇梧桐雨。院本綵毫記。皆演開天遺事。然全以楊太真爲主。不及江妃。惟長生殿絮閣折。偶一出場。亦嘿然不作一語。未免寂寥。（中略）歎爲缺事也。冬暖漏長。戲成此劇。一取裁於兩唐書及唐人所撰江妃傳。（下略）

曇花夢

曇花夢雜劇。藤花主人撰。自序謂毛西河之妾曼殊既死。有託碧虛仙史作盎中花雜劇。曾彙載西河別集。茲復取其本事曲折。略爲陶鑄。撰成此劇。情眞事當。可免鑿空主人另有圓香夢斷緣夢。兩劇。

表忠記。丁耀亢野崔作。原題擬進呈楊忠愍蚺蛇膽表忠記。順治己亥。郭棻序云。忠愍大節。如日星河嶽。中略曩如鳴鳳諸編。亦足勸忠斥佞。獨是以鄒林爲主腦。以楊夏爲鋪張。微失本旨。今上幾務之暇。覽觀與歎思以正之。中略相國馮公司農傅公相顧而語曰。此非丁野崔不能也。於是札屬。中略茲編成。中略質之二公。會有以後疏一折。借黃門口吻。指前代敝政。搢紳陋習。過於直戇。復屬筆竄。中略於是歛稿什襲。下略上下卷各十九齣。丁氏七代姪孫丁守存跋謂丁氏東武人。生明季。以明經老。學問淵雅。著作甚富。尤嫺音律。名著齊魯間。有傳奇十二種。多散佚云。此刻在同治間。

湖北崇文書局刻附楊忠愍公全集後。每折後有評語。不知出何人手。家門滿庭芳云。報國孤忠。捐生赴義。明朝獨著椒山。嚴嵩首相。父子擅朝權。結佞傾賢蔽主。開馬市黨弁仇鸞。奮簡自疏陳廷杖。謫尉戍窮邊。有羣賢抱憤。弇州沈鍊。取禍譏彈。至邊防破壞。特起超遷。二疏誅奸十罪。題詩句赴死堪憐。元惡僇。一門封廕。千載祀旌賢。題目云。不怕死的楊忠愍揮卻蚺蛇膽。極善佞的趙文華爭獻長壽丹。世濟惡的嚴世蕃廣求香唾盂。大吐氣的衆御史誅籍老神奸。

魚水緣。周書（字澹廬）撰。博文堂本。乾隆庚辰淩竹軒序。（上略）澹廬爲寶山名諸生。工詩文。性落拓。不修邊幅。試於有司。弗獲售。遂益放廢。（下略）王永熙序。周君澹廬曠逸士也。（中略）君爲淩公世好友。（下略）自序云。（上略）閱及陽所著情夢柝。選詞構局。差可人意。遂取其事。參以鄙見。作傳奇三十二齣。以胡沈之緣。實於寶魚之換晶珮始。易其名曰魚水緣。上下卷各十六折。家門漢宮春云。胡子（瑋）尋春。遇佳人若素。（姓沈）自躉朱門。解珮題詩閨閣。暗種情根。金簪巧贈。拷姦兒阿母生嗔。得信息驚逃懸署。歸途喜遇吳君。玉鏡詩成婚券。奈長卿遭陷。空議朱陳。遇虎分開朱婢。巧合氤氳。擲簪何烈。悟癡情婢作夫人。登金榜歡諧魚水。喜團圓共祝長生。題目云。悔負心的義無慾一報還報。甘守志的貞姦兒不迷自迷。慣粧喬的癡若素對婿罵婿。善弄巧的頑楚卿（即胡瑋）思妻得妻。淩竹軒評點。

康衢新樂府。毘陵呂星垣叔納撰。嘉慶戊寅師亮采序。上略 歲己卯。恭遇萬壽。中略 直隸制府方公屬贊皇令呂叔納星垣具稿。叔納以其稿郵示於余。自謂儀舌猶存。江花未謝。余讀之歎爲才子之極思焉。叔納綺歲負異才。卽爲名公卿所引重。中年官廣文。中略 令贊皇。著循聲。下略 十齣。齣名四字。各以萬字爲冠。如萬年輯瑞。萬壽蟠桃等。

元寶媒傳奇。可笑人撰。范纘序。上略 周郎所著傳奇數十種。如元寶媒。尤膾炙人口。中略 傳中所載乞兒。其至窮無告。更甚窮士。乃能哀多益寡。援人於草莽之中。濟人於顚危之際。還金而受誣。賑金而受辱。中略 卒因此獲高爵。匹佳偶。貲盈巨萬。其一生富貴賴元寶爲之斡旋。命名元寶媒。下略 上卷十五齣。下卷十三齣。家門滿庭芳云。博採梨園廣稽院本。從無叫化衝場。鼇

遊春記

中山狼

叢另闢。嬉笑盡文章。路救淑珠劉氏。侍羊車寵壓平康。大同府。一封元寶。恩籟藉名娼。窮孀。被計豪屠詐。盈盈妙質。屈作嬪嬙。陷冤山孽海。隕雪飛霜。文致幾遭不白。達聖聰還土回陽。西宮戚。賜婚賜姓。軼事播笙簧。

遊春記雜劇。明王九思撰。正德己卯滸東漁父序云。上略予曩遊京師。會見館閣諸書有元人傳奇幾千百種。而所躬自閱涉者。才二三十。意雖假借。而詞靡隱遜。蓋咸有所依焉。下略題目云。唐肅宗擢用文臣。曲江媼不識詩人。正名云。岑評事好奇邀客。杜子美沽酒遊春。卷端則題杜子美沽酒遊春記。

中山狼雜劇。康海撰。卷端有崇禎庚辰張宗孟一序。全劇一折。演趙簡子獵狼。狼乞救於東郭生。生縛之。

隱置書麓中。趙去。狼出。飢甚。轉欲噬生。生窘。與論理。不決。問道旁老杏老牛。皆云該吃。後遇土地神仙老人。救生。始復縛狼而殺之云云。題目正名云。趙簡子大打圍。東郭生問受苦。土地神報不平。中山狼害恩主。

自怡軒樂府

自怡軒樂府。清許寶善撰。乾隆五十八年杜綱序。謂許未第時。曾爲莊邸書記。書分四卷。一卷八套。二卷六套。三卷七套。四卷八套。每套後有杜綱（字草亭）批。

宗北歸音

宗北歸音。清王正祥編。停雲室本。康熙丙寅盧鳴鑾序。（上略）自院本開其徑竇。而乃有北曲。見景觸物。定其牌名。所謂行家生活者。良家之唱也。戾家把戲者。教坊之所習也。其宗派始之於隋。乃有康衢戲焉。行之於唐。乃有梨園樂焉。與夫宋之華林戲。元之昇平樂。皆係四闕雜劇。故有煞尾套數。葉兒套數之別。（中略）歲之春仲。客自江上來者。相與質證古。今偶以北曲之無定譜也。而折衷於余焉。余曰。大抵傳奇以南曲爲主。而以北曲爲賓。全本之中。多則間用北曲四套。少則一二三套不等。此則今時劇場之大綱也。客曰。北曲雖非劇場全用。然亦間用之曲也。南曲既經較正。已定爲京崑二種之十二律矣。盍更以北曲之從未有譜者。而亦定一成書乎。（中略）因去其宮調之名。載其體格之正。按元視今。重加考核。列其卷次。顏之曰宗北歸音。蓋以樂不離乎五音。務使宗之得其可宗。歸之適所宜歸也。（下略）按此序則書屬盧氏。而卷端題王氏。甚可怪。

凡例謂（上略）予今欲定北曲之譜。從何而定乎。予則屏去北曲宮調之名。而以五音爲之條目。其舊時某宮某調之曲。其音彼此彷彿者。合為一音。舊時雖在一宮一調。其音各有不同者。或分為二音三音。夫必欲去宮調之名何也。蓋因未有牌名以前。院本絃索之來派。故有宮調之名。無涉於劇場之詞曲也。況今牌名久定。豈可以院本等類。與當時盛行之傳奇同日而語哉。予今定此譜曰宗北歸音。夫曰宗北者何。蓋元人著作。乃北曲源流。自當宗之。予閱及百種諸曲。美不勝錄。所以不選詞華。專取其句頭平仄相宜於通行傳奇之曲可以比對者。錄其一曲。摘明元曲襯字小字書之。是為曲體。存之於前。此不忘本原之意也。即以通行傳奇之曲。連其襯字。俱作正文。點定其板。以副元人著作。是為曲格。存之於後。此今純從衆之意也。故曰宗北也。歸音者何。歸於宮角徵商羽之

五音也。下略

論北曲中罕見之牌名。不能盡載也。予按元人六宮十一調內之曲。計其牌名。共有四百六十一。其所用及套數之中者。止有二百三十四。以此觀之。元人著作如此之富。猶取之不盡用之不竭。以故有其名而無其曲者甚多也。今時歌場又安能遍及乎。況余所定者。皆通行必須之牌名。故不載及隱僻罕見之牌名。然而好事者偏見探索。每有用及此等怪誕之牌名者。卽如邯鄲夢傳奇之有絳都春。定天山傳奇之有錦上緐拍。以及哈嘍叱之類。元人曲本。無此等牌名。此曲中之邪魔外道也。

目錄爲五音各種聯套次序。宮音四十五調。角音一百二十調。徵音九調。商音十二調。羽音二十三調。附錄餘音六調。

書中每調列兩曲。前一曲爲元人曲體。後一曲爲點板曲格。蓋後一曲加紅色套印之板式焉。曲中四聲及鼻音。閉口音。皆註出。王正祥纂曲盧鳴鑾施銓參訂。儲國珍點板。書面題作新定宗北歸音京腔譜。又小行小字云。北曲盛行於元。通行及今。字句混淆。罕有一定。予爲分歸五音。摘清曲體。配合曲格。新點京腔板數。裁成允當。殊堪豁目賞心。

黑海潮

黑海潮傳奇。滌骨撰。刺吸雅片也。一齣。見元年一月十九日申報。曲文胡鬧。太不入格。

好頭顱

好頭顱傳奇。嘉定二我撰。詠剪辮也。曲亦不入格。且不成套數。

警民鐸傳奇。庚青撰。演洪秀全自道失敗原因。以警民初革命諸人。

皖江雪傳奇。六合孫雨林撰。譜徐錫麟革命事。

健兒戲考云。五人義一名看了蘇州人。即崑劇之倒精忠。演天啟間顏佩韋五人。求開脫周順昌事。

長相思傳奇。嘉定二我撰。無說白事實。絕非傳奇。乃散曲二套。一標我思彼。一標彼思我。調名新創。錄之如後。（我思彼）（三山怨）一曲古梁州。搖落滿天星斗。卻緣何指間音不應了絃間手。我只爲往事情多特地愁。（珠落索）挽下長亭柳。道鸞膠須續。鴦牒終修。破鏡歸來當不久。到於今紫泥落盡青鳥誰收。白雲紅葉兩悠悠。（小河滿子）空消受幾個重門清晝。驚回首。又適落花時候。見庭院紅囚。池塘綠皺。一枕淒涼月滿樓。翻來覆去。欲睡還休。（大河滿子）夢入五更頭。見伊家模樣還依舊。蛾眉螓首。

鳳眼橫秋。花明玉媚人如繡。最牽情是一種温柔。噓蕙吹蘭春透。（十二紅）可憐夢裏殷勤覺後休。菱花八角。端的照新愁。龐兒瘦。我這裏思他。知他思我。還如我否。（尾聲）多應是兩地相思一樣在心頭。從今後。淚似長江不斷流。（彼思我）（北越來）跌枕搥牀。罵負義辜恩薄倖郎。他漫天謊。當初許我。破鏡重圓。斷絃再上。今何往。十載音書沒半行。（紫玉簫）十載音書沒半行。我爲他冷淡了多少愁窗我爲他剔盡了多少銀釭。我爲他課兒錢朝朝問卜。我爲他夢兒裏夜夜恓惶。我爲他斷腸不敢高聲放。我爲他提起東來西便忘。我爲他被旁人閑講。我爲他門兒不出。消滅了別後風光。（五柳令）呀只落得冷清清守老蘭房。枕頭兒相傍。心鹿兒來往。鎮日的不梳不洗。不飯不茶湯。那冤家在何方。（説不盡）枉教奴闌干憑遍空凝望。再不見走馬銀塘。再不見吹簫湖上。再不見西園撲蝶。花梢兜住紫羅裳。再不見香肩並倚低低唱。再不見口接唇朱舌抵當風簾薄紙。見些斜陽影裏。飛燕雙雙。（繡鞋踢）陡然神往到他旁。問他爲甚麼相忘。他心兒冷。情兒薄。性兒剛。把恩河愛海翻愁浪。扭他同見閻羅地下王。討姻緣簿查出椿椿。看他很模樣。怎的行藏。（金井轆轤）細想行藏。料他們不是薄倖輕狂。還記得燈兒下織錦香囊。把奴衣輕輕繫上。道關山遠也。權表相思一寸芳。到如今難道他轉眼便相忘。多應是奴家命裏該磨障。莫怨東風且自傷。（尾聲）莫怨東風且自傷。看蒼黃落日牛羊巷。又報西園綻海棠。

議大禮傳奇。南徐夢華居士劉羣堂撰。嘯夢軒藏板。
題目。明世宗私親議大禮正名。楊狀元進諫謫滇南。
乾隆辛卯方廷熹序。上略劇爲有明楊升菴先生作。中略
藹堂先生才氣閎放。既是與其人其事相副。而又闌
究於音律之學。嘗見酒酣興發。按拍長謠。中略世有名
優。當亟開演。下略楔子前題嘯夢軒新演楊狀元進諫
謫滇南雜劇。楔子後四折。體格極正。三折演昆明池
水嬉。有四龍舟。四色划船唱歌。又四妓同唱南呂梁
州新郎一曲。末折以復官作結。

混元盒傳奇。抄本。無名氏。全書祇存四本。不知完全
否。末本有脫頁。玆列齣目於後。頭本十一出 遙慶。劉海和合
等四仙上場 家門。張提點化。呂祖行路。趙國勝行智。張虛首告。陸炳辯
明。徐增壽·張志·薛保·陸炳· 奏事。張道齡 賜寶。天師 吞丹。黑狸 狐聚妖。金花

娘一出軼娘第十二本十二出巡天。張道齡嗟嘆。陳德設計。碧石精遊

園。陳氏不幸。被害。韓氏托夢。韓氏魂起程。趙國勝盜印。小狐問卜。

碧石精求印。趙國勝鳴冤。韓氏魂三本十四出誣奏詔取。詔使。

求配。白蟒精洞房。辭家染病。投菴。蜈蚣長老嘆子。阻水。縛妖。

訴苦。刺蟒。叩謝。四本十三出家宴。劉志賢鬧廟。劉紹宗詳扇。

問子。求畫。下畫。被責。負禮。除妖。分身。□救。□牒。大戰。

下關家門乃點絳唇一套。乃天師張捷。合家慶賞孫兒

彌月也。並非全劇關目大要。頭本奏事齣有雁兒得

勝一調。殆即雁兒落帶得勝令之簡稱也。他如沽美

太平。吞丹齣畫眉序後有瓦鍬兒四支。遊園齣首調

爲走馬新水令。不幸齣有霜蕉葉。首調被害齣有梨花

兒。首調辭家齣十娘子後爲燕歸梁。家宴黑麻子後爲

錦衣香。諸調均足供考訂。

海天嘯雜劇。江陰劉鉦步洲撰。一名大和魂。光緒三十一年著者序云。中略爰撫拾東瀛史事。不揣譾陋。排演成篇。共得雜劇十六齣。分爲上下二編。本忠義慈孝之風。寫雄武俠烈之概。俾吾國上下社會閱是書者。如覩海邦人物。激發武情。例言云。是稿原名日東新曲。自熱血動物採入揚子江白話報。易其名曰大和魂。今易名爲海天嘯。是稿宗旨。在激發吾國社會志氣。提倡尚武精神。補述日本正史之所遺而不載。或載而不詳者。務爲之一一筆繪其神情。彌縫其疏略。又於每齣之後。附加批評。是稿雖稗官野乘之流。而引用地名人名。無一杜撰。雖一屋一園。亦必確有證據。曲本第一齣。必以本書主人翁登場。所謂正生正旦也。是稿本係雜劇。故不拘常例。第一齣追父。管原刘谷姬第二齣訣兒。楠木正成第三齣訓子。楠夫人第四齣授徒。德富蘇峯第五齣斥媒。武士妻第六齣蹈海。橘媛第七齣拒友。西鄉隆盛第八齣救俠。望東尼按一齣一事。不相連續。是雜劇體也。所填之曲。無宮調牌名。多屬詞中小令。十九有換頭而每易新名。但文字則是曲。每首一韻。每齣中往往用數尾聲。不知有無此樂也。茲錄其調名如下。

戀芳春。杏花春雨。新四門子。分前後闋銅琵調。待燕歸。雙扇子。西江月。與詞調不盡同春光好。卽卜算子續鐃吹。河梁月。惜花令。漁陽撾破。秋夜蟬。新阿鵲鹽。北江梅令。減字木蘭花。菩薩蠻。以作尾聲烏夜啼。尾聲帶花間令。玉釵股。北太平樂。舞鮑老帶南混江龍。漁樵合唱。滿江紅。實乃臨江仙調繞地遊。梁州新樂府。完全古樂府五更曲。卸黃袍。南煞尾帶後庭花。延平劍。逍遙遊。珊瑚樹。黃金剪。蹋繡毬。

小皮鞋。蓋所用之調。乃雜詞調。南北曲調。小曲樂府詩。自創長短句。隨意用之。毫無規律。有時又强分南北。真不可解也。

病玉緣

病玉緣傳奇。莫等閑齋主人撰。三十齣。演天長宣鼎瘦梅所著痳瘋女邱麗玉事。

一斛珠

一斛珠傳奇。程枝撰。枝字時齋。號蒼梧寄客。乾隆五十九年同郡凌廷堪序。（上略）吾友程君時齋。取曹鄴梅妃傳。譜作傳奇。雜取少陵事附之。名曰一斛珠。歲在丙申。始屬草焉。（中略）癸丑冬。余自京師歸。時齋始出定本見示。蓋至是稿凡八易。忽忽幾二十年矣。（中略）余以爲近時度曲家未覩東籬蘭谷之面目。但希青藤玉茗之矉笑折腰齲齒。自以爲工。得時齋此劇以藥之。庶幾其有瘳乎。若以梅妃復幸。少陵登科。僅目之爲梨園補恨事。則淺之乎視時齋矣。全書上下二卷。各二十齣。發端(在第一齣之前)慶清朝慢云。江氏梅妃。開元天子。歡娛同樂春宮。偏遭玉環嬌妒。屏處樓東。漫把黃金買賦。長門無計達宸聽。珍珠賜。寂寥怎慰。詩敘幽衷。不料范陽賊叛。有花神援救。又得相逢。還嗟少陵才子。次律元戎。戲展宏猷碩畫。匡扶唐室建奇功。都分付紫簫碧管。曲度驚鴻。又附四句云。唐明皇樓東恨補。江采蘋驚鴻再舞。杜少陵地下登科。一斛珠舊詞新譜。首齣引子後接滿江紅。尾聲後又接桂枝香二枝。次齣引子前先有一 紅繡鞋。生唱尾聲後又一紅繡鞋。合唱。觀於此。其書之大不合律可知。第卅八齣舞花內。有哭岐婆。(仙呂入雙調)大和佛。舞霓裳(皆中呂)諸調。

風洞山傳奇。長洲呆道人撰。有自序。又例言數條云。是編事實見瞿錫元所著庚寅始安事略。錫元爲式耜後人。所言當有可信。余通本篇目。悉據此以爲排次。是編原始爲汾陽王薇伯所促成。曾刊某報。後以排場近熟。乃改定此本。凡費十二月之久。（中略）洪昉思敘長生殿云。近人動作情詞贈答。數見不鮮。余故力爲更之。拙作亦取此義。凡有礙風化及前人所已發者。概從刪略。九宮舊譜。音律雖精。而字句鄙俚。不堪卒讀。學者按譜填詞。此種文字。容易攔入筆端。余力避其艱澀粗鄙處。一以雅正出之。故通本詞意瀏亮。無吹折嗓子之誚。後有作者。可以爲法。此本脫稿後。劉子子庚。曾爲我點板。黃子慕菴。曾爲我評文。翻新出奇。多有余意所未逮者。什襲藏之。以爲一時佳話。

舊本傳奇中之引子。幾於每齣皆有。幽豔如玉茗。亦有此病。不知此種引子。最無道理。既不起板。亦不足動聽。故葉譜盡去引子。良有以也。余填此詞。引子可省者省之。不可省者仍之。或以詩詞代之。面目一新。頗覺可喜。少時與潘子養純承庠論詞曲甚契。養純謂媚於文字。艱於音律。余曰。然則玉茗。鳧公。伯龍。雲亭。昉思。又何說之辭。自是以後。所論各異。今作此本。窮日之力。僅得二三牌。而至艱難之處。如雁魚錦。香柳娘。巫山十二峯。九迴腸。字字錦。諸闋。往往以一字一音。至午夜而仍未妥者。乃思養純之言不置焉。（中略）本朝詞曲。可謂大備。顧如趙蔣諸公。曾不一思瞿起。由此亦詞場一恨事。豈當時有所忌諱。故不敢出之歟。而如史可法則可現諸優孟之間。且入內廷也。此又何說之辭。至嘉道間。瞿菊庭譜有鶴歸來一劇。可謂爲舉世所不爲矣。然此君宗旨。以塡詞當言傳。昭示子孫。故通本家事咸備。反不足以襯出忠宣之忠藎。余所尤不喜者。其開場結尾處。以自己登場。以賜謚結穴。不知何所用心。而爲此狡獪伎倆也。適成爲俗籟而已。此作力更其弊。煞費苦心。至文字之純疵。此在讀者之如何。（中略）桃花扇行世後。顧天石爲之刪改。長生殿行世後。吳舒鳧爲之刪改。率皆流譽詞林。傳爲美事。顧此本行世。雅不欲人之塗抹我文字。大雅君子。恕我狂也。全劇上下二卷。廿四齣。前有宣意滿江紅一調。並題目四句。于紺珠殉烈湘清閣。瞿式耜盡節仙鶴巖。王開宇祝髮華嚴寺。楊碩父修墓風洞山。

警黃鐘傳奇。祈黃樓主人撰。自序云。警黃鐘者。警黃種之鐘也。中略例言謂動物之中。團體之堅。惟蜂爲最。故以蜂爲喻。黃封者。黃蜂也。胡封者。胡蜂也。元封者。黑蜂也。中略梨園中本有正旦名目。而傳奇則無之。曰旦者。即正旦也。茲編派旦脚過多。因另加正字以別之。曰旦者。即俗稱當家旦是也。又有武旦名目。傳奇亦無有。以無所分別。特加武字。以別於他旦。蓋舍傳奇而從梨園名目。以便於派脚色也。中略全書十齣。十齣前有提綱四句。俏儲君卓識訶戒心。奸大臣甘言惑主聽。副元帥妙計擒渠魁。新國民熱腸立團體。繼有宣略滿江紅一首。第五齣廷諍用引子霜天曉角。後接近調入破第二袞。第三歇拍。中袞第五出破等調。不知何說。所填之文。乃一女士奏疏。故評云。女士諫疏。既按曲譜。又合章奏體裁。最難著筆。蓋亦照譜填成者。末齣首調爲黃鐘玉女步端雲。亦奇。

冥鬧

冥鬧雜劇。蔣鹿山稿。附前傳奇之後。演張獻忠所殺四川纏足女子之兒。在冥中控李後主之首創纏足。蓋勸戒纏足者也。一折。

歎老

歎老雜劇。南荃外史撰。演有名陳腐。排行老大者。聽說有少年登場。乃勸勉少年。而自傷頹廢一番。亦譏時之作也。文字甚佳。

曲海揚波卷五終

# 曲海揚波卷六

江都任二北錄

鈕少雅南曲九宮正始

順治辛丑松陵馮旭序略云。桐涇少雅鈕翁。品卓行芳。有古君子風。少時即審音律。凡薦紳先生。高人逸士。蔑不傾心嚮慕之。歷多年而識更精。學愈廣。孜孜焉有正樂之思。博覽奇書。精詳字母。魯魚亥豕之訛。自翁而定之矣。復得一玄宗手製律譜。有律無詞。名爲歌樓格。非臆創也。漢孝武時。有烏降於庭。身被五綵。戛然長鳴。其音中律。惟滑稽識之曰。此西池烏也。名十二紅。遂爲之摹聲諧韻焉。唐師其意。因定爲十二紅詞。以月令相比。故此書悉準其傳。厥後漁陽之變。幾至焚遺。幸有黃番綽存之。其苗裔贈焉。蓋世人所目不及接。耳不及聞者。方期釐輯歌章。不意忽逢同志。雲間子室徐君。慕翁而招之。徐君者。宰輔文貞公之曾孫也。風流瀟灑。有志詞壇。爰將大元天曆間九宮十三調譜。與明初曲樂府羣珠一集。與翁朝夕參稽。俾今詞悉協於古調。十餘年業未竣。而徐君逝矣。易簀時。以此書囑翁。翁以故友之託。勿敢忘。又歷寒暑者三。而告厥成。下略

順治九年武塘吳亮中序略云。元有童童學士。善度曲。每以不及見董解元爲恨。又薛昂夫詞句瀟灑。自命千古一人。深憂斯道不傳。乃廣求繼己業者。至禱祀天地。遍歷百郡。卒不可得。昂夫之後百年。至明而始有劉東生。頗爲得之。嘗撫膺自歎曰。薛昂夫其在

茲矣。(中略)雲間徐子室先生。殆詞家龍象也。吳門鈕翁少雅。則又律中鼻祖矣。兩人相遭。五音在手。以韻合詞。以詞合調。正使童童恨不見董。而昂夫應禱而得東生。今子室雖赴召玉樓。且以未了之業泣付少雅。少雅復敲商戛徵。更寒暑以成之。不特子室不泯。尚能見董薛諸家。按板摛詞於一室。(下略)

順治辛卯芍溪老人自序略云。弱冠時。聞婁東有魏良輔者。厭鄙海鹽四平等腔。而自製新聲。腔用水磨。拍捱冷板。每度一字。幾盡一刻。飛鳥為之徘徊。壯士聞之悲泣。雅稱當代。余特往謁之。何期良輔已故矣。計余之生。與彼相去已久。訪聞衣拂之授。則有張氏五雲先生。字銘盤。萬曆丁丑進士。北京都水司郎中。加贈奉政大夫。然今閒居林下。余即具刺奉謁。幸即下榻數旬。且又情投意愜。不意適有河梁悵促。幸而臨別。以余同里芍溪吳公相薦。芍溪者。乃先生之得意上首也。余歸。即具刺謁之。幸亦無拒。余仍以五雲之禮事之。彼亦以五雲之道教我。彼此相得。先後三年。何意彩雲易散。芍溪驀逝矣。悲哉。越歲餘。不意幸復識小泉任翁。懷仙張老。然此二公。亦皆良輔之派也。賴其晨夕研磨。繼以歲月。雖不能入魏君之室。而亦循循乎登魏君之堂。雖然。余本薄劣鄙夫。何承薦紳先生相愛。時有醉月之邀。不絕登山之約。筐篚載道。奉命奔馳。致遇武陵黃海。荊溪魏塘之招。共延及二十載。至是長卿倦遊。馬齒加衰。思欲掩息窮廬。何其本里。又值鄭郭徐三宅相愛。又延及九年。此時年將耳順矣。神疲力倦。致敢苦卻杜門。焚香禮佛。日感受業諸公之惠。時窮疑信詞源。雖然。但向來有仙呂宮之渡江雲。南呂宮之寄生子。又中呂宮之滿庭芳。自來無所考訂。且蔣沈二譜皆然。致諸先師。亦皆久鑠於心。豈意近日天賜其然。今敢試備其源於下。適一日。余訪友東鄉。返棹中途。驀值狂風驟雨。舟人亦爲驚怖。忙卽艤舟依岸。遙見竹扉下。待一老翁。古貌皤髯。似乎故識。俟近。卽遣僕相邀。余卽應命奉揖。卽邀至一室。（中略）余信手於架上檢書一帙。彼曰。此書乃漢武帝及唐玄宗之曲譜也。凡今之詞調。多從上古之樂府來源。然今此書。致多有式無文者。上古名曰骷髏格。至漢。易爲蛤蟆貫。後唐玄宗鄙其不雅。易作歌樓格。又曰詞輿。又曰詞林說統。今之歌謳腔板。始於滑稽。摹擬十二紅鳥。飛鳴舉動之態。流傳至今者也。余爲將信將疑。堅懇求其展視。幸卽啟之。果多有式無文者。或式文俱備者。什之二三也。但幸此渡江雲。及寄生子。滿庭芳。漁父第一等調。文式俱備。不勝之喜。隨卽錄此告歸。似乎貧人獲寶也。久懷瓦礫於心。今始釋之。但余戀久。欲以從來疑信之詞。彙成一集。以俟參考。因慮無所博教。故屢欲止之。不意半載後。適有雲間子室徐公相招。徐公者。字子室。諱慶卿。乃嘉靖朝宰輔文貞公之曾孫也。風流蘊藉。酷好音律。嘗曰。我明三百年。無限文人才士。惜無一人得創先人之藩奧者。且蔣沈二公。亦多從坊本創成曲譜。致爾後學無所考訂。於是遍訪海內遺書。適遇元人九宮十三調詞譜一集。依宮按調。規律嚴明。得意之極。時不釋手。時值天啟乙丑歲也。又越載餘。豈意復得明初選詞一部。名曰樂府羣珠。亦皆按調依宮。多與元譜相似。意欲輯爲一部。猶恐一人所見有限。欲而復止。與客議之。客卽欣然道余驀識漢唐古譜之源。彼卽拍案驚羨。隨卽扣謁。似乎故知。情投意密。時刻不離。日共搜羅剔抉。刮垢磨光。且復以漢唐古譜之源。從其體而增入。輯成一部。計歷十二炎霜。易稿七遍。而猶未慊。不意至丙子上巳。昊天不憫。子室遂溘然朝露。不亦痛耶。當易簀時。以是書泣付余。余亦大慟領之。敢不夙夜皇皇。終其所託。但此時亦七旬外矣。耳目半昏。悲憤猶然。不滅垂髫之攻苦。歷至壬午菊月。始得脫稿。中略 歷至順治辛卯清和。始得辭筆。計前後共歷二十四年。易稿九次。方始成之。余年八十有八矣。直似風中燭也。嗚呼。子室之去何其早。古譜之遇何其遲。知音好學何其少。識人羨己何其多。
於是天數然也。悲哉。
臆論四則。一曰精選。詞曲始於大元。茲選俱集大曆至正間諸名人所著傳奇套數。原文古調。以爲章程。故寧質毋文。間有不足。則取明初者一二以補之。至如近代名劇名曲。雖極膾炙。不能合律者。未敢濫收。
二曰嚴別。元之王十朋。今之荊釵也。元之呂蒙正。今之綵樓也。元之趙氏孤兒。今之八義也。元之王仙客。今之明珠也。亟須別白。無彼此混。無新故混。今譜務祈審音而正律。奚辭是古而非今。
三曰定牌名歸宿。大凡題之爲宮爲調。小令不足憑也。必得套數乃確。如一吳小四。南呂調固有。九宮商調亦有。彼此俱可取用。何見而此收彼置乎。特緣兩處俱是小令。無耑屬耳。豈如一望梅花。仙呂宮南呂調雖皆有之。而南呂調乃套數。其前後爲一門數調。夾定逼出。是調不容不隨全套。偕出偕入。他處奚能假借也。何況耍鮑老之不黃鐘而中呂。永團圓之不中呂而黃鐘。有定在而偶他趨。此等自可按籍而稽也。

四曰正字句的當。大凡章句幾何。句字幾何。長短多寡原有定額。豈容出入。自作者信心信口。而字句厄矣。自優人窔趨冥行。而字句益厄矣。試就琵琶一記。夫句何可妄增也。南呂宮紅衲襖末煞妄增一句。不幾爲同宮之青衲襖乎。夫句何可妄減也。南呂調擊梧桐末煞妄減一句。不幾爲同調之芙蓉花乎。夫字何可妄增也。仙呂宮解三酲第四句下截。妄增一字。

不幾爲南呂宮之針線箱乎。夫字何可妄減也。正宮普天樂第一句上截妄減一字。不幾爲雙調之步步嬌乎。況乎不當家而戻家。不作者而歌者。越矩矱而亂步趨。此等吾將據律以問也。

凡例十三論。一論備格。格有爲本調者。如紅衫兒。不備裴少俊能協二格。則琵琶尋親何由分明。格有爲犯調者。如同雲高。寄生子。不訪識詞林說統。則琵琶記路逢勞倦。區區一個兒。焉得其實。

二論定韻。有必該韻者。則註韻。有或偶失韻者。則註應韻。或可韻或失字。有不應韻者偶用韻。則註不必二字。

三論審音。有似仄而平者。如拜月亭排歌。叫地不聞天怎應。能知。應字平去二音一義。則可不捩聲。有似平而仄者。如凍蘇秦之猫兒墜。教世態炎涼。莫輕寒儒。能知輕字去平二音一義。則不至改字。

四論用字。音雖平仄二途。而上去相隔二淵。如平煞之窮。或以上聲代之。以上聲輕清。與平不甚相遠也。若疑上爲仄音。直換去聲。則不叶甚矣。然平聲亦有必不可以上聲者。此義不可不辨也。

五論增減。一字增減。關係一格。有應增而不增者。如琵琶記普天樂第一句。首有我字。今沈譜所無。今據元本增之。庶起頭六字之式。有不當增而增者。如琵琶記滴溜子。首句無有事字。沈譜所有。今據元本減之。庶起頭二句相對。有應減而不減者。如拜月亭嘉慶子第二句。沈譜存勢字。則此詞與川撥棹何別。今從元本去之。有不當減而減者。如拜月亭剔銀燈末句。沈譜去其尚字。則此格與常格同耳。今據元本存之。

六論句讀。有從未之句而句之者。如拜月亭涼草蟲。沈譜以首二句皆五字。第三句爲六字。今從元本。勁風寒句。四合暮烟句。昏慘慘彤雲布句。晚風變句下皆同。有從未之讀而讀之者。如琵琶記雁魚錦第六七句。據今時唱。皆從强字讀。按古本及元譜。皆被親强求讀。赴選場句。被君强官讀。爲議郎句。

七論核實。如羅鼓令。令乃朝元令。及刮鼓令。又太平令。與包子令何干。如梧桐歌。歌乃六幺歌。郎六幺令別名也。與孝順歌何涉。

八論檢訛。有係句法者。如拜月亭三月海棠第八句。一躍龍門變。查正則五字句依然。有係章法者。如綵樓記賽紅娘。查增第四句休怨憶。則本調固在。

九論證正。有腔調從未著明者。如天長地久套。應時明近等曲。今始得著落。有彼此嘗相疑似者。如霍索起披襟套。馬鞍兒。皂羅袍二調。今始得分明。

十論引證。一調有不知句之幾何者。如琵琶記紅衲襖。有呂蒙正七句可證。一句有不知字之幾何者。如拜月亭豆黃葉。除去第三第七二句之七字。全章皆四字成句者。有咏朱買臣曲可證。

十一論尋真。真在善格。務微顯闡幽。如王十朋黃鶯兒。末句六字是正體。忽畧至今。致後人但知有五字者。何異於簇御林真在善本。務去非從是。如暗思金屋套。憶多嬌全曲。經篡筆沿習至今。但知贋本托以江神子。

十二論闕疑。有闕所非闕者。如琵琶記惜奴嬌體少變矣。中少二字。原本如是。非闕也。今沈譜空之。唱者不能停腔。閱者不能妄益。此失之太泥。有闕所當闕者。如琵琶記底折煞尾。原本原脫一字。今坊本擅加一字。而曰盡說孝男拜孝女。固非。至時譜直抹去之。而曰顯文明開盛治。說孝男并義女。使學者昧一故格。雜一新格。此又失之太率。

十三論襯字。修補襯字。以便填詞。當正音聲。不拘文理。有未必襯而襯者。襯爲是。如琵琶記懶畫眉第四句。人必襯在字。而曰殺聲絃中見此。因在字去聲。不惟發調。且音律和諧耳。此但取音聲而略文理。余所稱服。有不當襯而襯之者。襯爲非。如琵琶記古輪臺換頭第二句。必應七字。非若下句可七可六。沈譜取東坡詩餘。圓缺陰晴離合悲歡之義。故以與字襯之。徒顧文理。而壞格式。今所不敢聞命。但據詞中襯字。實詞家不得已而用之者。原係虛文也。凡今歌者。萬不可以其與正字同列。甚至有於其上用板者。益謬也。按古人舊詞。即如三節之暗襯。亦無沾一於上者。若然。調律章規句體皆亂矣。學者切宜慎之。

葉懷庭納書楹曲譜

納書楹曲譜內。散套時劇。多採自當時所傳唱及古選本內。每不知其來歷。茲摘記如下。

小石角歸來樂。分五段。載正集卷三之末。目錄標作東坡詞。未知何說。大概係隱括東坡詞意也。

兀的不一套。用仙呂疊字錦雌雄畫眉灞陵橋山東劉衮尾聲。目錄謂鐵冠圖借作夜樂內用。評云。此套不知來自何處。幽豔蒼涼。得未曾有。惜傳寫錯誤甚多。今略爲訂正。不能完善也。

高宮正調合套柳飛綿一套。見續集卷四。

仙呂雙角合套新水令一套。見續集卷四。

外集卷二思凡一劇之後。有小妹子一劇。無調名。詞極詼詭。

羅夢一劇。演羅和做傭工。遇寶做夢事。與來生債內所演是一事。

補遺卷四。有仙呂八聲甘州詠蝶一套。首曲末句云。見十九個粉蝶兒巧筆難裝。以下用混江龍。醉中天。後庭花煞三調。十九句。各寫一蝶之狀。詞極生動。

又有咏花及紅日兩題。各用仙呂大紅袍一調。

又有黃鐘醉花陰。紫甸青郊淑氣發一套。材料極平常。而詞頗新俊可喜。
又有小十面一套。因牌調全然與譜不合。書中遂刪去牌名。而專載詞。
時劇中有來遲。用榴花好一套。有孟姜女四段。一尾有崔鶯鶯。用山坡羊掛枝兒二調。有醉楊妃。新水令一套。惟首調之後各調俱不詳。而末以清江引作結。有昭君。凡七調。長短不一。均無牌名。有僧尼會。賞宮花。步步嬌各一套。有拾金。四邊靜一套。有夏得海。三調。無牌名。有借靴。四調。無牌名。有私推。玉芙蓉三枝。有踏繖。雖無調名。而詞與幽閨相仿。有蘆林。應係傳奇內之一齣。有小王昭君。山坡羊。竹馬兒二調。而以故園煞作結。有金盆撈月。用如夢令。與二犯朝天子。滾三次。結以尾聲。韻各不同。

譜前凡例中論板眼略云。抽板。取其簡便。如首曲次曲牌名俱同。俱有贈板。則次曲可以抽板矣。有贈板中唱散板一句者。或贈板中忽唱無贈板者。又或末兩句唱無贈板者。此皆搬演家取便處。今姑從之。淚板。如活捉。思凡。羅夢等曲。必不可少。其他遇欲加淚板處。必須斟酌。

目錄後載評語甚多。茲彙錄之。元曲元氣淋漓。直與唐詩宋詞爭衡。惜今之傳者絕少。百種係臧晉叔所編。觀其刪改四夢。直是一孟浪漢。文律曲律。皆非所知。不知埋沒元人許多佳曲。惜哉。

五臺。即昊天塔 依元人舊本改定。北餞。蓮花寶筏中一折 氣盛辭雄。的係元人手筆。惜爲俗伶所刪。余未見原本。姑爲酌定。

南西廂。明李日華作。以北改南。煞費苦心。然未見有點金成石之憾。故置之續集中。惟聽琴驚夢二齣。與北曲文詞相合者多。特採入正集。

西樓記名振一時。然佳篇甚少。惟俠試氣魄雄偉。選入正集。

紅梨記詞旨亦稱爾雅。嫌其筆力稍弱。每二三曲後。即有捉襟露肘之態。惟閒情始終勻稱。選入正集。

長生殿詞極綺麗。宮譜亦諧。但性靈遠遜臨川。轉不如四夢之不諧宮譜者。使人能別出新意也。長生殿依傍長恨傳。乃長恨歌成篇。於開寶逸事。摭採略徧。故前半篇每多佳製。後半篇則多出稗畦自運。遂難出色。第恐愛歌長生殿者。其願未饜。且世少別譜。故正集中不入選者。仍錄入續集中。聞鈴。俗以萬里巡行。與玉輦巡行。分作兩套。今合之。惟取詞之佳者登譜。不拘二稿三稿之說。彈詞。此曲用二稿。欲其與貨郎旦相符合也。按此劇在長生殿中。是極佳之曲。及與貨郎旦一相較。遂判天淵。乃知元人力量之厚。

北拜。即連環記中曲元曲中之次者。且未錄全。故入續集。

漁樵。照元人舊本改定。

燕子箋。阮圓海以尖刻爲能。自謂學玉茗堂。其實全未窺見毫髮。笠翁惡札。從此濫觴矣。

逼休。寄信。亦屬漁樵記二本非元人佳製。加以俗伶竄改。陋劣處甚多。故置之外集。

四夢譜。有王文治序。略云。吾友葉君懷庭。誠哉玉茗之功臣也。楞嚴經云。琴瑟箜篌。雖有妙音。若無妙指。終不能發。玉茗四夢。不獨詞家之極則。抑亦文律之總持。及被之管絃。又別有一種幽深豔異之致。爲古今諸曲所不能到。俗工依譜諧聲。何能傳其旨趣於萬一。非吾懷庭。有以發之。千載而下。孰知玉茗四夢聲音之妙。一至於此哉。懷庭於古今諸曲。皆有訂本。同人欲選其尤著者。刊板以廣其傳。四夢皆在首選中。顧束於方幅。不能多載。余欲將牡丹亭全本另刊以行。力爭乃可。（中略）顧牡丹亭之佳處。雖曰難知。然昔人表彰者多。紫釵穠麗精工。佳處易見。然世已罕能知之。至邯鄲。南柯。囊括古今。出入仙佛。詞義幽深。洵玉茗入聖之筆。又玉茗度世之文。而世人絕無知者。加以刊本弗精。魯魚難辨。且玉茗興到疾書。於宮譜復多隕越。懷庭乃苦心孤詣。以意逆志。順文律之曲折。作曲律之抑揚頓挫。綿邈。盡玉茗之能事。可謂塵

世之仙音。古今之絕業矣。此書成。薄海以內。定有賞
音。如或不然。請俟諸五百年以後。
四夢譜有乾隆壬子自序。略云。臨川湯若士先生。天
才橫逸。出其餘技爲院本。瓌姿妍骨。斲巧斬新。直奪
元人之席。生平撰著甚夥。獨四夢傳奇。盛行於世。顧
其詞句。往往不守宮格。俗伶罕有能協律者。邯鄲。南
柯。遭臧晉叔竄改之厄。已失舊觀。牡丹亭雖有鈕譜。
未云完善。惟紫釵無人點勘。居然和璞耳。余少喜掇
拾舊譜。而以己意參訂之。邯鄲。南柯。牡丹亭。三種。殫
聰傾聽。較銖黍而辨芒杪。積有歲年。幾於似矣。（中略）三
種向有舊本。余故得摭其失而訂之。而紫釵之譜。蒙
獨創焉。（下略）四夢譜凡例有云。南曲之有犯調。其異同
得失。最難剖析。而臨川四夢爲尤甚。譜中遇犯調諸

曲。雖已細注某曲某句。然如雙梧鬬五更三節鮑老等名。余所創始。未免穿鑿。

補遺集乾隆五十九年自序云。上自琵琶。下至時劇。凡梨園家搬演。而手曾製譜者。悉付剞劂。中附時人散曲。及黃石牧四才子等套。蓋余一生手口所涉獵。畢綴諸此。

譜中考訂曲律曲文處甚多。茲並綴記於此。

同調合唱之處。謂之合頭。正集琵琶譜批云。凡合頭不可更換一字。

琵琶思鄉雁魚錦。細犯何曲。古九宮不注出。南詞定律注出。殊未盡叶。荊釵浣紗諸本。已奉此為成規矣。

虎囊彈寄生草次句。相辭乞士家。乞士即比丘之華言也。謂內乞法資心。外乞食資身。

仙呂十二紅。非比商調中者。可以細注牌名。蓋其所集之曲。互相同異。且以板式律之。率與本曲不合。此套向注醉扶歸。繡帶兒等名。今悉刪去。歌者如遇十二紅。即以爲仙呂之正曲也可。

牧羊記牧羊齣黑麻序前一調。舊名惜奴嬌。全不合。今改夜行船。

牧羊記煎粥齣首調一秤金。惟此一齣。他不經見。說者謂集十六調。故名。而南詞定律。九宮大成。注有牌名腔板。又各不同。以視近時之譜。大相逕庭。且近時之譜。亦不能劃一。皆難信從。今但取和粹之聲爲腔調。遵古九宮以定板眼。不另注所集何調。

療妒羹題曲齣。長短拍及尾聲。搬演家所歌宮調太高。殊無韻致。今照散曲畫樓頻倚填譜。綿緲清微。情文頗合。而無知俗工。謂余杜撰一格。豈不可笑。

## 徐興華太古傳宗

莊親王序。上略 茂苑徐興華。古吳朱廷鏐。以詞學知名當世。嘗手出琵琶調宮譜。請正於余。題曰太古傳宗。余惟琵琶製自西漢。昔人嘗以箏琶合調。斯譜音節。既與今世所行絃索稍異。則按之於昔。其亦猶有相近者歟。沿流以溯源。固未可疑其標題爲誕也。下略

朱廷璋序。上略 溯自周陳以上。雅鄭淆雜而無別。隋文帝始分爲二部。金元院本。蓋根於燕樂之二十八調。至於工尺字譜。未詳起於何時。而楚辭大招。即有四上競氣之句。其從來久矣。間攷宋史燕樂書。以工尺十字書。分配十二律呂。而勾爲低尺。合爲低六。四爲低五。是字雖有十。而音原止於七。究與五聲二變之

理相通。況吾夫子刪詩。其所存者。太史公謂皆絃歌。以合韶武之音。循是說也。三百篇而下。曰詞曰曲。一皆接武風騷。惟管律絃音生聲取分有不可比而同者。斯譜六引遞奏。其聲嘽緩而疏越。其調温雅而冲泰。今之樂由古之樂。其信然耶。乃思燕樂者。律呂之支流也。雅樂者。律呂之宿海也。譬如神禹治水。豈有專事疏瀹決排。而井溝成洫。毋庸盡力者乎。茲譜一出。浩浩乎無遠之不集。淵淵乎靡幽之不通矣。下略

新安朱珩序。上略 昔者李謩於天津橋擫笛。自謂以爪畫譜記之。乃知曲之藉譜以度其聲也。由來尚矣。溯元迄今。如馮猶龍之曲律。王元美之曲藻。並南音三籟。太和正音。諸譜行世。皆各得其說。若夫絃索之譜。古今罕見。吳中湯子彬和。顧子峻德。並鍾期之知音。

繼周郎之顧誤。嘗著太古傳宗一編。品法精良。卓越恆蹊。按宮商配以合套。加工尺晰其斷續。始於絃索。立諸準繩。喜遇徐朱二子。復商榷增訂於內廷侍直之暇。（中略）春秋暇日。敬閱九宮大成。其間廣收博採。涵古包今。向之珍馮王各譜爲隋璧者。茲則其燕石耳。珩又讀太古傳宗。向之嗜絃索辨訛等書爲禁臠者。茲則其塵飯耳。（下略）

平江孫鵬原序。（上略）己亥夏日。偶遇湯子彬和。覘其人恂恂然。窺其動容言貌。溫粹以和。似亦深有得於樂中三昧之益者。語次袖出一卷。曰太古傳宗譜。考其義意、蓋倣古之琴絃、有音無文之樂、而以時尚相傳之散曲、按配宮商、彙成二譜、其說有一板八眼、重以一十六彈。以符一時八刻十五分之義。且云。是書鑽研久矣。嘗訂於顧子式。子式。蘇郡之名師也。意將畢一生之精力。而以公之於天下。惜乎採求未竟。遽云徂謝。譜傳姪孫峻德。繼先人之貽志。復參互而集成之。共分西廂譜二卷。宮詞譜二卷。下略

湯斯質原序。粵自倚聲創製。宮譜載興。既詞質而韻嚴。亦聲諧以調穩。手隨心得。志以聲宣。聽江上之琵琶。青衫欲濕。按橋頭之曲譜。玉笛偷傳。王昭儀一卷金陀。恨留隔代。汪水雲三聲石鼓。怨絕當年。積以流傳。漸多譌誤。遂使金閨麗句。亥豕溷淆。菊部遺音。宮商舛錯。況自絃索調分。僅覩雲中片玉。歌樓格出。尤推吳下千狐。苟不辨其妍媸。豈能定以規式。予不敏。少而從事歌曲。晚益留心宮調。嘗將時下所行元音數曲。核之辨訛諸錄。不揣愚狂。逐加考訂。去句字之

宄舛。正腔板之乖異。註譜一卷。用以自私。戊戌仲夏。適與顧子峻德。相遇。閑窗論次。偶及西廂一劇。由來膾炙人口。惜乎爲好奇者刪改。殊乖正格正音。近得絃索辨訛一書。曷不與六才子外書合參。使其字不厭襯。句不犯格。音必求其協律。調不可以溷腔。因復相與參核。譜成全書。彙爲兩帙。將以公諸同好。專祈斧正。非敢自鳴杼軸以矜人。亦不欲爲依樣葫蘆以自誤。庶脫吻傳音。不失秦娥之舊。捧心效病。無增鄰女之羞云爾。時康熙壬寅年。中秋上浣。古吳湯斯質。題於墨香書屋。

琵琶調說云。夫琵琶亦祇絃索中之一器耳。然其創製爲最古。樂誌謂出於絃鞉。杜摯以爲興於秦末。而其以指搯擅長者。亦不一其人。若阮咸。若王維。若曹剛。若李龜年。賀懷智輩。班班可紀。茲姑弗具論。論其調之所由名。俾見授受者之非無所自矣。蓋琵琶有撥法。有品法。撥法伊何。厥目有七。曰勾。曰挑。曰輪。曰掃。曰擘。曰拍。曰打。更一板八點。中板倍之。則用一十有六點。慢板再倍之。則用三十有二點。疾徐高下。純乎自然也。品法伊何。字音未出。先冠以工尺一句。勿作腔論。俗所謂亮調是也。按斯譜先止傳工尺板眼。有聲而無詞。如毛詩之南陔白華。章句咸闕。迨後知音者尋其宮調。繹其牌名。以元明人之南北曲配合成篇。方始情文備至。絃次昭然。功不在束皙補亡詩下也。間考北西廂絃索刊本。雖載工尺而旁無小眼。恆多舛訛。茲則限其格式。一板八眼。殆取一時八刻之義。其工尺每行定以三十二字。乃合琵琶三十二點之數。有音者則註工尺。無工尺者則以點識之。是卽隨上音彈者。他如奇逢折內。點絳唇「游藝中原」遊字前先註工尺一句。及混江龍末句。「斷簡殘篇」每一字皆冠工尺一句者。卽品法也。覈之絃索北調。則無此式。絃索北西廂容或有之。亦稱爲品。然亦不過一二工尺而已。終不若斯之繁且多也。其餘如假寓折內醉春風引惹得心忪之忪字用兩底板。一在腔上。一作收煞。不察者將謂板式點於無工尺曲文上。不亦誤耶。庸詎知此正跌宕輪音之處。抑套曲首句及賺煞尾。用連點以記之。名爲搖腔。卽輪掃拍打之謂也。是皆撥法也。蓋此譜爲內庭供奉之樂。世之度曲家。罕有津逮者。或謂自唐季李龜年之遺緒。雖世遠年湮。莫之或考。而緩調平絃。温雅沖泰。亦幾幾乎此曲祇應天上有矣。若夫京房之律準。梁武帝之律通。彼時律管未定。借絲音以爲模範者。豈可同日而語哉。

凡例略云。王實甫北西廂。諸家翻刻頗多。不能畫一。今從六幻西廂定本採訂。至各宮調南北詞。皆從雍熙樂府。北宮詞紀。詞林摘豔。盛世新聲、及諸傳奇善本考定。

譜中品法。皆在字句之前。係琵琶中之撥法。俗謂亮調。勿作腔度之。

譜中有一句作兩頓而出全句者。如西廂記聯吟套內調笑令首句。我這裏甫能。我這裏甫能見娉婷是也。此蓋製調取其抑揚。非曲文體格應爾。閱者審之。

譜中工尺等字。有高音平音低音三者之分。高者其聲最清。工尺之旁。卽加亻旁。平音者卽本字之音。低音者其聲最濁。諸舊譜皆以凡工尺之式爲記。但凡用此三字之聲。必以四合在前帶下。且四合二聲原本濁音。自上而下。一覽便知。是以譜中止用凡工尺三字。不同諸譜標出。示省文也。

譜中凡工尺有急遽之處。則用旁寫。且二字共占一格。以分別之。假如旁註工尺二字。其正字應工字出音者。則占上半格寫。緊貼工字之上。應尺字出音者。則占下半格寫。緊貼尺字之上。使閱者一目瞭然。餘仿此。

譜中或曲文應用疾唱者。則將曲文二字疊寫一格。以便觀覽。如西廂記聯吟套內金蕉葉末句。比我二字。初見一二字是也。餘仿此。

## 王驥德校注古本西廂記

萬曆癸丑粲花館主人序。吾友會稽王伯良氏。博雅君子也。於學無所不窺。而至聲律之閑。故屬夙悟。雅爲吾郡詞隱先生所推服。謂契解精密。大江以南一人。中略 其書毋論校讎之覈。令魯靈光不改舊觀。而疏語以折蜩螗之喙。考說以破笥楃之疑。鉅苞經史。瑣拾稗官。淺叶康衢。精比黍籥。俾字無可姦之律。證有必信之文。破壁復完。羣吠頓息。蓋詞隱夙有此志。而見伯良且先着鞭。輒閣筆自廢。下略

王氏自序云。余既覓得碧筠齋。若朱石津氏兩古本。序碧筠齋者。稱淮干逸史。首署疏注。僅數千言。頗多破的。朱石津不知何許人。視碧筠齋大較相同。闕中杜逢霖序。言朱沒而其友吳厚丘氏手書以刻者。並

屬前元舊文。世不多見。餘刻紛紛。殆數十種。僅毘陵徐士範、秣陵金在衡、錫山顧玄緯。三本。稍稱彼善。徐本間詮數語。偶窺一斑。金本時更字句。亦寡中窾。獨顧本類輯他書。似較該洽。恨去取弗精。疵繆間出。然總之影響俗本。於古文無當也。故師徐文長先生說曲大能解頤。亦嘗訂存別本。口授筆記。積有歲年。（中略）輒手丹鉛。爲訂其譌者。芟其蕪者。補其闕者。務割正以還故吾。余家藏元人雜劇。可數百種許。間有所會。時疏數語。又雜采他傳記。若諸劇語之足相印證者。漫署上方。久之。遂盈卷帙。既又并徵之本傳。若王性之氏辯證。及顧本所錄。諸引篇章有繫本記者。別爲攷正一卷。附之簡末。（中略）大抵取碧筠齋古注十之二。取徐師新釋亦十之二。今之詞家。吳郡詞隱先生。實稱指南。復函請參訂。先生謬假賞與。凡再易稿始克成編。（中略）抑舊傳是記爲關漢卿氏所作。邇始有歸之實甫者。則涵虛子之正音譜故臚列在也。獨世謂漢卿續成其後。未見確證。然淄澠涇渭之辨。殊自不廢。兩君子他作。實甫以描寫。而漢卿以琱鏤。描寫者遠攝風神。而琱鏤者深次骨。須持此以當兩君子三尺。思且過半。（下略）

凡例略云。碧筠齋本。刻嘉靖癸卯。序言係前元舊本。第謂是董解元作。則不知世更有董本耳。朱石津本。刻萬曆戊子。較筠本間有一二字異同。則朱稍以己意更易。然字畫精好可翫。（下略）雍熙樂府全記。皆散見各套中。然亦今本。不足憑也。

元劇體必四折。此記作五大折。以事實浩繁。故創體爲之。實南戲之祖。舊傳實甫作至草橋夢止。直是四折。漢卿之補。自不可缺。然古本止列五大折。今本離爲二十。非復古意。又古本每折漫書。更不割截另作起止。或以爲稍刺俗眼。今每折從今本仍析作四套。

下略

古本以外扮老夫人。署色止曰夫人。又店小二。法本。杜將軍。皆曰外。本又曰潔。張曰末。鶯鶯曰旦。紅娘曰紅。歡郎曰倈。法聰。孫飛虎。及鄭恆。皆曰淨。惠明曰惠。琴童曰僕。

中原音韻凡十九韻。記中前四折各套各用一韻。惟第二折第二套中呂曲重用庚青一韻。稍稱遺恨。至第五折之重用尤侯支思真文三韻。補用魚模一韻。此亦他人續成之一驗也。

上略諸本益以絡絲娘一尾。語既鄙俚。復入他韻。又竊後折意。提醒爲之。似搊彈說詞家所謂且聽下回分解等語。又止第二三四折有之。首折復闕。明係後人增入。但古本並存。又太和正音譜亦收入譜中。中略今從秣陵本刪去。下略

明楊慎黃鶯兒詞　何處閱仙粧。鎖祇園春夜長。垂鬟淺黛情先向。融融粉香。熒熒淚光。遊春夢斷空相望。問伊行。爲誰惆悵。憔悴只因郎。詞隱生云。爲誰惆悵。改作平平仄仄乃叶。按楊慎字用修。中略所作黃鶯兒八首。悉取前毛滂續調笑令詠崔徽諸美人詩。以寄今調。命曰調笑白語詞。首二字各因本詩末語。亦用秦淮海調笑令例。此詞以咏鶯鶯。載博南新聲。

明徐渭和唐伯虎題崔氏真詩跋　徐文長先生諱

渭。別號天池。山陰人。余師也。中略往往先生居。與予僅隔一垣。就語無虛日。時時及崔傳。每舉新解。率出人意表。人有以刻本投者。亦往往隨與。偶疏數語上方。故本各不同。有彼此矛盾不相印合者。余所見凡數本。惟徐公子爾兼本。較備而確。今爾兼沒不傳。世動稱先生注本。實多贋筆。且非全體也。

白居易撰元微之墓誌銘跋　按微之即傳所稱張君。自董解元益名曰珙。實甫因之。世遂意真有其人。下略

秦貫撰鄭崔合誌跋　按鄭恆故篤行賢者。配崔氏。亦婉娩可師。董解元以姓氏時代偶同。遂掇入詞中。世猥不察。脫非誌詞。汚衊甚矣。下略

王實甫關漢卿考　按元大梁鍾嗣成錄鬼簿。載王

實甫。關漢卿。皆大都人。漢卿號已齋叟。爲太醫院尹。
或言漢卿嘗仕於金。金亡。不肯仕元。爲節甚高。實甫。
漢卿。皆字。非名也。藝苑巵言謂西廂文傳爲關漢卿
作。邇乃有以爲王實甫者。且引太和正音譜載實甫
詞十三本。以西廂爲首。漢卿六十本。不載西廂爲據。
然正音譜係國朝寧藩臞仙所輯。實本之錄鬼簿。二
人生同時。居同里。或後先踵成。不可考。特其詞較然
兩手。略見前序。及例中。巵言又謂或言至郵亭夢止。
或言至碧雲天止。則不知元劇體必四折。記中明列
五大折。折必四套。碧雲天斷屬第四折四套之一無
疑。又實甫之記。本始董解元。董詞終鄭恆觸階。而實
甫顧闕之。以待漢卿之補。所不可解耳。
劉麗華西廂記題辭跋　按劉麗華。字桂紅。金陵富

樂院妓也。刻有口傳古本西廂記。此其題辭。范子虛跋。（下略）

詞隱先生手札三通　頃來兩勤芳訊。僅能一致報柬。何乃又煩先生注念。重以佳集之貺耶。日盥洗莊誦。真使人作天際真人之想。豈直時輩不敢稱小巫。遂令元美先生難爲前矣。所寄南曲全譜。鄙意僻好本色。殊恐不稱先生意指。何至慨然辱許敘首簡耶。（中略）王實甫新釋。頃受教。已有端緒。俟既脫稿。乞寄示。或有千慮之一得。可備采擇也。（下略）

昨從瑤山丈所。得先生所致手札。并新咏二冊。曠若復面。何先生之不吐棄不佞至此也。感思次骨矣。頃辱示西廂考注。業精詳矣。更無毫髮遺憾矣。真所謂繭絲牛毛。無微不舉者耶。既承下問。敢不盡其下臆。

蓋作北詞者。難於南詞幾倍。而譜北詞。又難於南詞幾十倍。北詞去今益遠。漸失其真。而當時方言及本色語。至今多不可解。卽正音譜所收。亦或有未確處。誰復正之哉。今先生所正。誠至當矣。又以經史證故實。以元劇證方言。至千古之冤。舊爲羣小所竄。若衆喙所訾者。俱引據精博。洗發痛快。自有此傳以來。有此卓識否也。敬服敬服。承諭依正音譜。以襯字作細書。甚善。第更乞詳查每調。既以譜爲主。至於入聲字。更查中原音韻。所謂作平作上作去者。截然不可易。乃妙。第如俗人機之俗字。生以其作平。難合調。輒妄改作世字。而玉石俱焚之石字。周高安既以爲石叶作平。則此句第二字。用不得平聲。如此之類。須一一注明。不誤後學。乃盡善耳。注中會意處。偶題數語。若肯綮處。偶著丹鉛。亦什中之一。未盡揚厲。至偶有鄙見。願與先生商略之者。悉署片紙上方。未知當否。如他日過焦先生。不識可以鄙人所標。并就其雌黃否也。生去冬幾死。今僅存視息。筆硯久塵。不能爲先生玆刻糠秕。刻成望惠一部。秋深見過之約。山靈實聞此言矣。儻能與呂勤之兄同此行。尤勝事也。近無拙刻。無可爲報。愧且奈何。鄴架有魯齋郎劇。敢借一錄。不敢失汚也。不具。夏五十有九日。

小柬封後。猶有越調小絡絲娘煞尾二句體。先生皆已刪之矣。然查正音譜。亦已收於越調中。且此等語。非實甫不能作。乞仍爲錄入於四套後。使成全璧。何如。又言。

王氏跋語後又注云。吾鄉先達姚江孫比部先生。音律最精。兼工字學。蓋得之其諸父大司馬公者。往以質先生。先生欣然命管。標識滿帙。裨益不淺。是傳之成。徵詞隱及比部兩先生雅意良後。又弁識於此。

評語十六則。

西廂。風之遺也。琵琶。雅之遺也。西廂似李。琵琶似杜。二者無大軒輊。然琵琶工處可指。西廂無所不工。琵琶宮調不倫。平仄多舛。西廂繩削甚嚴。旗色不亂。琵琶之妙。以情以理。西廂之妙。以神以韻。琵琶以大。西廂以化。此二傳之尺。

西廂妙處。不當以字句求之。其聯絡顧盼。斐亹映發。如長河之流。率然之蛇。是一部片段好文字。他曲莫及。

西廂概言。無所不佳。就中摘其尤者。則相國行祠。風靜簾閒。晚風寒峭。彩筆題詩。夜去明來數曲。窮工極妙。更超越諸曲之上。巧有獨至。即實甫要亦不知所以然而然。

諸曲平仄。較正音譜或時有出入。然自不妨諧叶。試錯綜按之。無不皆然。所謂柳下惠則可也。

中原音韻所謂字別陰陽。曲中精髓。然以繩西廂。亦不能皆合。如點絳唇首句第四字。合用陰字。而游藝中原之原。與相國行祠之祠。皆是陽字。寄生草末句第五字合用陽字。而海南水月觀音院之觀。與玉堂金馬三學士之三。何時再解香羅帶之香。皆是陰字。以是知求精於律。政自不易。

西廂用韻最嚴。終帙不借押一字。其押處雖至窄至險之韻。無一字不俊。亦無一字不妥。若出天造。匪由人巧。抑何神也。

記中諸曲。生旦伯仲間耳。獨紅娘曲。婉麗豔絕。如明霞爛錦。爍人目眥。不可思議。

西廂諸曲。其妙處正不易摘。王元美藝苑卮言。至類舉數十語。以爲白眉。殊未得解。又其旨本香奩金荃之遺。語自不得不麗。何元朗四友齋叢說。至訾爲全帶脂粉。然則必銅將軍持鐵綽板。唱大江東去。而始可耶。

涵虛子品前元諸詞手。凡八十餘人。未必皆當。獨於實甫謂如花間美人。故是確評。

董解元倡爲北詞。初變詩餘。用韻尚間俗詞體。獨以俚俗口語譜入絃索。是詞家所謂本色當行之祖。實甫再變。粉飾婉媚。遂掩前人。大抵董質而俊。王雅而艷。千古而後。並稱兩絕。陸生偕父。復譜爲會真。寧直蛇足。故是螳臂。多見其不知量耳。

實甫要是讀書人。曲中使事。不見痕跡。益見爐錘之妙。今人胸中空洞。曾無數百字。便欲搖筆作曲。難矣哉。

元人稱關鄭白馬。要非定論。四人漢卿稍殺一等。第之當曰王馬鄭白。有幸有不幸耳。

往聞凡北劇皆時賢譜曲。而白則付優人塡補。故率多俚鄙。至詩句益復可唾。西廂諸白。似出實甫一手。然亦不免猥淺。相沿而然。不無遺恨。

今曲以西廂琵琶爲青鳳吉光。而二曲不幸皆遭俗子竄易。又不幸坊本一出。動稱古本云云。實不知古本爲何物。余嘗戲謂時刻一新。是二曲更落一劫。客曰。今寧必無更挾彈于後者耶。余謂余固不爲此輩設也。

西廂韻士。而爲淫詞。第可供騷人俠客賞心快目。抵掌娛耳之資耳。彼端人不道。腐儒不能道。假道學心賞慕之。而噤其口。不敢道。李卓吾至目爲其人必有大不得意於君臣朋友之間。而借以發其端。又比之唐虞揖讓。湯武征誅。變亂是非。顛倒天理。如此豈講道學佛之人哉。異端之尤。不殺身何待。獨云西廂化工。琵琶畫工。二語似稍得解。又以拜月居西廂之上。而究謂琵琶語盡而詞亦盡。詞竭而味索然亦隨之以竭。此又竊何元朗殘沫。而大言以欺人者。死晚矣。頭俗子復因焚書中有評二傳·及拜月·紅拂·玉合諸語·遂演爲亂道·終帙點污·覓利瞽者·余戲謂客·是此老阿鼻之報·客爲一笑·

天池先生解本不同。亦有任意率書。不必合窽者。有前解未當。別本更正者。大都先生之解。略以機趣洗發。逆志作者。至聲律故實。未必詳審。余注自先生口授而外。於徐公子本。采入較多。今暨陽刻本。蓋先生初年厓略之筆。解多未確。又其前題辭傳寫多訛。觀者類能指摘。至以實甫本爲董解元本。又疑董本有二。此尤未定之論。董解元爲金章宗朝學士。始創爲搊彈院本。實甫循董之緒。更爲演本。由元至今三百餘年。由董至王。亦一百二三數十年。（董解元。蓋宋光寧兩朝間人。）時代久遠。流傳失真。然其本故判然別也。陶宗儀輟耕錄所稱董解元作。正指搊彈之本而非誤。誤之者自淮干逸史始也。董本人間絕少。余往從友人劉生乞得。以呈先生。先生詫賞甚。評解滿帙。未及取還。爲人竊去。頃歙中及武林已有刻本。碧筠齋本間有存者。余初從廣陵購得一本。爲吾郡司理竟陵陳公取去。後復從武林購得一本。今存齋頭。而朱石津本尤秘。卽先生存時。亦未之見。余爲友人方將軍誠甫所貽者。憶徐公子本。先生亦從世人。以綿搭絮二曲爲落韻。聽琴折擬改幽室燈青爲燈紅。下一層兒紅紙。幾榥兒踈櫺。爲一跐兒糊刷。幾尺兒紗籠。問病折眉黛遠山二句。爲眉黛山尖不翠。眼梢星影橫參等語。皆別本所無。蓋先生實不知此調。故有中數句不韻一體。故余注本皆棄去不錄。暨本出。頗爲先生滋喙。余非故翹其失。特不得不爲先生一洗刷之耳。

吳吳山三婦合評還魂記

三婦者。黃山陳同次令。清溪談則守中。古蕩錢宜在中也。三婦先後適吳人舒鳧。陳先評上卷。談繼評下卷。錢則就全書增評。

吳舒鳧序云。吳人初聘黃山陳氏女同。將昏而沒。（中略）有邵媼者。同之乳媼也。來述（中略）同病中猶好觀覽書籍。終夜不寢。母憂其苶也。悉索篋書燒之。僅遺枕函一冊。媼匿去爲小女兒夾花樣本。今尚存也。人許一金相購。媼忻然攜至。是同所評點牡丹亭還魂記上卷。密行細字。塗改略多。紙光冏冏。若有淚迹。評語亦癡亦黠。亦玄亦禪。即其神解可自爲書。不必作者之意果然也。惜下卷不存。對之便生於邑。已取清溪談氏女則雅耽文墨。鏡奩之側。必安書簏。見同所評。愛翫不能釋。人試令背誦。都不差一字。暇日仿同意補評下卷。其杪芒微會。若出一手。弗辨誰同誰則。（中略）則既評完。抄寫成帙。不欲以閨閣名聞於外。間以示其姊之女沈歸陳者。謬言是人所評。沈方延老生徐丈野君譚經。徐丈見之。謂果人評也。作序詒人。於時遠近聞者。轉相傳訪。皆云吳吳山評牡丹亭。則又歿十餘年。人繼取古蕩錢氏女宜。初僅識毛詩字。不大曉文義。人令從崑山素氏妹學。教以文選。古樂苑。漢魏六朝詩乘。唐詩品彙。草堂詩餘諸書。二年而卒業。啟篋得同則評本。怡然解會。如則見同本時。夜分燈炧。嘗倚枕把讀。一日。忽忽不懌。請於人曰。宜昔聞小青者。有牡丹亭評跋。後人不得見。見冷雨幽窗詩。淒其欲絕。今陳阿姊評已逸其半。談阿姊續之。以夫子故。掩其名久矣。苟不表而傳之。夜台有知。得毋秋水燕泥之感。宜願賣金釧。爲鍥板資。意甚切也。人不能拂。

因序其事。

陳同題兩則云。坊刻牡丹亭還魂記。標玉茗堂原本者。予初見四冊。皆有譌字。及曲白互異之句。而評語率多俚陋可笑。又見刪本三冊。惟山陰王本有序。頗雋永。而無評語。又呂臧沈馮改本四冊。則臨川所譏。割蕉加梅。冬則冬矣。非王摩詰冬景也。復從嫂氏趙家得一本。無評點。而字句增損。與俗刻迥殊。斯殆玉茗定本矣。爽然對玩。不能離手。偶有意會。輒濡毫疏注數言。冬釭夏簟。聊遣餘閑。非必求合古人也。

又曰。還魂記賓白。間有集唐詩。其落場詩則無不集唐者。元本不注詩人姓氏。予記憶所及。輒爲註之。至於詩句中多有更易字者。如莫遣兒童觸瓊粉。作紅粉。武陵何處訪仙鄉。作仙郎。雖於本詩義刺謬。既義取斷章。茲亦不復批摘也。
談則題兩則云。右二段陳阿姊細書臨川序後空格七行內。自述評註之意。共二百四十字。碎金斷玉。對之黯然。談則書。
又云。向見牡丹亭諸刻本。詰病一折。無落場詩。獨陳阿姊評本有之。而他折字句。亦多異同。靡不工者。洵屬善本。每以下卷闕佚。無從購求。爲怏怏。適夫子遊苕雲間。攜歸一本。與阿姊評本。出一板所摹。予素不能飲酒。是日喜極。連傾八九瓷杯。不覺大醉。自晡時睡至次日。日射帳鉤。猶未醒。鬬花賭茗。夫子嘗舉此爲笑噱。於時南樓多暇。仿阿姊意評注一二。悉綴貼小籤。弗敢自信矣。積之累月。紙墨遂多。夫子過泥予。汪廷許可與姊評等埒。因合抄入苕溪所得本內。重加裝潢。循環展覽。笑與忭會。率爾題此。談則又書。

吳人記一則云。同語二段。則手抄之。復自題二段於後。後以評本示女甥。去此二頁。摺疊他書中。予弗知也。沒後檢點不得。思之輒增悵惘。今七夕曬書。忽從庚子山集第三本翻出。楮墨猶新。映然獨笑。又念同孤冢埋香。奄冉十三寒暑。而則戢身女手之卷。亦已三度秋期矣。悵望星河。臨風重讀。不禁淚潸潸下也。吳山人記。

錢宜題兩則云。此夫子丁巳七月所題。計予是時。十七齡耳。今相距十五稔。二姊墓樹成圍。不審泉路相思。光陰何似。若夫青草春悲。白楊秋恨。人間離別。無古無今。茲晨風雨淒然。牆角綠萼梅一株。昨日始花。不禁憐惜。因向花前酹酒。呼陳姊談姊魂魄。亦能識

梅邊錢某。同是斷腸人否也。細雨積花蕊上。點滴如
淚。既落復生。盈盈照眼。感而書此。壬申晦日。錢宜記。
又云。夫子嘗以牡丹亭引證風雅。人多傳誦。談姊抄
本采入。不復標明。今加吳曰別之。予偶有質疑。間注
數語。亦稱錢曰。不欲蕭艾云云。亂二姊之蕙心蘭語
也。若序首所注。則毋庸識別焉。宜又書。
卷後有附錄還魂事蹟考證。又或問吳山十七條。又
紀事及題跋。茲摘錄之。
或曰。曲有格。字之多寡。聲之陰陽去上限之。或文義
弗暢。衍爲襯字。限正字大書。襯字細書。俾觀者了然。
而歌者有所循。坊刻牡丹亭。往往如此。今於襯字。何
概用大字書也。曰。元人北曲多襯字。概用大書。南曲
何獨不然。襯字細書。自吳江沈伯英輩。始斤斤然。古

人不爾也。予嘗聞歌牡丹亭者。裊晴絲吹來閑庭院。格本七字。而歌者以吹來二字作襯。僅唱六字。具足情致。神明之道。在乎其人。況玉茗原本。皆大書。無細書襯字也。

或問。（中略）曰。予嘗論評曲家。以西河大可氏西廂爲最。

或問曰。有明一代之曲。有工於牡丹亭者乎。曰。明之工南。猶元之工北也。元曲傳者無不工。而獨推西廂記爲第一。明曲有工有不工。牡丹亭自在無雙之目矣。

或曰。子論牡丹亭之工。可得聞乎。吳山曰。爲曲者有四類。深入情思。文質互見。上也。審音協律。雅而本色。次也。吞剝方言讕語。專事雕章逸辭。案頭場上。交相爲譏。下此無足觀矣。牡丹亭之工。不可以是四者名之。其妙在神情之際。試觀記中佳句。非唐詩。即宋詞。非宋詞。即元曲。然皆若若士之自造。不得指之爲唐爲宋爲元也。宋人作詞。以運化唐詩爲難。元人作曲。亦然。商女後庭。出之牧之。曉風殘月。本於柳七。故凡爲文者。有佳句可指。皆非工於文者也。

黃丕烈陽春白雪題跋

蕘圃藏書題字載此書四種。一乃元刻十卷本。跋三段。二乃元抄十卷本。跋四段。三乃殘元刻二卷本。跋二段。四乃舊殘抄六卷本。跋三段。

（元刻十卷本）元刻陽春白雪。爲錢塘何夢華藏書。矜貴之至。因其是惠香閣物也。惠香閣。初不知爲誰所居。夢華云。是柳如是之居。茲卷中有牧翁印。有錢受之印。有女史印。其爲柳如是所藏無疑。惜玉憐香一印。殆亦東澗所鈐者。卷中又有墨筆校勘。筆姿秀媚。識者指爲柳書。余未敢定也。要之書經名人所藏。圖章手跡。倍覺古香。宜夢華之視爲珍寶矣。先是曾影抄一本。與余易書。但重其爲元刻。而其餘爲古書生色者莫得而知。今展讀一過。實饜我欲。雖多金又奚惜耶。書僅五十一番。相易之價。亦合五十一番。惜書之癖。毋乃太過。命工重裝。並誌緣起。嘉慶十有四年己巳正月二十有八日。雨窗誌。復翁。

余所見陽春白雪。共有三本。一爲影元鈔本。卽從此出。已有失真者。或因印本模糊。以致傳錄錯誤。或因閱者校勘。遂使面目兩歧。一爲殘元刻本。僅存二卷。多寡分合。又與此本不同。一爲舊抄本。似從殘元刻出。而稍有脫落。今擬以此刻爲主。而以殘元刻。舊抄。

參補未備。則陽春白雪。粲然可觀矣。然觀此刻原校。似當有殘元刻舊抄所未備者。是不知又何本也。古書難得。本子不同。爲之浩歎。當博訪之。復翁又識。

越歲。辛未中春。廿有二日。錢塘陳曼生。偕其弟雲伯。同過余齋。出此相示。因雲伯去年曾攝常熟邑篆。有修柳如是墓一事。於河東君手迹。亦有見者。茲以校字證之。雲伯以爲然。當不謬也。復翁記。

（元抄十卷本）惠香閣藏元人舊抄本陽春白雪十卷。依元刊本校錄一過。分注於下。丙子二月花朝。牧翁。

元人舊本陽春白雪。刻與抄異。其元刻亦牧老手校。有惠香閣女史題字在遵王處。此本亦惠香閨中物也。余得之句曲。廿餘年矣。康熙十年之春。樸學老人記。

予昔年得惠香閣所藏元刻陽春白雪十卷。初不知惠香閣爲何人。錢唐何夢華謂爲柳如是齋名。原本有錢受之。東澗。二印。惜玉憐香一印。無柳如是印。今獲此本。字作趙松雪體書。雅秀可愛。卷中校字。與元本中筆蹟。的出一手。古秀嫵媚。風韻尤絕。中有柳如是小印。惠香閣印。卷尾有牧翁印。並題字一行。知元刻與此。同出一源。予所藏陽春白雪共三本。年來已爲他人之物。乃垂老之年。復獲覩此秘本。非厚幸耶。惜元板二本久去。不得爲雙美之合。書魔之故智。能勿爲之惘惘乎。甲申二月復見。心翁記。

予齋藏宋元刊詞頗寥寥。昔得蕘翁舊藏東坡樂府。山谷詞。辛稼軒長短句。皆元精槧。而辛詞爲信州九行本字作松雪翁筆意。此本抄手極舊。字蹟古秀。於信州本爲近。元人佳抄。殊不易覯。且重以惠香名蹟。尤足珍愛。惟是集多寡不同。分卷亦異。惜未得蕘翁元刻。一爲校勘耳。壬戌十月既望。密娛軒識。有牧翁錢受之印。惠香閣印。惜玉憐香。遵王藏書。樸學齋。復翁。百宋一廛。諸印。

（殘元刻二卷本）楊朝英陽春白雪前後十卷。見諸也是園藏書目。余向從錢塘何夢華得影抄元本。卻十卷。分前後集。謂是足本。什襲藏之矣。頃書友攜一殘元刻本。取對影抄者。殊不同。止二卷。適當前集之五。然文較多於影抄者。想當時傳本有二也。而陸其清佳趣堂書目云。樂府新編陽春白雪。前集四卷。後集五卷。楊朝英選。貫酸齋序。又不知是何本。茲因參校元刻影元鈔本。復借得周丈香嚴藏舊抄本。卷數與陸目合。但以元刻本勘之。卷一自湘妃怨起。知所脫乃元刻一卷之首。影元抄二卷之前幾葉也。至卷中文字刪削。段數不全。惟殘元刻爲最備。蓋就此二卷。已多妙處。矧全本乎。余因全本不可得見。得見殘本。斯可矣。出重價購此。并不惜裝潢之費。職是故耳。原書闕損幾番。照影元抄本字體描補。異於不知而妄作。倘後來獲見此元刻之全本。審定卷數分合之所由來。鈔補後集文句之所未備。不更怡然渙然乎。書此以俟。並以告藏書家。雖殘本苟舊刻。寧取毋棄焉。嘉慶戊辰十月二十有二日。裝成識。復翁黃丕烈。

統計姓氏一葉。卷一十三葉。卷二十二葉。共二十六番。卷一一字。卷二二字。有改補之痕者。原遭俗子寫作卷上卷下。茲仍更正也。蕘圃。

（舊殘抄六卷本）錢塘何夢華。向年以元人抄本陽春白雪歸余。其時余姻家袁壽階。亦有藏本。較何本多外集一卷。今來武林。訪何君夢華。上吳山。翫遇賞樓書肆。見插架有此殘帙。遂購歸。可據所藏元人抄本補完。亦抱守老人之幸也。庚辰小春望後一日。書於松木場舟次。復翁。

道光壬午四月廿有五日。夢華從琴川返棹。過余。向余問及此書。因有人託抄副本也。余曰。此書除元抄本外。尚有一殘抄本。卻亦得諸武林。尚未抄全。君如應友人託抄。何不就君所藏副本上錄其半。卽以此下半冊合之。豈不成兩美乎。此議未決。而余卻思倩人抄全傳成完璧。以了宿願。遂先校其所有者。此殘本似從元抄本出。於紙損及字跡未明晰處。皆缺而不書。或書之不全。即此可見。唯八卷中八葉後。有欠葉三葉。討元抄本七十九行。或抄後失落。而此十二葉第十三行。至十五葉第八行止。增木蘭花慢十首。爲周草窗繼張成子作。蘇隄春曉十題。元抄本卻未之有。未知其何自寫入。即檢殘抄本八卷目。亦無此。可見書不校對。雖同出一源。而同異有如是者。亦無由知之。甚哉古書之難言也。廿有六日午後校畢識。

蕘夫。俱在卷前

余生平喜購書。於片紙隻字。皆爲之收藏。非好奇也。蓋惜字耳。往謂古人慧命。全在文字。如遇不全本而棄之。從此無完日矣。故余於殘缺者。尤加意焉。戲自號曰抱守老人。不謂數年來。完璧之書。大半散去。即斷珪亦時有割愛贈人者。宋元舊本。非得本子相同。無從補全。且工費浩繁。近年力絀。何能辦此。幸有大力者負之而趨。不惜多金鈔補。此亦書之幸。未爲余之不幸也。如此種小品。因有元抄本可補。故收之。向但知所缺在一至四卷。卻未知八卷中缺三番。昔之藏是書者。似亦知其缺。故留空格三葉在卷尾。以待後人抄補。今余適補之。如其葉數。據元抄計羨一行。而余寫此。適於第九葉誤落一行。省後續填。故十一葉格子盡。而文亦完。亦事之巧者。元抄本字體行草。非案文理求之。幾不可辨。故余自寫之。久未握管。腕力不能端楷。但取文理之無訛。不計字體之多拙也。廿有七日晨起。至午畢工。因記。六十老人。此則在卷末

東城旅客聞歌記太平樂府序

余澹心宴內祖所有聞歌記云。吳門徐生君見。以度曲名聞四方。與余善。著南曲譜。索予序。余之序有曰。南曲蓋始於崑山魏良輔云。良輔初習北音。絀於北人王友山。退而縷心南曲。足跡不下樓十年。當是時。南曲率平直無意致。良輔轉喉押調。度爲新規。疾徐高下清濁之數。一依本宮。取字齒唇間。跌換巧掇。恆以深邈。助其凄唳。吳中老曲師。如袁髯尤駝者。皆瞠乎自以爲不及也。良輔之言曰。學曲者移宮換呂。此熟後事也。初戒雜。無務多。迎頭拍字。徹板隨腔。無或先後之。長宜圓勁。短宜遒然。無剽五音。依於四聲。無或矯也。無豔。又曰。開口難。出字難。過腔難。高不難。低難。有腔不難。無腔難。又曰。歇難。閣難。此不傳之秘也。

良輔盡泄之。而同時婁東人張小泉。海虞人周夢山。
競相附和。惟梁溪人潘荆南。獨精其技。至今雲仍不
絕於梁溪矣。合曲必用簫管。而吳人則有張梅谷。善
吹洞簫。以簫從曲。毘陵人則有謝林泉。工擫管。以管
從曲。皆與良輔遊。而梁溪人陳夢萱。顧渭濱。呂起渭
輩。並以簫管擅名。蓋度曲之工。始於玉峯。盛於梁溪
者。殆將百年矣。此道不絕如線。而徐生蹶起吳門。奪
魏赤幟易漢幟。恨良輔不見徐生。不恨徐生不見良
輔也。徐生年六十餘。而喉若雛鶯靜女。松間石上。按
拍一歌。縹渺遲迴。吐納瀏亮。飛鳥遏音。游魚出聽。文
人騷客。爲之惝怳。爲之神傷。妙哉技至此乎。一日。徐
生語予曰。吾老矣。恐不能復作少年狡獪事。得吾之
傳者。乃在梁溪。以新秦公。有子五。而孫廿五人。人分

一宅。夾河列第。曾玄幾及三百。爲今太史留仙尊人。所蓄歌姬歌兒各五六人是也。君倘遊九龍二泉間。不可不見此人。聞此曲。余心識之久矣。庚戌九日。道經梁溪。適潁州劉考功公勇。擁大航西門外。留余方舟同遊惠山。吳明府伯成觴之。留仙則挾歌者乘畫舫。抱樂器。淩波而至。會於寄暢之園。於時天際秋冬。木葉微脫。循長廊而觀止水。倚峭壁以聽響泉。六七人者。衣青紵衣。躧五絲履。或綽約若處子。或恂恂如書生。列坐文石。或彈或吹。須臾歌喉乍轉。纍纍如貫珠。行雲不留。萬籟俱寂。余乃狂叫曰。徐生徐生。豈欺我哉。以其斂袖低眉。傾一座客也。分韻賦詩。三更乃罷。次日。復宴集太史家。又各奏技。余作歌貽之。俾知徐生之言不謬。良輔之道終盛於梁溪。而留仙父子。

風流跌宕。照映九龍二泉間者。與山俱高與水俱清也。今錄太平樂府。恨不得知音識曲。風流跌宕如諸先輩者一序之。東城旅客書於西園之西樓。

## 南曲之弊雙雄記序

龍子猶

詞家於今日。僉謂南音盛而北音衰。蓋時尚則然。余獨以爲不不。北音幸而衰。南音不幸而盛也。夫北詞暢於金元雜劇。本勾欄之戲。後稍推廣爲傳奇。而南詞代興。天下便之。荆劉蔡殺而後。坊本彗出。日益濫觴。高者濃染牡丹之色。遺卻精神。卑者學畫葫蘆之樣。不尋根本。甚至村學究手摭一二樁故事。思漫筆以消閒。老優施腹爛數十種傳奇。亦效顰而奏技。中州韻不問。但取口內連羅。九宮譜何知。只用本頭活套。作者逾亂。歌者逾輕。調罔別乎宮商。惟憑口授。音不分平清濁。只取耳盈。或因句長而板妄增。如荊釵記小梅香之類。或認調差而腔並失。如琵琶記把土泥獨抱之類。弄聲隨意。平上去入之不精。如讀忽爲上聲髒爲去聲之類。識字未真。唇舌齒喉之無辨。如孃你爲舌尖音宜北不宜南又不可以中州韻爲據也。語云。童而習之。白首不解。南詞之謂與。而世多耳食。謬爲南詞易。北詞難。嗚呼。南詞豈獨易哉。時尚在南。而爲南者多。時尚不在北。而爲北者少。爲南者多則易之。爲北者少則難之。易南而南之法已壞。難北而北之體猶存。由此言之。南非盛。北非衰也。孰幸孰不幸。亦可知也已。說者又謂北調入於絃索。南調便於簫管。吳人賤絃索而貴簫管。以故南詞最盛。是又不然。吳人直不知絃索耳。寧賤之耶。若簫管是何足貴。夫填詞之法。謂先有其音而以字肖之。故聲與音戾。謂之不協。不協者絀今簫管之曲。反以歌者之字爲主。而以音肖之。隨聲作響。共曲傳訛。雖曰無簫管可也。然則簫管之在今日。是又南詞之一大不幸矣。余發憤此道良久。思有以正時尚之訛。因搜戲曲中情節可觀。而不甚好律者。稍爲竄正。年來積數十種。將次第行之。以授知音。他不及格者。悉罷去。庶南詞其有幸乎。

## 與人論曲書見無近名齋文稿卷二　彭　翊

前承下問。以新曲見示。僕不自知其紕繆。敬効一得之愚。於原作不合處。妄爲乙出。僕爲此於舉世不爲之日。雖巴人下里之詞。而寥寥寡和。不啻陽春白雪。深幸足下之有同志。將來可以倡予和汝也。來示畏其法繁而苛。且謂僕勞心於小道。無所師承。安知其是與否。此足下淺涉之言也。敢爲足下陳之。自詩降而詞。詞降而曲。皆有自然之節奏。天籟與人籟。參焉者也。皆本乎性情而假物以鳴。各得其性之所近。所以一往而深。近於詩則詩。近於詞則詞。近於曲則曲。豈有異理哉。大匠必以規矩。而射必以彀。何事不然。乃獨於曲而難之。足下特以詩分平仄。而此則陰陽平上去入不可混淆。詞限字數。此則宮調有南有北。牌名有犯有攤破。拍板有頭有腰有底。不得其綱領。則紛然雜亂。觸手皆錯。宜其一步不可行也。能於自然之節奏有所會心。則某某處一定而不可易。某某處可以變化從心。而後知此中有樂境。非特因難見巧而已。欲於自然之節奏有所會心。無他。在乎多讀舊曲。自可神而明之。僕少好弄。自負天姿不劣。於醫卜星算。陰陽禽遁諸書。頗多涉獵。旋即棄去。獨於此

道。歷久不厭。已十數年矣。所見不下三四百種。臨川
粲花。不徒賞其穠麗。荆釵殺狗。亦勿厭其鄙俚。醖釀
久之。而後知於詩詞中爲佶屈聱牙處。皆曲中一定
之節奏。而斷斷不可易者也。所謂變化從心者。則在乎
襯字。視板之疏密。爲襯之多寡。製曲靈妙。全在乎此。
非獨使曲文條暢也。又在乎分宮製調。分宮則情景
求無乖戾。製調則變換不失自然。若者宜疾。若者宜
緩。若者宜板。若者宜絃。工夫至此。自有文成法立之
妙。尚何繁苛之足畏乎。昔臨川自言。不顧拗盡天下
人嗓子。今其詞具在。宮調頗雜。腔板頗亂。藉非後人
曲爲遷就。幾幾乎不可唱矣。然與爲笠翁之油濫。無
寧臨川之生澀。僕於二者。知所趨避。雖無師承。而謹
守前人矩矱。頗可自信也。至於詞藻。則取詩詞中最

新最豔者。否則取人人意中所有者。而翻案用之。旁面着筆。反面着筆。不如對面着筆。更能新豔。無他巧妙也。然其佳處。全在白描。白描能手。其輕倩處。不著一字。盡得風流。其渾厚處。沈鬱蒼涼。淋漓歌泣。是非寢饋於元人者不能。初學塡曲。且勿深求詞藻。取其新豔。而筆墨務求娟潔。若塡北曲。於入聲字加意考覈焉。可矣。芻蕘之獻。不覺言之娓娓者。深喜足下出筆娟秀。無擁腫拳曲之病。稍加學力。納之規矩之中。自無有斷鶴續鳧之誚。幸勿畏難而中止也。某再拜。

## 西崑片羽

蕉畊道人

戲劇一道自傀儡之制。遞嬗而爲人演。其裔飾劇中人物。登場表演者。統名之曰角色。以崑曲論角色名目繁多。然大別之曰末。曰淨。曰生。曰旦。曰丑。而末有副末。淨有副淨。生有老生。官生。巾生。二生。旦有老旦。正旦。搽旦。小旦。貼旦。而丑則一耳。然細究此種名目。何所取義。以及昉自何時。而談者輒數典忘祖。間一二點者。故作滑稽遁辭。藉以塞人詰質之門。其言曰。劇中角色之名目。其取義適皆相反。末角爲第一上場之人。（按明人院本。例於演劇中本事之前。有末角上場說明所演何種傳奇。那朝故事云云。）乃不曰首。而反曰末。淨須搽臉。面目穢黧。乃不曰汚。而反曰淨。生須挂鬚。乃不曰老年。而反曰後生。惟丑取正義。蓋醜也。此等註釋。絕無根據。識者固早知命名之初。決無如此譾陋分明。不學無術之徒。乘雅樂之淪亡。故作無稽之言。藉以欺世耳。

不才以讀書獵涉所得。詮釋各種角色名目之訓詁。

或較諸上述無稽之言。稍爲有當。按宋元當日開演戲劇時。往往以各種雜劇競技。及魚龍曼衍之舞。相間並作。在演劇之先。必有競舞。備作各種邊塞胡人。珍禽奇獸。怪誕詭浪舞態。迨及舞罷。則繼以演劇。而於舞末劇前。例有一種人物。喬裝出場。說明演劇旨趣。此種角色。名之曰舞末。或稱末泥。又稱末尼。故末者。舞末也。換言之。卽劇頭也。蓋藉此角色。引起以下演劇情節之謂也。明人因之。故作長篇傳奇院本時。開頭必有末角上場。說明演那朝故事。那本傳奇。其所以如此者。蓋藉以表明所演情節。係取古人實事而譜之。並非憑空杜撰也。

淨字爲參軍二字之別音。或曰。二人相爭之謂也。故字應從二。從爭。按古時有參軍戲。又稱弄參軍。其戲始於唐代。當時有漢館陶令石耽。有贓犯。應議罪。然和帝惜其才。欲免之。每屆宴樂。令耽衣白衣。命優人侮弄以辱之。期年。乃釋。後耽授參軍職。故稱是戲爲弄參軍。而後世每逢此等之謔浪游戲。而劇中人喬裝假官。做作癡呆。以受人侮弄。而取悅觀者之劇。統名之曰參軍戲。而參軍之對手脚色。則爲蒼鶻。其義蓋爲官吏之從人。卽蒼頭也。演劇時。參軍主裝呆。蒼鶻主打諢。猶後世副淨與小丑配搭而成趣劇也。故淨之一字。詮定爲參軍之促音。卽二字促呼成音。反切而成一字之謂。迨及後世。因蒼鶻爲參軍之副。故稱副淨。一說謂由二人相爭論。引出打諢發笑之語。以娛觀者。然非貫通前說。則後說仍難使人索解也。生爲劇中正派男子之通稱。而以年齡之長幼爲別。

然在元人當時雜劇中。角色祇有孤。而無生。蓋孤者。裝孤之簡稱。其意蓋表明帝王卿相自況之語。往往稱孤道寡。而裝孤者。由伶人喬裝帝王卿相。以出演於場上耳。久而久之。漸知孤字之稱謂。殊不足以包括諸種男角。而以生字代之。蓋士人由求學而至入仕。而位列三臺卿相。無不出於科舉一途。即武人亦有武科。故推究劇中人之本分。凡正派男子。其出身無非生也。漸至帝王。亦以生角充之。因是裝孤二字。遂不復見於今日矣。

曲海揚波卷六終

中華國學叢書

# 新曲苑（全四冊）

1912

作　　者／任中敏 編
主　　編／劉郁君
美術編輯／鍾　玟

出 版 者／中華書局
發 行 人／張敏君
副總經理／陳又齊
行銷經理／王新君
地　　址／11494 台北市內湖區舊宗路二段181巷8號5樓
客服專線／02-8797-8396　　傳　真／02-8797-8909
網　　址／www.chunghwabook.com.tw
匯款帳號／華南商業銀行　西湖分行
179-10-002693-1　中華書局股份有限公司

法律顧問／安侯法律事務所
製版印刷／維中科技有限公司　海瑞印刷品有限公司
出版日期／2019年7月台二版
版本備註／據1970年8月台一版復刻重製
定　　價／NTD 1,800（套）

國家圖書館出版品預行編目（CIP）資料

新曲苑 / 任中敏編. -- 台二版. -- 臺北市 :
中華書局, 2019.07
冊 ;　公分. -- (中華國學叢書)

ISBN 978-957-8595-82-8(全套 : 平裝)

853.75　　108009386


*NO.J0022*
*ISBN 978-957-8595-82-8*（平裝套號）

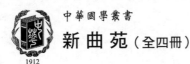